Un drôle de Valentin

DU MÊME AUTEUR

AUX ÉDITIONS HÉLOÏSE D'ORMESSON

Claire de plume, 2017.

La Fille de Debussy, 2015.

Cyrano de Boudou, 2012.

La Chambrioleur, 2010.

Damien Luce
Un drôle de Valentin

Éditions Héloïse d'Ormesson

Roman

ISBN 978-2-35087-803-4

Éditions Héloïse d'Ormesson
92 avenue de France, 75013 Paris
www.editions-heloisedormesson.com

MIXTE
Papier issu de sources responsables
FSC® C003309
www.fsc.org

L'éditeur de cet ouvrage s'engage dans une démarche
de certification FSC® qui contribue à la préservation
des forêts pour les générations futures.

Pour en savoir plus :
www.editis.com/engagement-rse/

À Gilles Cohen-Solal,
qui a été là quand je ne l'étais plus.

Ce livre raconte l'amitié, l'amour et la mort,
trois ingrédients qui font que la vie vaut d'être vécue.

| L'Ange d'or |

– Je suis tombée amoureuse le temps d'ouvrir et de refermer un tiroir-caisse. Tu te rappelles ? À cette époque, je tenais mon rang dans une meute d'étudiantes, un brin féministes, un brin éprises de romance, mais surtout furieusement anticonformistes. Bon, une meute, nous étions quatre. Ohé, Valentin, tu m'écoutes ? Je te parle du jour où nous nous sommes rencontrés toi et moi. Oui, je sais, je te raconte souvent cette histoire, c'est mon petit plaisir, la seule nostalgie à laquelle je ne trouve aucune tristesse. Laisse-moi continuer s'il te plaît.

La langue de Blanche s'est déliée à l'heure du dîner, comme si les papilles activaient non seulement le goût, mais aussi la parole.

– C'était il y a dix ans. Un réseau de proxénètes avait été démantelé peu de temps auparavant. Notre quatuor de jeunes louves vibrait d'une satisfaction ambivalente, sûrement partagée par toutes les femmes du Québec : en nous, une voix criait victoire, une autre hurlait sa fureur que le métier de proxénète ne se soit pas éteint... Pardon ? ... ne se fût pas, si tu veux, mon cœur... que le métier de proxénète, donc, ne se fûûûûût pas éteint avec celui de standardiste ou de scieur de glace. Nous nous sommes retrouvées au Livingston, comme chaque samedi soir, et le vent de la vengeance s'est levé. Il s'est d'abord engouffré dans les voiles de Laura, qui a perché son mètre cinquante sur la table. Laura avait toujours une révolution sous le coude, peut-être à cause de ses origines argentines. Bref, je m'égare, elle nous a exposé son plan : « Nous allons choisir quatre mâles bipèdes imbéciles, et ils vont payer pour tous les autres. »

Nous avons rétorqué que nous n'étions pas précisément taillées pour le crime. (À l'époque nous avions tendance à nous sous-estimer.) Mais Laura avait une idée précise en tête. « Qui parle de crime ? Ma conception de la vengeance est plus cynique. Chacune de nous va harponner l'un de ces mâles bipèdes imbéciles et le rémunérer pour l'usage ponctuel de son corps. Oui, nous allons leur acheter une séance de coquineries. »

Du plat de la main, elle a caressé à distance l'ensemble des clients présents ce soir-là au Livingston. Capucine a émis un grincement vite étranglé par la solitude. J'ai marmonné : « Payer pour tous les autres ? Dis plutôt encaisser pour tous les autres. »

Nous ne saisissions pas l'idée de Laura et c'était bien normal : une idée de génie se heurte toujours à l'incompréhension des profanes, dont les sabots n'entrent pas dans le temple du sublime. Avec la suffisance d'une autruche, Suzanne s'est allongé le cou en disant : « Si je comprends bien, tu nous proposes d'offrir les délices de nos lits à quatre hommes pris au hasard, puis de les gratifier en prime d'un billet.

– Oui, sauf qu'on gratifie avant les délices, pas après, c'est le protocole de la profession. »

Personne n'a relevé. Capucine a grincé une fois de plus, mais d'un grincement qui avait pris du galon depuis qu'il n'était plus seul : « Une aubaine pour lesdits mâles bipèdes imbéciles… »

Puis Suzanne a résumé dans son vocabulaire le sentiment général : « Je dubite, je dubite fortement. »

Nous dubitions.

Mais Laura connaissait son pouvoir de persuasion et en abusait souvent. Elle avait su un jour nous convaincre qu'une délégation extraterrestre s'était secrètement installée sur un plateau de la cordillère des Andes. « Mesdames, vous avez raison. Oui, cet homme se sera bâfré d'une bonne tranche d'érotisme en notre compagnie. Oui, il repartira le portefeuille épaissi de quelques feuilles. Mais quand il passera son rasoir sur sa triste face de mâle bipède imbécile demain matin, son miroir lui susurrera : "prrrrrrostitué... prrrrrrostitué... prrrrrrostitué..." Elle est là, la vengeance. »

Ce fut sa façon de rouler et de prolonger le « r » de ce mot, un peu à la manière d'un perroquet, qui fit fondre nos réticences. Valentin, chéri, ça ne va pas ? Pourquoi tu baisses la tête comme ça ? Attends, je vais t'aider à la redresser. Voilà. Bon, je finis vite mon histoire : nous avons balayé la salle d'un regard circulaire. Laura, qui nous surplombait toujours du haut de sa table, faisait penser à un phare cerné par trois rochers. Un samedi soir, le Livingston était toujours bien achalandé en mâles bipèdes, la plupart du temps assez alcoolisés pour être imbéciles. Suzanne et Laura ont déniché leur proie. J'ai entendu Laura dire à sa victime : « Laoûra, on dit Laoûra. » Et Suzanne a ferré son poisson avec l'hameçon de son ironie. Toutes les deux ont consommé le soir même cette vengeance symbolique et universelle. Capucine a déclaré forfait en bredouillant de vagues explications d'ordre à la fois biologique et moral. Mon mobile pour battre en retraite fut tout autre : après leur tour d'horizon, mes yeux se sont accrochés à ta petite gueule de Valentin. Tu étais derrière ton comptoir, à purger la tireuse à bière. La suite, tu la connais, je suis montée à l'abordage, et lorsque j'ai posé les termes du contrat, tu m'as répondu, drapé dans le mépris de tes joues imberbes : « Désolé, madame, mais je ne suis pas un gigolo. »

Tes deux pieds se sont tournés vers la caisse comme deux aiguilles de boussole vers le pôle Nord. Lorsque tu as ouvert le tiroir pour rendre sa monnaie à un hippie rouquin, j'étais émoustillée. Quand tu as fermé le tiroir, j'étais déterminée à te dédier ma vie. Tu vois, je suis tombée amoureuse le temps d'ouvrir et de refermer un tiroir-caisse.

Blanche a tout juste achevé son récit qu'un bras de Valentin, le gauche, vaincu par une combinaison des lois de Coulomb et de la pesanteur, tombe droit vers le sol. Ce contrepoids de chair et d'os fait basculer le buste. La tête va s'immerger d'un coup dans un coq au vin trop fade car cuisiné avec ce que les chefs du dimanche appellent le « vin de cuisine ». Ces petits défauts de tonus ne sont rares ni pour Valentin ni pour le coq au vin de Blanche.

– Oh ! mon ange ! J'oublie toujours que passé un certain temps hors de la chambre, tu ne tiens plus. Allons dormir. Ou plutôt je vais te laisser au lit parce que j'attends les filles. Quinze ans d'amitié, ça se fête. Elles ne vont pas tarder. Non, je ne suis pas de service ce soir. C'est aujourd'hui que je leur annonce la nouvelle. Tu ne m'en veux pas, hein ?

Derrière des verres enduits d'une sauce granuleuse, les yeux de Valentin ne cillent pas.

– Elles savent garder un secret, ne t'en fais pas. Mais j'appréhende un peu.

Sitôt Valentin au lit, Blanche remet une couronne de flammes sous le coq au vin. C'est moins un geste de prévenance envers ses amies (qui dînent toujours avant de venir par souci de simplicité) qu'un geste d'élégance envers le coq au vin. Blanche ne trouve rien de plus vulgaire qu'une marmite à moitié pleine sur un feu éteint. Elle aime aussi répandre des parfums de plats cuisinés dans l'appartement. Il lui importe peu que ces plats soient gobés dans la foulée.

Laura, Capucine et Suzanne ont l'habitude d'arriver ensemble dans la coccinelle de Suzanne. Et l'appartement passe d'un coup du silence au tumulte, comme un quai de gare à l'arrivée du train. Blanche apprécie cette coutume. Lorsqu'elle reçoit, elle ne se sent réellement à son aise qu'une fois ses invités au complet. S'ils arrivent au compte-gouttes, elle ne sait jamais comment se comporter. Elle rechigne à lancer un sujet de conversation, car l'expérience lui a prouvé que ce sujet sera fatalement abandonné dès l'irruption du convive suivant. Ne sachant parler ni de tout ni de rien, elle prétexte une corvée à terminer (nettoyer son arme de poing), un coup de fil à passer (qu'elle simule avec une perfection streepesque), et se contente de guetter de loin les drelins de la sonnette.

Blanche plonge toujours dans une soirée sans prendre la température. Elle ne se soucie pas des menus propos liminaires.

BLANCHE

Alors ? Alors ? Tu lui as parlé ?

CAPUCINE

Laisse-moi le temps d'arriver !

Devant les protestations de Capucine, elle claque sa porte d'entrée, et, avec les gestes rudes d'une maman pressée, délivre ses trois amies de leurs manteaux.

BLANCHE

Voilà, tu es arrivée. Alors ?

CAPUCINE

Pardon pour le retard. Je suis tombée sur une lettre
que ma mère m'a écrite juste après mon départ de la maison.
Je n'ai pas pu m'empêcher de la relire.

BLANCHE

(*dans un soupir*)
Capucine Capucine Capucine...

SUZANNE

Oui... On avait décidé que tu ne devais plus les lire, ces lettres.
Elles te font du mal.

LAURA

Je ne comprends pas pourquoi tu n'en as pas fait
un bon feu de cheminée.

SUZANNE

La méchanceté est un excellent combustible.

CAPUCINE

D'abord parce que je n'ai pas de cheminée,
ensuite pour ne pas oublier d'où je viens.

Laura saisit la lettre de Capucine et la lance sur la table basse avec le dégoût réservé d'ordinaire à la banane oubliée depuis deux mois au fond d'un sac à dos. Ellc accompagne son geste d'un sermonnet.

LAURA

Tu viens d'Edmonton, tu es à Montréal, et tu vas
à Notre-Dame-des-Neiges. Il n'y a rien d'autre à savoir.
Regarde-moi : je viens de Buenos Aires, je suis à Montréal,
et je vais à Notre-Dame-des-Neiges. Tu vois, c'est simple.

CAPUCINE
On ne te demande pas de laisser ton accent à Buenos Aires.

Née d'un père argentin et d'une mère française, Laura est arrivée à Montréal à l'âge de dix-huit ans. Elle s'est pourtant coupé la langue en quatre pour conserver un accent qui, selon elle, lui donne « du chien », quand l'accent québécois, toujours selon elle, donne « du canard ».

LAURA
Je garde mon accent, tu oublies les lettres, *deal* ?

BLANCHE
(trop heureuse de cette injonction qu'elle saisit au vol)
Deal ! Oublions les lettres ! C'est le prétendant de Capucine qui m'intéresse. Alors ? Tu lui as parlé ?

CAPUCINE
Quelques mots, oui. Mais surtout du papier.

BLANCHE
Des lettres d'amour !

CAPUCINE
Pas exactement.

BLANCHE
Raconte !

Femmes de traditions, Blanche, Capucine et Laura s'installent sur le tapis. Suzanne prend le fauteuil, prétextant avec son pince-sans-rire caractéristique qu'il y a « des niveaux auxquels elle ne s'abaisse pas ». Ça lui permet aussi d'inhaler et d'exhaler sa vapeur sans embrumer ses amies. C'est sur ce tapis que les filles consument la plupart de leurs soirées, les cumulus de nicotine expirés par Suzanne roulant au-dessus d'elles.

LAURA
Vous parlez de quoi ?

BLANCHE
Du nez de Capucine.

CAPUCINE
Oui, ce colosse qui tous les matins ouvre la porte
de ma librairie, prend une grande bolée d'air comme s'il voulait
inspirer toute la pièce, et s'en va.

LAURA
Un fou.

SUZANNE
Pire, un poète.

LAURA
Il ne dit rien ?

CAPUCINE
Non.

SUZANNE
Poète sans éloquence.

LAURA
Si encore tu tenais une parfumerie, je comprendrais.

BLANCHE
C'est Capucine qu'il respire !

Laura
Heureusement qu'il passe le matin et pas à la fermeture.

Capucine
Drôle.

Blanche
Il la respire métaphoriquement !

Suzanne
Poète intello.

Laura
Peut-être qu'il ne parle ni français ni anglais.

Suzanne
Oh ! Méfie-toi de ça. C'est peut-être un piège.

Capucine
Un piège ?

Suzanne
Une fois je suis tombée sur un type qui venait d'arriver au Canada. Il ne parlait « que l'espagnol ». Je baragouine un peu la langue, donc ça allait. Mais à notre première nuit, il m'est arrivé un truc très embarrassant.

Capucine
Raconte.

Suzanne
Je ne vais pas entrer dans les détails, mais pendant l'amour il m'arrive de lâcher quelques mots en anglais, dans le feu de l'action.

BLANCHE
En effet, n'entrons pas dans les détails.

SUZANNE
Le type me dit : « C'est frustrant de ne pas te comprendre. »
Alors moi, je profite de l'occasion. Je me sens totalement libre.
Je sors toutes les grivoiseries anglophones qui me passent
par la tête. Soit dit en passant, c'est assez grisant.
Quelques jours plus tard, le type m'invite chez lui. Je suis
un peu en avance. Juste avant de sonner, je l'entends
au téléphone à travers la porte. Il parle parfaitement anglais,
l'ordure !

LAURA
Effectivement, embarrassant. Mais ça me donne des idées.

CAPUCINE
Je ferai passer une épreuve de langue à mon renifleur.

SUZANNE
Sans commentaire.

LAURA
Il est beau ?

CAPUCINE
Pas pour toi, tu les aimes fins comme un fil, et il serait plutôt
Minotaure.

LAURA
Et toi, tu ne lui dis rien ?

CAPUCINE
Pas le temps ! Il ouvre, il renifle, il s'en va !

(Elle illustre ses mots par une adorable pantomime.)
J'ai à peine le temps de me retourner, la porte est déjà refermée.
Une fois, il est arrivé alors que j'étais dans l'arrière-boutique.
Je l'ai entendu inspirer comme un âne, je suis sûre
qu'il n'a même pas remarqué mon absence.

BLANCHE
Finalement, est-ce qu'il a besoin de toi ? Peut-être
que c'est la beauté de son geste qui l'intéresse.

SUZANNE
Poète asexué.

LAURA
Ça m'embête de soulever la question,
mais es-tu certaine qu'il vienne pour toi ?

CAPUCINE
Pour qui d'autre ?

LAURA
Je ne sais pas...
Il a peut-être une certaine attirance
pour les odeurs de livres.

BLANCHE
Ou d'étagères.

SUZANNE
Ou de déficit.

CAPUCINE
Drôle.

LAURA

En tout cas, il faut que ça change. Ce type ne peut pas continuer à refroidir ta boutique tous les matins. Il n'achète rien, en plus !

SUZANNE

Poète sans le sou, là, je concède une logique.

LAURA

(qui a toujours un plan en tête)

Demain, tu l'attends de pied ferme derrière la porte, et tu lui flanques tout Victor Hugo sur le crâne.

CAPUCINE

(s'accrochant un sourire au bout des yeux)

Il est enfin sorti de son mutisme.

Cette déclaration est accueillie par deux « Ha ! », glissant à l'unisson sur une quinte descendante. De son fauteuil, Suzanne lâche juste un « poète téméraire » qui passe inaperçu.

CAPUCINE

Je ne veux pas freiner votre enthousiasme, mais l'histoire n'est pas si simple.

(Le « Ha ! » remonte d'une tierce majeure.)

Il est entré, a refermé la porte derrière lui, m'a saluée gentiment, et m'a tendu ceci.

Elle plonge deux bras dans son sac. On croirait voir deux cous de cygnes disparaître dans l'eau poissonneuse. Elle en sort une boîte à chapeau qu'elle ouvre. Le chapeau est d'une élégance quasi victorienne. Il est digne de ceux que l'on pouvait croiser il y a quelques siècles au Royal d'Ascot. Sa délicatesse et son soyeux égalent presque ceux des tissus en marbre de Rodin. Une précision toutefois : ce chapeau a été créé dans un art occupant le juste milieu entre la sculpture et le jouet, l'origami.

CAPUCINE
Il a dit : « Il y a mon numéro dedans. »

SUZANNE
Poète impénétrable.

BLANCHE
Non, poète tout court, je valide.

CAPUCINE
La première chose qui m'est venue à l'esprit,
c'est de me demander comment des mains aussi massives
avaient pu réaliser un objet aussi subtil.

LAURA
Où est ton problème ? Pourquoi l'histoire
n'est-elle pas « si simple » ?
Tu déplies la paperasse, et tu l'appelles.

Laura tend la main vers la « paperasse », que Capucine soustrait avec la vivacité d'une enfant qui ne veut pas qu'on lui pique son sac de billes.

CAPUCINE
Bas les pattes ! Qui a dit que je voulais le déplier ?

SUZANNE
Certaines évidences se passent d'être formulées.

CAPUCINE

Justement, pour moi ce n'est pas une évidence.
Si je le déplie, je ne saurai jamais le replier !
Il sera détruit à jamais.

SUZANNE

Tu plaisantes ? Tu vas renoncer à une rencontre
pour un bout de papier ?

LAURA

(*toujours pragmatique*)
Il t'en fera d'autres, des chapeaux !

CAPUCINE

Oui, mais ce ne sera pas ceeeeeeeeee chapeau.

LAURA

Capuche, ça fait plus de quinze ans qu'on se connaît,
et tu nous racontes encore des farandoles.

CAPUCINE

Fariboles. Et je dis la vérité.

LAURA

Tu dis UNE vérité.
Ta raison principale pour ne pas déplier
ce chapeau, c'est que tu as la frousse.

BLANCHE

Les jetons.

SUZANNE

Les foies blancs.

Laura

(avec son air de maintenant-je-vais-t'expliquer-l'univers)

Tu sais, Capuche, quand tu avais dix-huit ans,
la timidité, c'était mignon. Ça allait bien avec ta frange
et tes frisottis. Mais maintenant
que tu as des cheveux de Madone, ça jure.

Capucine

Je ne vois pas bien le rapport entre la coupe de cheveux
et le caractère...

Laura

Crois-moi, j'ai les mains fourrées dans les cheveux toute
la journée, je sais. Un cheveu, ce n'est pas anodin.
La preuve : quand tu veux changer le cours de ta vie,
tourner une page, tu fais quoi ? Hein ?

Capucine

Pour ma part, je donne tous mes livres à la Croix-rouge.

Laura

Toi, peut-être. Les gens normaux, eux, changent
de coiffure. C'est systématique. Les femmes vont se faire
une couleur, les hommes se rasent le crâne. On taille,
on sculpte, on lisse, on boucle. Celui qui entre dans mon salon
pour se faire débroussailler la tignasse, tu peux être certaine
qu'il a une jungle à débroussailler en lui. On change d'abord
par le poil : le moindre cheveu est une chose grave et profonde.
Tiens, en quarante-cinq, qu'est-ce qu'on faisait
aux femmes qui avaient couché avec les nazis ?
On aurait pu leur arracher les ongles ou les dents.
Non, on les a tondues rasibus !

CAPUCINE

(*ironique*)

Philosophe, va.

LAURA

Bref, appelle-le, ton plieur de papier !

CAPUCINE

Je reconnais qu'il a une façon charmante de m'aborder. Mais si ça se trouve, au fond, ce type est l'opposé de l'homme de ma vie.

LAURA

L'homme de ta vie ! Le délire de la pucelle ! Quand tu achètes une maison, tu te demandes si c'est la maison de ta vie ? Non. Tu y vis, tu y dors, tu y passes le balai, tu y fais l'amour, tu y casses la vaisselle, tu y es heureuse et malheureuse, et voilà. Au bout de quarante ans, oui, tu peux dire : c'est la maison de ma vie.

SUZANNE

Ce type, tu ne le verras peut-être qu'une soirée. Il aura été l'homme de ta soirée. C'est bien suffisant.

CAPUCINE

L'idéalisme est passé de mode, je vois.

LAURA

L'idéalisme… Tu me fais penser à ces gens qui ne donnent jamais un sou aux pauvres sous prétexte que cela ne changera rien à la misère du monde. Et un homme qui aurait pu manger ne mangera pas. Dans ton cas, un homme qui aurait pu aimer n'aimera pas, c'est presque pire.

Suzanne

Parfois l'idéalisme n'est rien d'autre qu'une excuse pour les poltrons.

Laura

Tu sais comment je te vois dans cinquante ans ? Dans ta boutique à trier tes livres, avec, trônant à côté de la caisse, ce joli chapeau en origami que tu auras pieusement conservé. Et tous les matins, un vieillard pachyderme rassemblera le peu de souffle qui lui reste pour prendre une grande inspiration racleuse sur le pas de ta porte, jusqu'au jour où cette inspiration sera suivie du dernier soupir. Et en s'affalant sur le carrelage, il déclenchera la sonnette automatique. Ding dong ! Ding dong !

Et les trois filles s'en donnent à cœur joie : « Ding dong! Ding dong! Ding dong! Ding dong! » Capucine ne se laisse pas mettre au tapis.

Capucine

Au moins, mon idéal sera intact.

Suzanne

Pas seulement ton idéal, hélas. Tu sais, Capucette, tu as trop tendance à vouloir tout garder intact.

Capucine

C'est un mal ?

Suzanne

Pour construire, il faut détruire. C'est universel. De destruction en destruction, on fabrique l'amour comme tout le reste.

Laura

Qui parle d'amour, bon sang ?
Je veux juste qu'elle déplie ce foutu bout de papelard,
et qu'elle aille du même coup se faire déplier pour une nuit !
C'est trop demander ?

Suzanne

C'est vrai, tu as peur de quoi ?
Que tu ne puisses pas te replier exactement
comme tu étais ?

Depuis quelques minutes, Blanche est silencieuse. Elle fixe Capucine, et en elle-même se déroule une pensée qui, traduite dans la langue des mots, donne à peu près ceci : « Le malheur de Capucine, c'est qu'elle possède une chose qui lui rend sa timidité encore plus pénible : la beauté. Capucine est de ces femmes sur lesquelles on hésite à se retourner, de peur d'être changé en statue d'amertume. Même l'homme le plus entreprenant la contemple en silence. Les balourds sont abrutis par le coup de massue de cette beauté hors norme. La solitude des gens trop beaux… On ne tient même pas à les approcher. Il nous suffit de savoir qu'ils sont là, qu'ils respirent, qu'ils marchent parmi nous. On ne pense même pas à en être jaloux. Capucine entre dans une pièce, et tous les regards se dressent comme des fusils pour la mettre en joue. Feu ! Sa pauvre témérité vole en éclats. »

Laura

Pluche ! Pluche ! On a perdu Pluche.

Suzanne

Elle est dans son labyrinthe.

CAPUCINE
Toutes ces histoires l'ennuient certainement.
C'est la seule d'entre nous qui ait trouvé l'âme sœur.

SUZANNE
Quelle expression idiote.
S'il y a une personne que je ne peux pas sentir,
c'est bien ma sœur.
Et puis une flic et un écrivain, âmes sœurs ?
C'est possible, ça ?

Suzanne n'a jamais su se déchausser d'une certaine aigreur à l'encontre de Valentin. Ancienne colocataire de Blanche, elle a dû faire ses valises quand le couple s'est mis en ménage.

SUZANNE
Ah... Ah... Elle refait surface.

LAURA
Ça va ? Depuis quelques jours tu es toute chose. Tu devrais
venir au tango, ça te ferait du bien.

Autre réminiscence de sa patrie d'origine, Laura a ses entrées dans toutes les milongas de Montréal.

BLANCHE
Je ne veux pas y aller sans Valentin, tu sais bien.
Et il refuse catégoriquement.
D'ailleurs, je ne danse pas le tango.

LAURA
Ça s'apprend !

Suzanne

Au fait, on ne l'a pas vu depuis un moment,
ton gribouilleur de mari.

Blanche

Gribouilleur... J'adore quand tu emploies ce mot. Tu penses lui décocher une flèche alors que ça lui fait plaisir. Il se voit davantage illustrateur qu'écrivain.

Capucine

Personnellement j'aime mieux ses romans que ses dessins.

Suzanne

Moi j'ai une préférence pour ses pièces de théâtre.

Laura

Et moi j'ai toujours considéré ses bouquins
comme de l'illustration.

Blanche

?

Laura

Trop de ponctuation, pas assez de mots.

Suzanne

Quand les phrases sont trop longues, on saucissonne.

Laura

Vous avez remarqué comme il abuse des points de suspension ?
Il en fourre partout. C'est exaspérant.
Une fois je me suis amusée à les compter.
J'ai arrêté après la centaine.

Capucine

C'est typique des gens qui ne se résignent pas à terminer quoi que ce soit. La phobie du point final…

Blanche

Très juste. Valentin a le chic pour entamer une bouteille d'huile d'olive avant d'avoir vidé la précédente.

Suzanne

Bref, il est où ?

Blanche

Dans la chambre.

Laura

Il dort déjà, le Valuche ?

Blanche

… Justement, je voulais vous en parler.

Suzanne

J'avais presque oublié la raison de cette soirée. Blanchette a des révélations à faire ! Révélez, ma chère, révélez.

Capucine

(en saisissant à deux mains la trompette de son nez)

Tu es enceinte ?

Laura

Si Valuche se couche tous les soirs à l'heure du Portugal, ça m'étonnerait.

Suzanne

Mais laissez-la parler !

Laura tend un micro imaginaire à Blanche.

BLANCHE
Voilà...

Et deux heures plus tard...

– Ah, mon Valentin, quel échec. Je n'ai pas pu. La panique. La peur du jugement, la peur de perdre leur amitié. Je leur ai fait croire que tu m'avais quittée. Je te demande pardon. Si tu savais les insultes qu'elles t'ont adressées ! Et moi, rouge de honte. J'aurais voulu m'étouffer avec l'origami de Capucine. Elles ont passé la soirée à te salir, et à me consoler d'un crime que tu n'as pas commis. Oui, tu as raison, ce n'est pas un aveu facile. Rien ne prépare à ça.

Ayant enfilé son pyjama cousu dans une couverture isothermique, ses gants, chaussettes et bonnet de laine, Blanche se glisse contre le corps de Valentin. Un crissement de papier froissé troue le silence. Il fait deux degrés dans la chambre, Valentin semble tiède. Il est lui aussi vêtu d'un pyjama en couverture de survie. Mais dans son cas, le pyjama a pour fonction de le maintenir au frais. C'est donc la face dorée qui est à l'extérieur.

– Tu sais ce qui me manque le plus ? Ce sont tes ronflements. Ah ! Ce que j'ai pu râler quand tu étais vivant. Mes efforts pour te tourner sur le ventre. Laura me soutenait mordicus qu'on ne ronflait que sur le dos. Quelle arnaque : tu ronflais aussi bien sur pile que sur face.

Blanche se blottit contre son amant avec un petit gémissement félin. Un objet dur et pointu lui appuie sur la jugulaire : un coin de son livre de chevet, qu'elle pose toujours sur l'oreiller après avoir fait le lit. Un genre de roman de gare dont Blanche est friande et dont Valentin ne tolérait la présence dans l'appartement qu'un exemplaire à la fois. Sitôt lu, le livre était banni pour céder la place au suivant. Blanche les léguait à la bibliothèque de l'hôpital, ce qui faisait dire à Valentin : « Les pauvres, déjà qu'ils sont malades… » D'une pichenette, Blanche délivre sa jugulaire.

– Bonne nuit, mon ange d'or.

| Tango et fragments |

Valentin est mort. Il est mort au sens premier du terme. Sa condition n'est pas le fruit de l'imagination de Blanche ou de sa folie. La frontière entre imagination et folie n'a d'ailleurs jamais été clairement cartographiée. Il ne s'agit en aucun cas d'une projection morbide issue d'un cerveau battant de l'hémisphère, ni d'une sorte de champ lexical métaphysique, où le terme « mort » signifierait en réalité « atone », « paralysé », « insignifiant » ou « ennuyeux ». Non, il y a bien, étendu dans un lit à côté de Blanche, le corps d'un homme qui a cessé de vivre, et qui s'appelle Valentin Léger.

La mort de Valentin Léger n'a ému personne en particulier. Ce n'est pas faute d'avoir été aimé. De son vivant, le compagnon de Blanche Robinson a suscité, dans des proportions raisonnables, la haine et l'amitié, l'envie et la fierté, le dégoût et le désir, parfois simultanément et par une même personne (en l'occurrence, Blanche Robinson). Mais cette mort n'a ému personne pour une raison simple : personne n'est au courant. Blanche, en procrastinatrice de légende, n'a pas encore ébruité la nouvelle. Même son émotion est remise à plus tard. Tous les procrastinateurs vous le diront, on ne remet au lendemain qu'une seule fois. Ensuite, cette non-action entre dans le cours des choses.

Au matin, Blanche plie soigneusement son pyjama de cosmonaute.

– Finalement, rien n'a changé, dit-elle à Valentin qui est encore au lit. Ta maman tricote le chandail hideux qu'elle t'offrira pour Noël et ton éditeur attend le manuscrit que tu devais rendre il y a six mois.

La mort est dans les faire-part, les processions de corbillards, les larmes des proches.

Le téléphone sonne.

– Allô ? [...] Oui [...] Bonjour, M. Bolduc [...] Non, il n'est pas là, je peux prendre un message ? [...] Le texte ? Oui, il y travaille jour et nuit et [...] Comment ? [...] C'est difficile à dire, dans un mois peut-être [...] Ça, je vous le promets, il va le terminer. Il m'a dit que c'était le livre de sa vie [...] Entendu, M. Bolduc [...] Merci, vous également. Au revoir.

Blanche se penche sur le visage éteint de son mari.

– Ne t'inquiète pas, mon ange, tu le termineras, ton livre.

Et plus bas :

– Que tu es beau. Toi qui te trouvais si laid…

Valentin avait tout pour plaire aux autres, et rien pour se plaire à lui-même. Un homme ordinaire en somme. Car s'il est un trait de caractère qui se débusque en presque toute personne, c'est cet orgueil à se croire plus médiocre que son voisin. Il y a là une sorte de vantardise à l'envers, laquelle, comme tout ce qui est à l'envers, confère à qui la porte un air mal culotté. Mais cet homme plaît à Blanche. À cet instant encore, dans son état actuel, il fait craquer en elle un amour brûlant, de ce feu souverain qui consume indifféremment le bois des bûchers et les cierges des cathédrales. Les poncifs visent parfois si juste que l'on ressent un plaisir crasseux à les employer. Mais il faut le reconnaître, la comparaison de l'amour à une flamme est la plus fidèle qui soit : seule une flamme sait être à la fois aussi fragile, aussi belle, et aussi destructrice que l'amour.

– Rendors-toi, mon ange, tu as l'éternité.

Vite, il faut mettre de l'ordre, préparer le petit déjeuner. Laura a dit qu'elle passerait « en bourrasque » avant son travail.

Étrangement, Laura est accompagnée de Capucine, qui la suit comme une assistante parlementaire.

LAURA
Je l'ai convoquée.

CAPUCINE
(jouant son rôle d'altruiste assermentée)
Tu tiens le coup, Blanche ? Tu as réussi à dormir ?

BLANCHE
Comme un bébé.

LAURA
C'est-à-dire ? Tu dors vingt minutes, tu brailles,
tu dors vingt minutes, tu brailles, tu dors...

BLANCHE
(faisant tinter le célesta de son rire)
Non, comme un bébé qui fait ses nuits !

LAURA
Tu t'en sors bien. Depuis que je suis au Canada,
j'ai été quittée douze fois,

et je ne suis pas remise de la première.
Asseyons-nous, j'ai des choses à vous dire.

BLANCHE
On doit s'inquiéter ?

LAURA
Au contraire, j'ai une solution à vos problèmes.

CAPUCINE
Nos problèmes ?

LAURA
Ne fais pas l'innocente, ma petite Capuche. Tu sais très bien de quoi je parle. Et le moment est venu de prendre le taureau par les cornes. Fini l'ermitage !

CAPUCINE
Je ne suis pas ermite. J'ai mon cercle poétique.

Tous les mois, la timide se fait violence pour se joindre à un cercle dont les membres se récitent des poèmes. Elle ose parfois lire un sonnet de son cru, sous un nom d'emprunt.

LAURA
Tatatatata ! Je n'ai rien contre ton cercle. La poésie, ça nourrit l'âme, mais ça ne nourrit pas la chair et le sang. Quand on est belle sous toutes les coutures, on ne se pend pas à un cintre au fond d'une armoire. On se laisse porter, même si ça use un peu. Imagine, si la Callas n'avait chanté que sous la douche. Nous y aurions tous perdu. Ce que tu es, il faut le partager. Parce que je vais te dire une chose : la timidité, ce n'est peut-être pas un péché capital, d'accord.

Est-ce même un défaut ? Pas vraiment. C'est mignon, ça ne fait de mal à personne. Mais si l'on n'y prend pas garde, ça peut virer au manque de générosité. On se cache d'abord par timidité, puis un jour on en vient à se cacher par avarice. On garde pour soi ce qu'on est. Et ça, ma petite Capuche, ce n'est pas beau.

CAPUCINE

...

LAURA

Et toi, Pluche, tu connais le principe : après une chute, il faut remonter en selle sans attendre. Sinon on ne remonte jamais. Je ne vais pas te laisser mariner dans la gadoue de ta rupture. Alors j'ai mon idée. Ce dont vous avez besoin toutes les deux, c'est un lieu ou vous pourrez rencontrer des gens bien. Un lieu où vous pourrez vous laisser étreindre, partager quelque chose qui vient des tripes, goûter à la chaleur d'un homme, mais sans complication.

BLANCHE

?

CAPUCINE

?

LAURA

Bien sûr, le premier lieu qui vient à l'esprit pour concrétiser tout cela, c'est un lit. Un chouia prématuré, vous en conviendrez. Il se trouve qu'il existe un autre lieu...

BLANCHE

Je la vois venir avec son gros bandonéon.

Et vingt minutes plus tard…

– Je n'ai pas pu refuser, mon ange, Laura aurait eu des soupçons. Elle avait l'air tellement sûre d'elle. Résultat des courses, Capucine et moi prenons notre première leçon de tango ce soir. L'objectif, c'est d'aller ensemble à une milonga, mais pas n'importe laquelle. Laura ne veut pas nous emmener dans un piège à touristes. Nous irons à l'Usine, une milonga impeccablement authentique. Nous nous entraînerons ici, dans le salon. Tu comprends, elles n'ont pas assez d'espace chez elles. Tu resteras dans la chambre. Mais je dois te demander quelque chose. Je sais que tu tenais à laisser tous tes livres empilés un peu partout, mais est-ce que tu m'autorises à les déplacer ? Il faut faire de la place, et je ne voudrais pas qu'une tour s'effondre sur la pauvre Capucine. Je vais tout mettre dans la chambre.

En lissant les plis du canapé, Blanche parle de loin à Valentin, qu'elle a planté sur le fauteuil jouxtant le lit. Sous un pied de la table basse, elle tombe sur une enveloppe.

– Haha ! Trouvé ! Capucine a laissé la lettre de sa mère.

C'est un jeu de piste rituel : à chaque visite, les filles doivent intentionnellement oublier un objet. La mission de Blanche est de le dénicher. La propriétaire du dernier objet retrouvé a gagné.

Blanche fait semblant d'hésiter à ouvrir la lettre de Capucine. La demi-seconde passée, elle ouvre.

Ma fille,

Puisque tu t'en vas, j'imagine que je dois te donner quelques conseils. Il paraît que c'est l'usage. Tu peux bien t'enfuir à Montréal, ça ne change rien pour moi. Je ne sais pas pourquoi je me suis obstinée à donner une éducation à une souillon pareille. À la maison tu ne servais à rien. Retiens bien ça, ma fille : tu es inutile. La place que tu occupes sur Terre, c'est de la place perdue. Alors chaque fois que tu poses tes pieds quelque part, rappelle-toi que tu empiètes sur le bonheur des autres. Fais-toi remarquer le moins possible, avec un peu de chance, personne ne verra la tache que tu laisses sur le monde. Et ça fait l'intéressante avec une bourse ! Ça voudrait qu'on lui donne une médaille ! Écoute, ma fille, ce n'est pas parce qu'un rond-de-cuir a eu pitié de toi qu'il faut grimper sur un piédestal. Petite orgueilleuse, va ! Quoi qu'on te donne, dis-toi bien que tu n'en mérites pas le quart. Je n'ose même pas imaginer ce que tu as fait pour l'obtenir, cette bourse d'études. Étudier quoi ? Comment empiler des bouquins sur une étagère ? N'oublie jamais le temps où tu me rapportais des zéros en enfilade comme des perles. L'important dans la vie, c'est d'être fidèle à soi-même. Quand on n'est rien, collectionner les zéros, c'est dans l'ordre des choses. Si tu veux mon avis, zéro, c'était encore cher payé dans ton cas. Oui, si tes professeurs avaient su à quelle cruche ils avaient affaire, ils ne t'auraient pas notée. Est-ce qu'on note une truie qui participe à Miss Univers ? Ça n'aurait pas de sens. Elle ne répond pas à la même échelle de valeur.

Etc.

Par dégoût, Blanche interrompt ici sa lecture et reprend son jeu de piste.

– Si elle était à Montréal, j'irais lui passer les menottes, à celle-là. Laura Laura Laura… En général elle n'ose pas s'éloigner du canapé… Ah ! Je l'ai ! *Poésie* d'Arthur Rimbaud ! Ça dépassait de sa poche quand elle est entrée. Pas bête, la Lauriole ! Un livre parmi tous les livres de Valentin, ça se fait oublier.

L'objet de Suzanne attendra, il faut vider le salon. Blanche constate qu'elle ne sait plus de quelle couleur sont les murs. Valentin avait horreur des bibliothèques où les livres étaient rangés par ordre alphabétique, par siècles, par genres. Il entassait les siens les uns sur les autres, à mesure qu'il les lisait. Ces colonnes avaient fini par atteindre le plafond, et couvrir les murs. Là où il n'y en avait pas, c'était pour laisser place à une commode ou à une fenêtre. Il ne faut pas confondre débraillement étudié et désordre. Valentin était capable de retrouver n'importe lequel de ces ouvrages, en architecte divin sachant localiser chaque pierre de la ville qu'il a érigée.

Blanche se met au travail, et entame la lente migration des livres depuis le salon jusqu'à la chambre, sous le regard absent de Valentin.

– Tu sais, mon ange, j'ai un aveu à te faire : je t'espionnais lorsque tu parlais seul.

Oui, Valentin parlait seul, abondamment. Il aimait prêcher dans le désert du salon ou du petit coin, et le confessait sans gêne aucune. Il avait même une certaine fierté à avouer cette éloquence solitaire.

– J'ai souvent fait semblant de sortir faire une course pour t'écouter à ton insu.

Pourquoi cette manœuvre, puisque son penchant n'inspirait aucun embarras à Valentin ? Blanche ne pouvait-elle pas écouter ouvertement son amant ? Nenni. Pour parler seul, il faut être seul. Il faut avoir la certitude d'un auditoire entièrement imaginaire. Si l'on se sait entendu, le charme est rompu, et ce qui devait être spontané devient un discours piqué de mots choisis. Blanche devait se cacher pour satisfaire sa curiosité.

– J'avais ma technique : je claquais bruyamment la porte d'entrée, et je me réfugiais dans la grande penderie du couloir. J'avais séparé nos vêtements, en groupant les tiens à l'autre extrémité pour éviter d'être découverte au cas où tu prendrais un manteau pour sortir.

Mais Valentin avait une conception de l'espace-temps bien différente des autres hommes. Si l'envie le saisissait d'aller quelque part, il ne lui venait pas à l'esprit de quitter l'appartement.

– Accroupie dans ma penderie, je pouvais donc tout à loisir écouter tes élucubrations. Je les notais à la volée sur un carnet qui a trouvé sa place dans une poche de mon ciré jaune.

Blanche a vite constaté que les sujets de cette parlotte anachorète variaient selon la pièce où l'orateur se trouvait. Valentin ne se préoccupait pas de philatélie dans la salle de bains, ni de gastronomie dans la cuisine, ni de sexualité dans la chambre à coucher (une incongruité digne de lui). Les toilettes, par exemple, lui inspiraient des réflexions environnementales. S'il était au salon, il versait facilement dans le cinéma ou la politique. L'art pictural sous toutes ses formes était principalement réservé à la chambre. Blanche avait même repéré un recoin de l'entrée où Valentin dissertait sur les sciences occultes ou la pâtisserie.

Une fois le salon vide de ses livres, Blanche enfile son uniforme et tourneboule ses cheveux blonds en un chignon. Elle va vérifier qu'un courant d'air n'a pas fermé la fenêtre de la chambre. Puis, tendrement, elle tire une couverture de survie sur le visage de Valentin.

– À ce soir, mon ange.

Aux abords du poste de police, une portière s'ouvre à la volée à quelques pas de Blanche.

– Grimpe, on a une alerte !

Elle saute dans la Dodge qui ne marque même pas l'arrêt. La sirène, contrairement à celles d'Homère, éloignent ceux qui l'entendent. Les voitures s'écartent, se rangent, et semblent vouloir se faire petites.

– On va où ?

Noah la met au jus.

– Dans le métro. Un type avec un étui à fusil. Du côté de la rue Blanche, spéciale dédicace.

Noah n'a jamais su dissimuler une certaine attirance pour sa collègue. Respectueux des distances et des protocoles, il manipule cette attirance par petites touches.

– Il s'est servi de son arme ?

– Non, pas de victime. Il a été encerclé par les gars de la sécurité. Ils nous attendent.

En effet, ils attendent. Le suspect, la soixantaine avancée, portant ses rides avec l'élégance des hommes ayant vieilli par inadvertance, est assis sur l'un des bancs qui donnent aux voyageurs la liberté de ne pas s'asseoir. À une dizaine de mètres de lui, posé à plat sur le sol, un étui de cuir auquel l'usure donne des reflets grisâtres. L'un des agents de sécurité s'approche de Noah, suivi par un civil.

– C'est monsieur qui a donné l'alerte.

– Oui, j'ai vu le gars arriver avec son étui en bandoulière. J'ai tout de suite reconnu un étui à fusil de chasse. Mon beau-frère m'emmène tous les ans au sanglier. Ça nous fait notre plat de Noël. Vous avez déjà mangé du sanglier ? C'est plus goûteux que la dinde, et c'est plus gros. Quand vous avez une famille nombreuse, il y en a pour tout le monde.

– *Stick to the subject*, s'il vous plaît, dit Noah.

– Oui, donc il est arrivé comme ça, tranquillement, avec son fusil. J'ai flairé un mauvais coup, alors je l'ai plaqué au sol. C'est ma femme qui a appelé la sécurité. Heureusement que j'étais là. On a évité le pire.

– Bon. Restez dans le coin, on peut avoir besoin de vous.

– Pas de problème, on a tout notre temps.

Noah se tourne vers Blanche :

– Faut évacuer la station.

– Tu es sérieux ? Regarde-le, il n'a pas l'air d'un baron de la pègre. Tu penses qu'il aurait piégé un étui ?

Il est vrai que le suspect semble ne rien comprendre à la tournure des événements. Hagard, il observe tour à tour son étui et le duo de policiers, en faisant machinalement tanguer sa moustache comme une barque dans l'eau.

– On l'interroge ? propose Noah.

L'agent de sécurité persifle et signe :

– Vous savez parler tagalog ? Il débarque des Philippines.

– Vaut mieux parler à l'étui, ironise Noah.

Blanche s'élance résolument vers l'arme présumée. Noah l'interpelle :

– C'était une blague ! Oh ! Tu fais quoi ?

Mais Blanche poursuit sa marche. Noah demeure pétrifié par l'aplomb de sa collègue. La voilà qui s'agenouille, saisit délicatement l'étui, l'ouvre, le referme, puis le rapporte vers son collègue ébahi.

– Tu m'expliques ? gronde Noah. C'est complètement irresponsable ce que tu viens de faire. Et contre toutes les règles, surtout.

– Détends-toi, c'est un violon.

Elle ouvre à nouveau l'étui et en sort ce qu'il contient : instrument, archet, morceau de colophane enrobé dans un mouchoir, et la photo d'une femme. Elle tend tous ces objets à leur propriétaire puis, lui parlant très lentement et en articulant à outrance :

– Désolée, mais pour l'étui, on doit le garder. Il peut vous arriver des ennuis. La prochaine fois, on pourrait le détruire avec ce qu'il y a dedans.

L'homme, comprenant au ton de Blanche qu'il est sorti de l'auberge, glisse la colophane dans la poche de sa veste et saisit l'opportunité d'un métro à quai pour entrer dans une rame. S'en suivent les premières notes des *Yeux noirs* en duo avec la sonnerie indiquant la fermeture des portes du métro. Les deux policiers ont le temps d'apercevoir l'ex-suspect s'éloigner, violon sous le menton, archet à la main, et photo entre les dents.

– Ranger son violon dans un étui à fusil, il est cinglé, ce gars.

– Pourquoi pas ? répond Blanche. On fait bien le contraire.

Le civil, déterminé à être le héros du jour, rappelle sa présence :

– Vous avez besoin de ma déposition ?

– Déposition pour ?

– Pour mon intervention. Sans moi, ça aurait pu être grave.

– Il joue faux, mais de là à faire un rapport…

Un peu plus tard, les deux agents sont à nouveau envoiturés. Intérieurement, Noah sort sa boîte de savons. Il n'aime pas rabrouer sa collègue, et profite souvent du moment où il est au volant pour le faire. C'est plus facile : il a un alibi pour ne pas la regarder.

– C'est ça qu'on t'apprend au CCP ?

Blanche suit une formation sur les explosifs au Collège canadien de police. Son ambition est d'intégrer le groupe des démineurs.

– Je sais, pardon, j'ai agi d'instinct.

– La prochaine fois, dis à ton instinct de réviser avant de venir. S'approcher sans protection d'un colis suspect, même les brigades canines hésitent à faire ça.

– Oui, désolée, ça ne se reproduira pas.

– Bien.

Noah n'insiste pas. En matière de réprimande, il préfère la frappe chirurgicale à la volée de mitraille. Le malaise est définitivement dissipé au moment où Blanche tend l'index à tribord :

– Là, le petit monsieur qui sort de sa voiture. C'est une place réservée, ça, non ? Tu vois une vignette sur le pare-brise ?

– Il n'a pas l'air tranquille, souscrit Noah. La tête du resquilleur.

– On s'arrête ?

N'ayant rien de mieux à faire, ils s'arrêtent. C'est Blanche qui opère.

– Bonjour, monsieur. Vous avez votre vignette de stationnement ?

L'homme n'essaie même pas de noyer un poisson qui est déjà servi.

– J'en ai pas.

– Vous êtes garé sur une place pour personnes handicapées.

– Je suis un handicapé sans vignette. Je suis nain.

Les deux policiers échangent un regard à la fois dubitatif et narquois, ne sachant pas s'il s'agit d'humour, d'insolence, ou des deux à la fois.

– Monsieur, ne soyez pas inconvenant, vous n'êtes pas grand, mais vous n'êtes visiblement pas atteint de nanisme.

– Ah bon ? Ça fait pourtant quarante ans que je me fais traiter de nain. Et nain par-ci, et nain par-là, oh, t'as vu le nain ? Depuis l'école primaire, il ne se passe pas une journée sans que j'entende ce mot. J'en ai ma claque d'avoir les inconvénients sans les avantages. Verbalisez-moi si ça vous chante, mais hors de question que je bouge ma voiture. En plus, j'en ai pour cinq minutes, le temps d'aller chercher ma veste de nain chez le tailleur pour nains.

Ce n'était donc ni de l'humour ni de l'insolence, mais une sorte de réclamation rétroactive.

– Monsieur, ces places sont réservées à…

– Laisse, Blanche… interrompt Noah. Vous en avez vraiment pour cinq minutes ?

– Je serais déjà reparti si vous m'aviez laissé tranquille.

– Bon, allez-y, dit Noah. Et dépêchez-vous de libérer cette place.

L'homme effectue un salut militaire et part au trot vers la boutique.

Au moment exact où Blanche claque la porte de la voiture, Suzanne déplie ses jambes et se cale au fond de son fauteuil. Son carnet en main, elle tente de déchiffrer ses notes de la semaine passée. En face d'elle, sur une chaise jumelle, un homme entre deux âges (encore qu'on ne sache pas lesquels) fait prendre à ses lèvres les formes les plus incongrues, tantôt brièvement collées l'une contre l'autre, tantôt dessinant un cercle quasi parfait, ainsi que toutes les configurations intermédiaires. Pendant ce manège, on entend une ribambelle de sons qui paraissent jaillir de cette bouche polymorphe.

Bref, l'homme parle.

– Ma vie est foutue.

– Évitons les hyperboles, monsieur Péloquin, et tâchons de voir ce que nous pouvons faire.

– La femme de ma vie est partie, ma vie est donc foutue, c'est logique, non ?

– Qu'est-ce que vous ressentez exactement ?

– Je ressens la certitude que ma vie est foutue.

– Mais encore.

– Il n'y a rien à faire, docteur, même si c'est la situation la plus banale qui soit, on n'est jamais préparé.

– Je pense que vous êtes le seul sur Terre à être touché à ce point par ce type d'événement.

– Elle est partie ! Partie ! Vous comprenez l'étendue du désastre ?

– Est-elle réellement partie, monsieur Péloquin ?

– Les déménageurs sont passés. Tous les cartons ont été emmenés ! L'appartement est vide !

– Je veux dire : pour partir, il faut d'abord avoir été là.

– Elle était là !

– Elle était... de l'autre côté de la rue, monsieur Péloquin. Dans l'appartement en vis-à-vis. Nous parlons d'une femme que vous n'avez jamais rencontrée, à qui vous n'avez jamais parlé. Vous ne connaissez même pas son prénom.

– Si, Jeanne.

– Ça, c'est le prénom que vous lui avez donné. En réalité, elle s'appelle peut-être Mélanie ou Agathe.

– Impossible. Et puis j'appelle la femme de ma vie comme je veux.

– Ça fait deux ans, monsieur Péloquin. Deux ans à l'observer par la fenêtre avec votre longue-vue. Deux ans à écrire des lettres d'amour sans les envoyer. Je sais que le rapport aux autres n'est pas facile pour vous, mais vous n'êtes pas malade, vous êtes simplement différent, un peu sauvage, un peu solitaire.

– Je sais, « phobie sociale ». Je préférerais avoir la phobie des araignées comme tout le monde.

– Oubliez votre voisine.

– Ah ! Et puisqu'un malheur n'arrive jamais seul, j'ai aussi perdu mon coiffeur.

– Allons bon.

– Le coiffeur idéal. J'avais réussi à lui faire croire que j'étais sourd et muet, je pouvais y aller sans lui adresser la parole, le luxe, le bonheur, le paradis sur fauteuil. Et puis hier, la bourde. Au moment où je remets mon manteau, il me dit : « Monsieur ? » Et moi, par réflexe, je me retourne et je dis « Oui ? »

– Aïe, lâche machinalement Suzanne.

– J'ai grillé ma couverture. Je vais devoir changer de coiffeur.

– Vous pourriez aussi… apprendre à lui parler.

– Vous plaisantez ? Je ne le connais pas.

– Vous savez, par définition, avant de connaître quelqu'un, on ne le connaît pas.

– Aucune envie de bavasser avec un type que je ne connais pas.

– Oui, mais en général il faut « bavasser » avec les gens pour les connaître.

– Vous voyez mon problème ?

– Lancez-vous, dites-lui quelque chose, à ce coiffeur.

– Quoi ?

– …

– Bonjour ?

– Voilà ! Vivez dangereusement.

– En fait, un salon de coiffure, c'est une succursale de l'enfer. Vous êtes là, assis avec quelqu'un dans votre dos, qui vous touche, qui vous met ses gros doigts dans les cheveux, qui vous passe une lame de ciseaux derrière les oreilles. Franchement, il y a des gens en taule pour moins que ça.

– Bon, et à part le coiffeur, du nouveau ? Des rencontres ?

– Vous savez, je sors très peu. Hier j'ai terminé la *Belle Hélène*. Une goélette qu'un milliardaire grec veut offrir à sa maîtresse. J'ai enfin fini la maquette.

– Vous travaillez seul, c'est ça votre problème. Si encore vous étiez membre d'un cabinet d'architectes, vous auriez des collaborateurs. Ça vous accoutumerait à une certaine vie sociale. Essayez de trouver un hobby qui vous force à sortir.

– J'ai déjà un hobby, vous le savez.

Olivier, ledit monsieur Péloquin, badigeonne une toile imaginaire, un pinceau invisible entre les doigts.

– Allez peindre dans la rue, à la bohème.

– Pour que n'importe quel analphabète pictural vienne donner son avis sur mon travail ? Pas question.

– Dans un cours collectif, alors.

– La deuxième succursale de l'enfer… Une pièce remplie de retraités qui se prennent tous pour Van Gogh. À choisir, je préfère le salon de coiffure. Au moins, si on me coupe l'oreille, c'est par accident.

– Bon, on avance… Gentiment, mais on avance. On va s'arrêter là pour aujourd'hui. Écoutez, pour le coiffeur, j'ai peut-être une solution. Il se trouve que j'ai une amie qui tient un salon de coiffure. Je peux vous donner ses coordonnées et, sans entrer dans les détails, lui dire qu'il ne faut pas vous parler. Ça vous permettra de ne pas ressembler à l'homme de Cro-Magnon dans six mois.

– Merci, docteur.

– Ah, un petit conseil… Dites à Mika de se faire discret, hein…

– Pourquoi ?

– Je connais Laura. Au pire elle vous flanque dehors, au mieux elle vous décoche des réflexions très déplaisantes.

– Mika sait se tenir.

– Rappelez-vous le temps où vous veniez avec lui à nos séances. C'était impossible d'avoir une conversation, il nous interrompait à tout bout de champ. J'ai mis un temps fou à vous convaincre de le laisser dehors.

– Il n'y avait que vous que ça dérangeait.

– Je ne désespère pas de vous en débarrasser définitivement.

– C'est nécessaire ?

– Quand votre thérapeute s'habitue à l'existence de votre ami imaginaire et qu'elle lui passe le bonjour, il y a du souci à se faire, non ?

– Vous voulez me condamner à la solitude, c'est ça ?

– Mais vous êtes seul, monsieur Péloquin. Et pour rompre avec cette solitude, il faut rompre avec Mika.

– S'il s'en va, qu'est-ce qu'il reste ?

– Vous.

– Rien, donc.

Olivier soulève son rien de sa chaise, et gagne la sortie.

– La semaine prochaine, même jour, même heure ? demande-t-il sans se retourner.

– Même jour, même heure.

Le téléphone choisit ce moment opportun pour sonner.

SUZANNE

Oui ? [...] Ah, Laura, je parlais justement de toi. Je suis entre deux patients. [...] Non, pas physiquement, temporellement.

[...] Tu as fait quoi ? [...] Tu es folle ! Connaissant Capucine, elle va t'en vouloir. Tu la mets devant le fait accompli, ce n'est pas très chic, Laura. [...] Elle n'en veut pas, de ce renifleur, tu ne peux pas lui forcer le cœur...

LAURA

Mais vous commencez à m'agacer, toutes, avec votre cœur ! À vous entendre, nous ne sommes qu'un gros cœur avec deux jambes pour marcher, deux bras pour travailler, et une tête pour porter des chapeaux. [...] Hein? [...] Ça, c'est ta méthode de réductrice de matière grise, on a essayé, ça ne marche pas. On va tenter ma méthode, maintenant. Bon, je te laisse. [...] Quoi ? [...] Dis toujours. [...] Mais oui, tant qu'il paye. [...] Une contrainte ? Quelle contrainte ? [...] Qu'est-ce que ça peut me faire ? Je n'ai jamais obligé personne à me raconter sa vie. Ça me changera de mes clients habituels. [...] Olivier Péloquin, entendu. Oh, j'y pensais tout à l'heure, elle a trouvé ton objet, Blanche ?

SUZANNE

Non. Faut dire que j'ai été un peu vache. J'ai laissé une petite clé. [...] Et toi ? [...] Un livre ? Facile. Je passerai chez Blanche dans la soirée pour voir où en est le tango. [...] Hein ? Mais non, je ne me sens pas exclue. Et d'ailleurs j'ai du bricolage à faire chez moi. Ça fait des mois que je veux repeindre mon couloir. C'est l'occasion. Allez, à plus tard. *Tschüss.*

Suzanne ouvre un tiroir, elle en sort deux rectangles de papier : une paire de billets d'entrée au festival Wagner de Bayreuth : *der Ring*, tétralogie incontournable pour ceux qui ont quinze heures à leur disposition. Et ils sont légion, ce qui fait que les places pour cet événement se réservent dix ans à l'avance. Suzanne n'est en rien adepte de Richard Wagner. Ces deux billets lui ont été offerts il y a dix ans par « l'homme du moment ». Un cadeau de grande envergure. L'homme du moment était amoureux, et assez optimiste pour envisager un voyage une décennie à l'avance en compagnie de Suzanne. Hélas, le moment est passé, l'homme aussi, mais les billets sont restés. Une marque d'élégance de la part de cet amant éconduit que de ne pas reprendre sa dispendieuse offrande. Dès leur rupture, Suzanne était déterminée à vendre illico les deux billets. À la réflexion, il était plus lucratif d'attendre. Imaginez le prix d'un billet pour un opéra complet depuis dix ans. Puis une autre idée a pointé son neurotransmetteur, dictée par l'esprit aventurier de Suzanne : se faire rembourser l'un des billets par le festival, et assister aux représentations. Le billet serait vendu à une personne seule, qui se trouverait fatalement à côté d'elle. Il n'en fallait pas plus à l'imagination de Suzanne pour s'enflammer. À coup sûr, la place serait occupée par un homme providentiel. L'homme est à bout. Cela fait dix ans qu'il est sur la liste d'attente. Au moment où il va se résigner, le téléphone sonne. Un désistement ! Peu importe le prix, l'homme ne laisse pas passer sa chance. Quelques jours plus tard, il s'enfonce dans un fauteuil du Palais des festivals. À sa gauche, un vieillard qui semble avoir connu Wagner. À sa droite… à sa droite… une jeune femme qui le regarde avec une désarmante curiosité.

Le risque de tomber sur un os n'est pas négligeable. Dans ce cas, cela n'aura coûté qu'un seul volet de la tétralogie. Suzanne mettra les trois autres à l'index, et profitera du voyage pour faire un crochet par Vienne afin de visiter le musée Sigmund-Freud. Elle referme son tiroir.

C'est à cette seconde précise que Capucine pousse la porte de sortie de la station Place des arts, pour sinuer les trottoirs. Oui, elle sinue, ayant l'habitude de cumuler marche et lecture. Le nez dans un livre, elle ajuste d'instinct sa trajectoire afin d'éviter les passants. On pourrait croire qu'un doigt divin la mène à travers la ville, déroulant pour elle le ruban de son pas. Et la ville s'écoule autour d'elle sans que jamais Capucine n'ait à lever les yeux.

Capucine n'a rien pu faire contre le culot de son amie. Laura a tenté l'impossible et l'a réussi : elle a déplié l'origami, noté le numéro de téléphone, et replié le chapeau à la perfection. Puis, se faisant passer pour Capucine, elle a appelé le prétendant renifleur. Sans vergogne aucune, elle a proposé un rendez-vous. Le plus difficile a été de persuader la vraie Capucine de s'y rendre. C'était une autre affaire que le coup des extraterrestres de la cordillère des Andes. Elle y est pourtant parvenue. Le livre dans lequel Capucine est maintenant plongée tout en marchant est aussi une façon de faire l'autruche.

Sa route en zigzag la conduit jusqu'au quartier international. Laura a donné ses instructions : « Je lui ai dit de t'attendre devant l'espace Wilder, à l'angle de Sainte-Catherine et Bleury, sous l'arbre. Puis vous irez prendre un verre dans le coin. » Le point de rendez-vous n'a pas été choisi par hasard. Laura connaît l'intérêt de Capucine pour le ballet, et n'a pas manqué de le faire savoir au renifleur. S'il est malin, ce dernier se renseignera sommairement sur le répertoire. Mais cette anticipation serait un mauvais calcul : Capucine n'abhorre rien tant que ce qui est faux. Avec elle, l'homme qui endosse un pavois de faux-semblants s'affaiblit. Elle détecte tout de suite la culture en toc chez ses interlocuteurs. Aux caresses du mensonge, elle préférera toujours les morsures de la vérité.

Bien souvent, un premier rendez-vous, c'est la rencontre de deux humains factices qui ont glissé sous le tapis leur véritable substance et sorti les bibelots qu'ils n'utilisent jamais pour les faire admirer. La véritable rencontre se produit le jour de la séparation.

Capucine arrive en vue des Grands Ballets canadiens, elle ralentit. À distance raisonnable, elle s'arrête. Elle aperçoit l'arbre. Dessous, elle reconnaît la silhouette énorme du renifleur. De loin, on dirait un mauvais montage photographique : le personnage n'est pas à l'échelle du décor. Une voix intérieure familière retentit en Capucine : « Une fois assise face à lui, je serai regardée, questionnée, jaugée, pesée. Il voudra tout savoir sur mes goûts, sur mes voyages, sur le dernier livre que j'ai lu, sur ma famille. Je serai mal à l'aise. Les mains sur les genoux ou à plat sur la table ? Jambes croisées ou dépliées ? De face ou légèrement de biais ? Sourire ? Si oui, comment ? Sans retenue ? Avec nonchalance ? Avec pondération ? Est-il trop tôt pour commander un verre de vin ? Trop tard pour un chocolat chaud ? Et que faire en cas de silence ? Attendre ? Relancer la conversation ? Sur quel sujet ? Et que regarde-t-on exactement lorsqu'on regarde un visage ? Les yeux ? Lequel ? Faut-il passer d'un œil à l'autre ? À quelle fréquence ? Si je regarde un point entre les cils et les sourcils, est-ce qu'il remarquera que je triche ? Et en arrivant : serrement de mains ou bise sur la joue ? Et combien de temps cela va-t-il durer ? Et si ce type m'invite à dîner, faut-il accepter ? S'il ne me plaît pas, au bout de combien de temps puis-je le quitter sans paraître insultante ? S'il me plaît, à quel point puis-je le montrer sans paraître aguicheuse ?… »

Capucine est déjà loin. Une fois de plus, la jeune femme a mis le rencard au rancart. Il faut trois heures à notre homme pour se résigner à rentrer à sa fonderie, qui est à la fois son lieu de travail et son domicile. « J'arriverai à temps pour finir la cloche des pompes funèbres », pense-t-il.

Oui, le gros prétendant de Capucine est fondeur de cloches.

| Lève-toi et marche |

La première leçon de tango s'ouvre sur une déconvenue. Dès son entrée au salon, Laura relève un accroc à son plan.

LAURA
Zut, je n'avais pas pensé à ça. On ne va pas pouvoir danser ici.

BLANCHE
Pas assez grand ?

LAURA
La moquette.

CAPUCINE
C'est si important que ça ?

LAURA
On ne danse pas le tango sur de la moquette. Le pied ne glisse pas.

BLANCHE
C'est bien gentil, mais je ne vais pas décoller ma moquette.

LAURA

Bon, je sais, on va aller au salon de coiffure, c'est à vingt minutes de marche.

Ce changement de lieu est inespéré pour Blanche. La nuit dernière, elle a rêvé que le corps de Valentin était découvert par ses amies. Mon Dieu ! Et s'il lui prenait l'un de ces sursauts qu'il a parfois et qu'il tombait du lit ! Le bruit alerterait les filles. Ce serait un comble qu'un cadavre échoue à faire le mort.

Arrivées à destination, les filles poussent les sièges au fond de la pièce. Le sol est méticuleusement balayé. Pas une mèche de cheveux ne traîne sur le carrelage en damier.

LAURA

Mettez-vous en face de moi, le plus loin possible.

Blanche et Capucine prennent chacune un tabouret, et se choisissent un coin de la pièce.

LAURA

La première difficulté, c'est le cabaceo.

CAPUCINE

Le ?

LAURA

Un geste de la tête qui sert d'invitation. Comment faites-vous pour inviter quelqu'un à danser ?

CAPUCINE

Je ne l'ai jamais fait.

Blanche
Moi non plus.

Laura
Imaginez.

Blanche
… Je ne sais pas… « On danse ? »

Laura
Comme une adolescente à sa première soirée ? Comme un touriste français à la fête du camping ? Non. Le tango est une affaire sérieuse. On ne s'y prend pas comme un bidochon. Mais avant d'aborder le cabaceo, reprenons les bases… Capucine, regarde-moi.

Capucine
Hein ?

Laura
Regarde-moi dans les yeux.

Capucine tente une œillade furtive.

Laura
Ça, ce n'est pas un regard. Ce que tu viens de faire est au regard ce que l'étoile filante est au soleil. Une étoile filante, ça ne réchauffe personne, ça fait une petite étincelle mesquine, et une fois qu'elle a flambé dans l'atmosphère, il n'en reste qu'un petit caillou calciné. Voilà ce que tu m'offres, un petit caillou calciné. Que veux-tu que j'en fasse ? Si je danse avec toi, tu dois m'enrober dans ta chaleur. Ton regard doit nourrir toutes mes cellules.

Capucine

Bon, je recommence.

Cette fois, le regard de Capucine est un peu plus appuyé, sans toutefois dépasser les trois secondes.

Laura

Pourquoi tu baisses les yeux ?

Capucine

Je ne sais pas.

Laura

Je vais te le dire. Tu baisses les yeux parce que tu ne donnes rien. Tu ne me regardes pas, tu subis mon regard. Tes yeux sont deux boucliers. Ils sont ouverts, et pourtant ils sont fermés. Quand tu regardes quelqu'un, ce ne sont pas tes yeux qu'il faut ouvrir, c'est ton humanité. Et quelque chose doit passer de toi à l'autre. Quelque chose en toi vient s'appuyer sur l'autre, sinon tu n'offres pas de résistance, et tu t'effondres sur toi-même. Tu succombes à ce que l'autre te donne. C'est pour ça que tu baisses les yeux. Lève-toi... Tends tes bras, empoigne mes épaules.

Laura saisit les épaules de Capucine entre ses mains.

Laura

Maintenant penche-toi en avant, contre moi.

Capucine

Je vais te déséquilibrer !

LAURA

Fanfaronne, va. N'aie pas peur.

Capucine bascule vers l'avant. Laura répartit son poids sur la pointe de ses pieds. L'équilibre est atteint.

LAURA

Tu vois. Tu ne tombes pas parce que tu es appuyée sur moi,
et réciproquement. Rassieds-toi... Maintenant,
faisons la même chose, mais uniquement par le regard.

Capucine a besoin de quelques secondes pour s'ouvrir le cœur. Puis elle lève les yeux. Les secondes passent. L'équilibre est atteint.

LAURA

Ne t'arrête pas. Nous pouvons tenir des heures si chacune
de nous continue à donner. Il suffit de ne jamais se tarir.

CAPUCINE

Et si l'on n'a plus rien à donner ?

LAURA

Cela porte un nom : la mort. Tant qu'il est vivant,
le soleil brille. Bon, à ton tour, Blanche.

Les heures passent. Blanche se surprend à penser : « J'espère que Valentin ne s'inquiète pas », comme au temps où elle traînait tard avec les filles.

LAURA

Pour la centième fois, Blanche,
ne regarde pas tes pieds !

Laura et Blanche se font face. Laura a les bras pendus le long du corps, Blanche a posé ses mains à plat sur la poitrine de son professeur, ce qui la gêne un tantinet. Un vinyle tourne. Par deux hauts-parleurs grésille une chanson probablement écrite à l'époque où le tango se pratiquait encore uniquement entre hommes.

BLANCHE
Mais j'ai peur de t'écraser les pieds en dansant.

LAURA
Pour l'instant, on ne danse pas, on marche. Rien de plus.
On ne t'apprend pas à marcher au pas dans la police ?
Oublie tes pieds, suis ma poitrine. C'est de là que vient
l'impulsion. Tantôt en avant, tantôt en arrière, c'est tout.
Tu as de l'instinct, tu apprendras vite.

BLANCHE
Si tu le dis.

LAURA
Il faut passer beaucoup de temps à cet exercice,
comme l'apprenti violoniste joue des cordes à vide
avec son archet.

BLANCHE
Combien de temps ?

LAURA
Jusqu'à ce que tu aies trouvé la boussole.

BLANCHE
Oh, ce jargon... Laisse-moi me concentrer.

LAURA
Je me tais.

Elles marchent, un temps après l'autre, de long en large, infatigablement. Blanche et Capucine alternent toutes les cinq minutes. Au bout de deux heures, Laura s'autorise quelques libertés. Elle se fige, repart, change de direction. Les deux élèves se laissent guider. Elles commencent à sentir l'inertie du tango, et ce point d'équilibre qu'il s'agit de déplacer à deux dans l'espace. Laura a toujours les bras le long du corps. Sur sa poitrine, les mains de son élève sont toujours posées à plat. Il faut d'abord maîtriser le flux de la danse, avant d'ajouter la poussée de l'étreinte.

LAURA
Ne marque pas les temps, Capucine.
Ton pied doit se poser sur le sol dans un léger glissement.
Pas de fioritures, pas de mouvements inutiles.
Reste en basse altitude.
Tu n'as pas le droit à l'erreur. Jamais.

CAPUCINE
À t'entendre, je suis surveillée.

LAURA
Ne prends pas ça à la légère.

Le sérieux de Laura réduit Capucine au silence.

LAURA
Tu vois, ça rentre. Nous allons travailler tous les soirs,
et dans quelques semaines vous serez milongueras.

Elles continuent à glisser d'une extrémité à l'autre du grand miroir. Quelques passants les regardent à travers la vitrine, surpris par cet étrange ballet nocturne.

CAPUCINE

Je fatigue...

LAURA

D'accord, on s'arrête.

Laura va remplir trois grands verres d'eau au lavabo qui sert pour les shampoings. Blanche luit de sueur, embellie par ces heures où elle s'est confrontée à de nouvelles forces. Capucine, elle, se décourage.

CAPUCINE

Je n'y arriverai pas. Je n'oserai jamais faire ça avec un homme que je ne connais pas.

LAURA

En fait, ton problème...

CAPUCINE

Encore un problème...

LAURA

... c'est que tu n'as pas trouvé ton aleph. Indispensable, l'aleph, surtout pour danser le tango.

CAPUCINE

Qu'est-ce que Borges vient faire là-dedans ?

BLANCHE

Oh ! Vous arrêtez le charabia ! Aleph, Borges, il faut un décrypteur avec vous.

Laura

Je n'y peux rien si Capuche est une lettreuse. Pour elle,
la fierté nationale de l'Argentine, c'est Borges, pas Maradona.
La main de dieu, c'est celle qui tient le stylo, pas celle
qui pousse la balle dans les filets.
Bref, au départ, l'*Aleph* est un texte
de monsieur Jorge Luis Borges.

Capucine

Et l'aleph de madame Laura Mozzi, c'est quoi ?

Laura

C'est le point qui contient tout ce que tu es, ce que tu as été.
C'est l'équivalent du centre de gravité, mais pour les émotions.
Comment crois-tu qu'un acrobate puisse se tortiller
dans tous les sens, faire virevolter ses bras et ses jambes
dans toutes les directions sans se vautrer ?
Il a trouvé son centre. Il est bien amarré.
Pour les émotions, c'est pareil. Toi, tu n'as pas de centre
émotionnel. Tu n'as pas d'aleph.
Tu ne peux pas faire virevolter tes émotions dans toutes
les directions sans t'effondrer.

Capucine

Je préfère l'aleph de Borges.

Blanche

C'est quoi, la différence ?

Capucine

Pour résumer, c'est un petit point qui permet de voir
tout l'univers.

Laura

Bla bla bla…

Capucine

Quoi, Laura ? Ça devrait te plaire, toi qui nous parles toujours
d'étoiles et d'extraterrestres.
Imagine, pouvoir simultanément observer
tout ce qui existe, à chaque moment depuis la création
de l'univers jusqu'à sa fin. Voir en une fraction de seconde
la construction des pyramides d'Égypte, les premiers pas
sur la Lune, Shakespeare écrivant *Hamlet*, la pomme tombant
sur la tête de Newton, la mort du dernier Terrien,
toutes les pages de tous les livres, tous les visages, toutes
les naissances, toutes les guerres. Tout cela en un coup d'œil.

Blanche

Voilà un truc qui plairait à Valentin.

Laura

Qu'est-ce qui m'a pris de prononcer ce mot…?

Il est deux heures du matin.

Laura

(*à Blanche*)

Il te reste du rhum ? La bouteille que j'ai apportée l'autre soir ?
Une récompense est de rigueur, non ?

Blanche

Oui, venez, ça va nous remplumer.

La fatigue du retour transforme en une demi-heure les vingt minutes de l'aller. En tournant la clé, Blanche marque un temps d'arrêt.

BLANCHE
(en poussant la porte)
Tiens, je pensais avoir verrouillé.

Suzanne est assise dans un fauteuil.

Son regard est d'une fixité minérale. D'ailleurs, tout en elle est emprisonné dans une bulle où le temps serait aboli. Ses yeux ne cillent pas, sa poitrine n'est pas mue par le flux et le reflux de la respiration. Effrayante, Suzanne affiche une expression d'épouvante inédite chez elle.

BLANCHE
Suzanne ? Comment tu es entrée ?

SUZANNE
C'est ça, ta question ?

BLANCHE
...

SUZANNE
Sachant ce qu'il y a dans la chambre, ta première question
en me voyant ici, c'est de savoir comment je suis entrée ?

BLANCHE
Je t'en prie, Suzanne...

SUZANNE
Tu as oublié que j'ai gardé ma clé, chère ex-coloc ?
On a convenu que ce serait pratique,

quand tu « t'enfermes dehors », ou pour arroser les plantes en votre absence. Voilà comment je suis entrée. Ça te satisfait, comme réponse ?

BLANCHE
Mais...

SUZANNE
Quant au « pourquoi », pourquoi je suis entrée, c'est très simple. J'avais prévu de consacrer ma soirée à la peinture de mon couloir, tu sais, ce couloir si sombre en gris perle, je voulais le peindre en blanc. Qui dit peinture, dit escabeau, et où est-ce que monsieur et madame tout le monde fourguent un escabeau, en général ? Dans une cave. C'est là que j'ai rangé le mien. Or, pour entrer dans ma cave, il faut une clé. Cette clé, je l'avais laissée chez toi entre les pages d'un bouquin, pour ne pas démériter de ce petit jeu qui nous amuse tant. D'ailleurs, tu ne l'as pas trouvée, cette clé, j'imagine ?

BLANCHE
Non...

SUZANNE
Alors j'ai gagné, mais là n'est pas la question. Avec la ferme intention de repeindre mon couloir, je saute dans ma coccinelle, et je fonce chez toi, pensant vous y trouver en pleine séance de tango. Mais là, personne ne répond à mes coups de sonnette. Sans m'inquiéter, je me dis : « Elles ont dû aller ailleurs pour faire leurs argentineries. » J'hésite puis me dis que c'est trop bête. J'ai toujours la clé de l'appartement dans mon trousseau. C'est l'affaire d'une minute. Blanche ne m'en voudra pas. J'entre.

Là, plus le moindre livre au salon. Aïe, Valentin les a sûrement
repris. La tuile. Ou alors, idée, Blanche les a mis
dans la chambre pour ne pas les avoir sous le nez
toute la journée. J'y vais. Et là, si cela ne te dérange pas,
je te laisse continuer l'histoire.

Fixée par ses trois amies, Blanche est maintenant statufiée. Ses deux partenaires de tango sont partagées entre l'anxiété inspirée par l'attitude de Suzanne et la curiosité de savoir ce qui peut bien se trouver de si formidable dans la chambre pour faire vaciller celle que rien ne semble jamais atteindre. Ni Laura ni Capucine n'osent pourtant s'y rendre, car elles sentent qu'il incombe à Blanche de lever le secret. Cette dernière est livide. Instinctivement, elle pose sa main droite sur son bassin, à l'endroit où est accrochée son arme lorsqu'elle porte l'uniforme. Ce geste, elle l'esquisse machinalement chaque fois qu'elle perçoit un danger.

BLANCHE
Je ne sais pas quoi dire…

SUZANNE
Ah non ! Ça fait plus de trois heures que je crève d'angoisse ici,
avec mille questions dans le crâne ! J'ai pensé appeler
la police, figure-toi, un comble ! Mais j'ai voulu t'accorder
l'opportunité de t'expliquer. C'est ça, l'amitié, il paraît.
Quoi qu'il en soit, je n'ai pas la patience de t'entendre balbutier.
Alors parle !

Blanche se rappelle qu'elle était prête à tout révéler à ses amies la veille au soir. L'intrusion de Suzanne ne fait que provoquer son aveu. De son côté, Laura, qui n'a jamais été un parangon de patience, n'en peut plus.

LAURA

Alors, qu'est-ce qu'il y a dans cette chambre, bon Dieu ?
Vous commencez à me faire peur !
À vous entendre, il y a tous les lingots de la banque nationale.
C'est ça, Blanche ? Tu as fait un casse ?

SUZANNE

Si c'était ça, j'aurais ouvert une bouteille de champagne
et un compte bancaire aux îles Caïmans.

BLANCHE

C'est Valentin. Dans la chambre... C'est Valentin.

Une grosse flaque de silence se répand. Laura et Capucine ne savent pas trop s'il faut se réjouir.

CAPUCINE

Euh... C'est plutôt une bonne nouvelle, non ?

LAURA

Tu sais, Blanche, si j'ai traité Valentin de « croisement
entre un tapir et un poireau », c'était parce qu'il t'avait quittée.
S'il est revenu, c'est différent. Enfin, c'est toujours
un croisement entre un tapir et un poireau, mais le poireau
est issu de l'agriculture biologique.
Dans le fond, je l'aime bien, le Valuche.
Il est écrivain, c'est vrai, mais la perfection
n'est pas de ce monde.

Une seconde flaque de silence vient recouvrir la première. Ce silence-là est de ceux qui ne s'épongent pas en les saupoudrant d'humour.

BLANCHE
Il est mort... Valentin est mort... Je l'ai mis dans la chambre...
Voilà.

Capucine a toujours un citron de larmes au coin des yeux. Elle en presse quelques gouttes sans attendre. Leurs sillages lui dessinent deux rameaux noirs sur les joues. Laura n'est ni aussi prévoyante ni aussi prompte à l'émotivité. Ce qui prime chez elle, c'est la cohésion de la meute.

LAURA
Attends, attends... Valentin est mort,
et tu ne nous as rien dit ?

Suzanne commence à sérieusement s'échauffer. Elle tend un doigt raide vers la porte de la chambre.

SUZANNE
C'est pire que ça, Laura ! Le Valette, tu l'imagines en costard
allongé sur le lit, bien coiffé, bien rasé, les deux mains
sur le ventre, avec des bougies tout autour, une bible
sur la table de nuit, et des cantiques en musique de fond ?
Penses-tu ! Il est emmitouflé dans une couverture de survie
comme une pomme de terre qui cuit sur un feu de jardin.
Ce n'est pas une veillée, c'est une morgue artisanale !

Laura veut en avoir le cœur net.

LAURA

J'y vais.

SUZANNE

Je te conseille de mettre ton manteau. La chambre est froide.

Laura n'écoute pas. Elle se précipite dans la chambre et disparaît dans l'obscurité. Quelques secondes passent. On entend un « Oh ! Putain ! » Elle revient, referme la porte, reste un moment de dos, une main sur la poignée. Puis elle part d'un grand rire.

LAURA

C'est une blague, hein ? Alors là, chapeau bas, je m'incline.
Comment vous avez fait ? Maquillage ? L'illusion est parfaite,
il a vraiment l'air mort. Pas un tremblement, et c'est la Sibérie,
là-dedans ! Impressionnant. Et la préparation ! Du génie !
Faire semblant d'être quittée par Valentin, les livres déménagés
dans la chambre, la clé de la cave dans un bouquin,
du Hitchcock. Mais il en faut plus pour duper Lauruche !
Vous savez ce qui m'a mis la puce à l'oreille ? Le manuscrit sur
le bureau en face du lit, bien empilé, bien tassé. Ça sent la mise
en scène à plein pif. Jamais Valentin n'aurait été
aussi précautionneux. Ces feuilles, il les semait partout,
on en retrouvait même aux toilettes. Pas crédible. Valentin !
Tu peux sortir ! Viens te réchauffer, mon pauvre vieux !

Il est parfois des coïncidences qui prouvent que, quelle que soit l'entité responsable de la création du monde – un dieu, un sac d'atomes ou un haricot géant –, cette entité doit être une sacrée farceuse. Car à cette même seconde, avec un à-propos rythmique digne des légendes de l'humour, se produit l'un de ces fameux sursauts commis ponctuellement par Valentin, et qui portent le joli nom de « spasmes cadavériques ». Le spasme n'est pas assez puissant pour propulser Valentin hors du lit, mais parvient à faire choir le livre de chevet de Blanche, lequel comme on sait était posé sur l'oreiller. Stupeur chez les quatre filles. Dans le silence, on entend faiblement les sabots d'un cheval au galop. Ce sont quatre cœurs qui ruent dans les brancards de quatre poitrines. Laura entrouvre lentement la porte de la chambre.

LAURA
Il est toujours allongé sur le lit.

BLANCHE
Bien sûr, où veux-tu qu'il soit ?

Mise à bout par ces montagnes russes émotionnelles, Laura exulte.

LAURA
Tu as des allumettes ?

BLANCHE
Dans la cuisine, le tiroir sous le grille-pain, pourquoi ?

LAURA
On va voir ce qu'on va voir !

À pas vifs, Laura gagne la cuisine, en ressort armée d'une boîte. Puis elle s'engouffre dans la chambre, craque une allumette, saisit d'une main le paquet de feuilles gisant sur le bureau, et se plante à côté du lit. Le visage bêtement inexpressif de Valentin la regarde faire. D'une main tremblante, Laura approche la flamme du papier. La porte s'ouvre. L'ombre de Blanche se déroule sur le mur.

Blanche
Qu'est-ce que tu fais ?

Laura
S'il est vivant, il va réagir, je te le garantis !

Blanche
Mais arrête ça ! Tu vas tout brûler !

D'un geste brusque, Blanche essaie d'agripper le manuscrit de Valentin. La bousculade qui s'ensuit embrase quelques feuilles, que Laura lâche immédiatement sur le sol. Il ne faut pas cinq secondes aux flammes pour coloniser un bon mètre carré de moquette. Une fumée s'élève jusqu'à l'alarme à incendie, qui accomplit son office en émettant un sifflement opiniâtre. Suzanne et Capucine font irruption dans la chambre. La panique est officiellement décrétée.

Suzanne
Vous êtes cinglées !

Capucine
Qu'est-ce qu'on fait ? On appelle les pompiers ?

Laura
C'est toi qui es cinglée ! On leur dit quoi ? « Entrez, entrez, vous trouverez le feu à droite du macchabée » ?

Suzanne, la seule à avoir conservé un souffle d'esprit, attrape la couverture de survie qui sert de pyjama à Blanche et étouffe le feu.

À l'alarme qui continue à s'égosiller s'ajoute le roucoulement de la sonnette d'entrée. Les filles se figent.

SUZANNE
C'est qui ?

Blanche grimpe sur une chaise et, d'un coup de chaussure, coupe le sifflet à l'alarme.

BLANCHE
Manquait plus que ça, c'est sûrement la voisine.
Elle ne rate jamais une occasion de râler.

LAURA
Râler sur une flic, il faut oser.

BLANCHE
Je ne lui ai pas dit que j'en étais une.

LAURA
C'est peut-être le moment.

Après avoir pris une grande inspiration, Blanche ouvre la porte d'entrée.

– Bonsoir madame Delorme.

– Bonsoir ? Bonjour, vous voulez dire ! Il est plus de trois heures du matin, madame Robinson ! Il y a le feu chez vous ?

– Non, non, ne vous inquiétez pas. Ça déclenche toujours l'alarme quand je fais griller de la viande.

– Faire un méchoui en pleine nuit, pas banal.

– Ne vous inquiétez pas, vous ne serez plus dérangée.

Une fois la voisine partie, Blanche braque son courroux sur Laura.

BLANCHE
Alors ? Tu m'expliques ?

LAURA
Je voulais juste vérifier s'il était mort, c'est tout.

SUZANNE
Évidemment qu'il est mort ! J'ai vérifié aussi, tu penses bien. Je lui ai planté l'aiguille de ma boucle d'oreille dans le bide. Il n'a pas bronché. À moins qu'il nous ait caché ses talents de fakir, il est bien mort.

Blanche semble s'étouffer dans son propre menton.

BLANCHE
Tu as failli brûler son manuscrit, Laura !

LAURA
Ça va, il ne risque pas de le terminer, maintenant.

CAPUCINE
Je suis d'accord avec Blanche. Un peu de respect pour les morts. Ça arrive que des livres inachevés soient publiés, c'est même assez courant.

SUZANNE
Je rêve ou vous êtes en train de chipoter pour des gribouillis alors qu'on a un cadavre déguisé en C-3PO dans la pièce à côté ?

LAURA
Et puis il est mort de quoi ? C'est vrai, tu ne nous dis rien.

Suzanne

Elle est dans le déni, c'est évident.

Blanche

Pas du tout. Ne me sers pas la soupe que tu réserves à tes patients. Valentin est mort, je le sais. Je l'ai trouvé en rentrant de mon service.

Suzanne

Suicide ?

Blanche

Aucune idée.

Suzanne

Tu n'as pas retrouvé de boîtes de médicaments ? Une lettre ?

Blanche

Non, rien de tout ça.

Laura

C'est le pompon. Le gars passe sa vie à gratter du papier, et il n'est même pas foutu de griffonner une lettre d'adieu.

Capucine

Il est peut-être mort d'une crise cardiaque.

Suzanne

C'est vrai que le cœur n'a jamais été son organe le plus fiable.

Blanche

Qu'est-ce que ça peut faire, de savoir de quoi il est mort, bon sang ? Je n'ai jamais compris cette obsession. Je vois ça tout le temps au boulot. On trouve un cadavre, et la seule chose qui intéresse les proches, c'est la cause de la mort. Tous les jours ils nous appellent, « alors alors alors ? » Et quand on leur dit que c'est une chute dans la baignoire ou un champignon vénéneux, ils s'en vont rassurés en nous remerciant. Débile.

CAPUCINE

Tu n'es pas curieuse de savoir ? C'était ton amoureux. Tu connaissais presque tout de sa vie, tu ne veux pas connaître sa mort ?

Personne ne relève la navrante naïveté que prend dans ce contexte le mot « amoureux » prononcé par Capucine.

BLANCHE

Non. Et puis tu sais, Valentin était du genre secret. Il ne me disait pas grand-chose de lui, ça m'allait très bien.

Suzanne se décide soudain à être la voix de la raison.

SUZANNE

Un décès, ça se déclare, non ? Il me semble que c'est obligatoire.

BLANCHE

La loi dit qu'il faut le déclarer dans les vingt-quatre heures. Je suis au courant.

SUZANNE

Et il est mort quand ?

BLANCHE

...

Suzanne
Hier ?

Blanche se tortille sur ses grandes guiboles indolentes. Entre deux doigts, elle fait semblant de tourner une petite manivelle fixée à sa tempe droite. Ses yeux se ferment lentement comme un volet roulant. Ce geste est sa marque de fabrique, elle en use quand elle ne sait pas où se mettre.

Suzanne
Combien d'heures ? Combien de jours ?

Blanche
Une petite vingtaine.

Suzanne
D'heures ?

Blanche
De jours...

Laura fait un tour de salon, les paumes sur les joues. Capucine ferme fort ses yeux, se figurant peut-être que ses oreilles suivront le mouvement. Suzanne inflige à sa bouche cette moue asymétrique qu'elle emploie pour ses patients les plus difficiles, et qui l'empêche de vomir.

Blanche
Je suis dans de beaux draps.

Laura
Ah oui, c'est sûr !
Tu peux dire adieu à ta carrière !

BLANCHE

Baisse d'un ton, la mère Delorme va encore débarquer.

CAPUCINE

(s'approchant dangereusement de la crise de nerfs)

Blanche Blanche Blanche ! Qu'est-ce que tu as fait ?

BLANCHE

Qu'est-ce que j'ai fait, qu'est-ce que je fais ! Je ne sais pas,
ce n'était pas réfléchi ! Je l'ai vu, là, sur notre lit
où il s'allongeait toujours tout habillé en attendant mon retour.
D'habitude, le claquement de la porte le réveillait,
il faisait semblant de dormir jusqu'à ce que j'embrasse
sa petite bouche de Valentin. Quand j'ai senti ses lèvres froides
sous les miennes, j'ai tout de suite compris. J'ai allumé
la lampe. Il avait déjà des ombres bleues dans le cou.
Sans réfléchir, mes doigts ont pris son poignet.
Déformation professionnelle. Je suis habituée à couper
le contact, à éteindre mes émotions. Je suis restée
au moins dix minutes avec ce poignet qui ne battait plus
dans ma main. Je n'ai même pas pensé à appeler les secours.
Et puis j'ai entrevu les jours qui s'annonçaient,
les coups de fil à passer, les pompes funèbres, l'embaumeur,
les lamentations, le cercueil qui descend et l'âme qui monte,
le notaire, le deuil. J'ai dit non. Valentin était sur le lit,
paisible. J'ai voulu lui laisser cette paix encore un peu,
le temps de faire à manger pour deux. La soirée est passée
quasiment comme d'habitude. Valentin était juste
un peu plus silencieux, lui qui ne parlait véritablement
que seul. C'était simple, sans histoire. J'ai dressé la table.
J'ai servi. La chaise de Valentin est restée vide

et son assiette pleine, ça arrivait parfois, quand il était
trop absorbé par son travail. J'ai dîné et poursuivi la soirée
comme n'importe quelle autre. Ça me rassurait.
J'ai pris un bain, j'ai enfilé trois pyjamas, et je me suis allongée
à côté de Valentin. Le lendemain je ne travaillais pas. Toute
la matinée, j'ai cogité, remis à plus tard l'appel téléphonique
qui aurait lancé la machine. Pour ne plus tourner en rond,
je me suis attaquée à la toilette de Valentin.

Les filles ne peuvent réprimer un discret coassement de dégoût. Capucine s'emmaillote à nouveau dans ses paupières.

BLANCHE

Pour dédramatiser, je me suis mise à parler. J'ai raconté
ma journée, les rondes, les interventions, les blagues de Noah,
à voix basse d'abord, puis sans retenue. Petit à petit, la scène a
perdu toute étrangeté. Quoi de plus normal ? Valentin allongé
sur le lit, moi lui parlant comme nous l'avons fait des milliers
de fois. Et depuis je m'occupe de lui. Il n'y a rien à dire de plus.
Mais je ne suis pas démente, non, je sais que Valentin
a perdu la vie.

LAURA

Tu dis ça comme s'il avait perdu ses cheveux !
« Valentin a juste perdu la vie, on ne va pas en faire un plat.
Il en avait encore un peu le mois dernier, et aujourd'hui, pfuit !
Plus rien. Bon, on fait un tarot ? »

BLANCHE

C'est peut-être ce que nous avons de mieux à faire.

Après cette phrase, aucune parole ne sera plus émise jusqu'au petit matin. Aucun regard non plus. Mais les quatre filles ne se séparent pas pour autant. Elles n'ont plus la moindre place en elles pour un mot, un geste supplémentaires. Mais impossible de rompre la meute. La tension est trop forte.

On n'estimera jamais à sa juste valeur le pouvoir de certaines amitiés. Lorsqu'un coup de dé rassemble les bonnes personnes au bon moment, une force inaltérable jaillit de cette combinaison accidentelle. Le temps, qui en général n'est clément envers personne, ne pourra rien contre l'amplification de cette force. Pour Suzanne, Laura et Capucine, l'idée de contacter la famille de Valentin n'a plus cours depuis longtemps. Chacune est à présent en quête d'un recoin de conscience où elle pourra ranger la révélation de Blanche. Alors, au bout d'une heure de silence, Laura sort le jeu de cartes d'un tiroir. La partie durera jusqu'aux prémices du jour. Avant de partir, Laura dit seulement : « On verra. »

Deux mots qui n'engagent à rien, sinon à ne pas reboucher les galeries de l'amitié.

| Objets inanimés |

Il existe en Indonésie un peuple pour qui la vie est davantage une affaire d'esprit qu'une affaire de chair. L'âme d'un Toraja luit en son corps tout au long de son existence comme un feu dans l'âtre, puis gagne l'au-delà où elle sera réincarnée. Ce sont les funérailles du défunt qui marquent ce grand départ. Or, entre la mort biologique et cette célébration libératrice, il se passe parfois plusieurs mois, plusieurs années. Il faut préparer des funérailles fastueuses, dignes de l'amour que l'on porte à celui ou celle qui embarque pour Pooya. Cela coûte cher, cela prend du temps. En attendant, qu'advient-il du défunt ? Il reste parmi les siens. On l'habille, on le nourrit symboliquement, on lui parle. Une solution à base de formol prévient sa putréfaction. Nul n'en ressent crainte ni dégoût. Le corps qui a cessé de vivre n'a rien de sordide pour ce peuple aimant. Le défunt est « en sommeil ». L'âtre semble éteint, mais dissimule encore, sous la cendre et la suie, la chaleur de l'âme. Après les funérailles, le corps ne disparaît pas complètement du paysage. On le déterre périodiquement afin de lui changer ses vêtements, de le laver, de lui redonner en quelque sorte une jeunesse.

Ignorante des Torajas, Blanche semble pourtant liée à eux dans le monde de l'invisible. Bien sûr, les premiers jours ne furent pas faciles. Il fallait déjouer la peur, vaincre des millénaires de traditions, d'idées reçues, de littérature. Il fallait désembourber l'esprit de cette ornière profonde creusée par une civilisation nécrophobe. Des cadavres, Blanche en avait vus des douzaines dans le cadre de son métier. Mais elle était ici hors-cadre, hors piste. Elle n'avait à sa disposition aucun protocole ni directive de la hiérarchie. Assise devant le lit où gisait Valentin, elle ne pensait qu'à une chose : ralentir à tout prix la machine à décomposer. La mort décompose un corps comme un musicien décompose un rythme, lui ôtant tout ce qui lui donne une apparence familière. En cette fin du mois de mars, les températures étaient encore au-dessous de zéro, l'ouverture de la fenêtre prodiguait temporairement un congélateur bon marché. La première nuit fut terrible. Blanche n'osait pas bouger. Valentin poussait parfois de gros vagissements caverneux. L'air, en chômage technique à l'intérieur de poumons hors service, se faisait la malle en chatouillant les cordes vocales. D'autres sons vibratiles retentissaient parfois sous la couverture, mais ces bruits-ci, en réalité, rassuraient Blanche : elle était accoutumée aux flatulences nocturnes de son amant. Les gaz, comme les passagers d'un avion, sortaient par l'avant ou l'arrière de l'appareil. Il semblait que Valentin se vidait de tout ce qui n'était pas lui, tout ce qui avait été apporté de l'extérieur, et qui était déterminé à y retourner. Cette nuit-là, Blanche se tint à distance. Elle devait apprivoiser la présence de ce corps qu'elle avait si souvent étreint, caressé, embrassé, secoué, giflé parfois. Elle mettait toute sa force à faire taire une voix lui assénant que ce corps n'était pas Valentin. Curieuse civilisation qui nous conduit à ne chérir un corps que s'il est habité. N'aime-t-on une ville que lorsqu'il y a de la lumière aux fenêtres, le tumulte des klaxons dans les rues, et un va-et-vient de voyageurs dans les artères du métro ? Alors Blanche murmurait : « C'est toi, Valentin, c'est toi, c'est toi. » De temps en temps, elle lui demandait, l'air de rien : « Tu dors ? » Le silence qui suivait l'apaisait, car d'une certaine manière, c'était une réponse. Ce silence signifiait : « Oui, je dors. » Au bout de quelques heures, elle prit conscience de la totalité de ce silence. Elle ne percevait pas le moindre ronflement (dont Valentin était virtuose), ni même la rumeur d'une respiration, manifestation discrète de la vie toujours recommencée. Elle en vint à espérer les éruptions sonores de Valentin, quelle que soit leur provenance. Blanche sentait pourtant qu'il lui fallait adopter le silence absolu de son compagnon, en prévision du jour où l'avion se serait vidé de tous ses passagers. Le sommeil tomba sur elle au beau milieu de cette réflexion, vers sept heures du matin. Au réveil, deux heures plus tard, la première image qui frappa sa rétine fut celle des yeux écarquillés de Valentin. À cet instant, quelque chose en elle fut expulsé avec violence. Car elle aussi avait besoin de se vider. Une force, ou plutôt une sorte de bête féroce devait s'échapper. Blanche cria, fort, longtemps. Un cri superbe, primal, éraillé, prouvant une fois pour toutes que l'auteur de l'expression « un vacarme à réveiller les morts » ne savait pas de quoi il parlait. En effet, il était difficile d'imaginer plus tonitruant, plus assourdissant que ce cri. Pourtant, Valentin resta de marbre. Et, pour le coup, cette expression est à-propos, car la peau de Valentin avait à ce stade la couleur et quasiment la consistance du marbre ; un marbre blanc carrare pour être précis.

La bête chassée, Blanche se sentit mieux et put contempler Valentin à pression artérielle constante. Elle s'attendait à voir débarquer la mère Delorme. Personne ne sonna. Oh ! elle avait bien entendu le hurlement, la vieille, qui n'hésitait jamais à se pointer au moindre bruit anodin. Elle avait néanmoins flairé un danger véritable et s'était carapatée dans son appartement. Il lui était naturel de se déranger pour déranger autrui, moins pour lui venir en aide. Les autres voisins étaient tous partis au travail à cette heure.

Blanche n'avait pas songé à fermer les yeux de Valentin, et se surprit à se demander si cela ne l'avait pas empêché de dormir. Au terme d'une nuit à faire lit commun avec ce corps, Blanche ne parvenait plus à le considérer comme totalement dénué de Valentin. Et il lui était devenu inconcevable de prévenir quiconque du décès de son compagnon. Elle se sentait investie d'une mission, d'une quête, happée par une destinée irrépressible, celle de partir à la découverte d'un territoire inexploré sur lequel peu de gens osent pénétrer : celui qui s'étend entre le dernier soupir et la disparition intégrale du corps. On a décidé que la mort cérébrale marquait la fin. Le mort se voit alors écarté de l'humanité. On l'isole, on l'empaquette, on l'exhibe comme une relique, on le brûle ou on l'enterre. Tout est bon pour le soustraire à la vue de ceux dont les neurones ont encore la bonne fortune de s'échanger des impulsions électriques. Alors oui, un corps qui se désagrège, ce n'est pas beau, cela sent mauvais. Il y a des vivants qui empestent le vieux caribou, mais eux sont admis dans le cercle. Ils ont leur carte de membre. Ils ont un cœur qui bat, deux poumons qui se gonflent et se dégonflent comme des poches de cornemuse. Il peut bien leur manquer quelques organes, quelques facultés, quelques sens. Certains ne sont plus rien qu'une machine à trotter d'une seconde à l'autre, indifféremment. Rien ne les distingue du moteur à leur côté, sans lequel ils bascularaient dans le territoire maudit. Mais non, ces corps-là ont l'approbation de leurs semblables. Blanche était déterminée à offrir à Valentin la mort la plus vivante qui soit. Elle traverserait à ses côtés les aléas du corps qui décline. Elle s'en sentait la force. Il y aurait des instants pénibles, des visions éprouvantes, des fragrances à la limite du supportable, mais après tout, s'occuper d'un malade ou d'une personne âgée peut engendrer les mêmes inconvénients. Y renonce-t-on pour autant ?

Les jours qui suivirent furent un parcours initiatique dans lequel Blanche évoluait sans carte ni compas. Elle trouva son refuge dans la parole. Blanche était émue de rejoindre ainsi Valentin en cette pratique soliloque. Elle y puisa une jubilation inattendue. Sa langue se déliant, un organe intérieur et invisible se déployait simultanément. Blanche n'avait jamais été timide, mais pour elle, les mots avaient un usage exclusivement diplomatique. Ils n'étaient pas la traduction de ce qui se ressentait en elle, plutôt la présomption de ce que son interlocuteur avait besoin d'entendre. Les gens affables qualifient cette attitude d'altruiste, les gens chagrins y voient de l'hypocrisie. (La vérité est tout autre : un sentiment qui explique presque tous les comportements humains, la peur. Ici, c'est la peur de contrarier, la peur du conflit, etc.) La présence atone de Valentin permettait à Blanche de renouer avec une certaine franchise enfantine. Ses mots retrouvaient leur utilité première, celle de se faire l'écho non seulement de la pensée, mais aussi de l'émotion qui en est l'exact opposé. La pensée se fabrique à l'intérieur, et veut jaillir vers l'extérieur, l'émotion trouve sa source à l'extérieur, et exulte à l'intérieur.

Très vite, ces monologues ne suffirent plus à Blanche. Elle avait besoin de s'appuyer sur Valentin. Il n'était plus cet objet multicellulaire et périmé qu'elle avait découvert quelques jours plus tôt. Ce corps avait désormais droit de cité. Il existait, et une mystérieuse réminiscence de Valentin existait avec lui. Une vie nouvelle avait éclos, faite non plus d'influx électriques parcourant des synapses ni de battements de cœur, mais d'une vibration imperceptible, mue par tout ce que Valentin avait été avant sa mort biologique, par tous les gestes qu'il avait accomplis dans cet appartement, les millions de mots qu'il y avait prononcés, ses colères, ses rires, tout ce qu'il avait transformé. Blanche parlait à cet être nouveau, à ce Valentin de jouvence, et très vite elle l'entendit. Qu'on ne se méprenne pas, il ne s'agissait aucunement d'hallucinations auditives. Blanche ne souffrait pas de troubles d'ordre schizophrénique : elle n'entendait pas de voix. Non, elle imaginait les réponses de Valentin. Ayant une connaissance aiguë de l'animal, il y avait fort à parier que ces réponses soient proches de celles que son compagnon aurait lui-même formulées. D'ailleurs, de son vivant, Valentin avait la manie de ne pas répondre, ce qui agaçait fortement Blanche. Le nouveau Valentin avait simplement conservé cette manie. Vint le jour où Blanche ne ressentit plus aucun malaise face à sa situation, ni aucun sentiment de culpabilité. Ce jour-là, la radio était allumée. (Elle l'était déjà quasi continuellement du vivant de Valentin.) Une émission sur les artistes et la politique se mêlait aux crissements des champignons que Blanche faisait rissoler dans du beurre. L'animateur de l'émission cita ces vers de Lamartine, politicien notoire :

Objets inanimés, avez-vous donc une âme
Qui s'attache à notre âme et la force d'aimer ?

Ce fut le déclencheur. Tous les doutes de Blanche s'évaporèrent en même temps que l'eau de ses champignons. Si une brosse à dents peut être douée de vie, alors le corps de Valentin aussi !

L'idée de la couverture de survie était née tandis que Blanche contemplait la collection de photos posées sur le guéridon ; souvenirs de voyages, notamment d'une expédition de spéléologie. Matériel indispensable à ce type d'activité, la couverture servirait autant à Valentin qui devait rester dans sa froidure qu'à Blanche qui devait se prémunir contre l'hypothermie. Car Blanche comptait bien continuer à dormir dans cette chambre aux côtés de son amant ! Il n'était pas question d'entourer cette pièce d'un halo funèbre et de n'y pénétrer que pour se recueillir pompeusement devant la dépouille. Elle voulait y vivre, ni plus ni moins qu'à l'ordinaire. Elle sortit donc sa machine à coudre et confectionna elle-même deux pyjamas isothermiques.

À partir de ce moment, Blanche franchit le dernier pas. La nuit suivant l'émission de radio, elle entreprit un rapprochement, un peu embarrassée, un peu timorée, mais résolue. Blanche posa un doigt sur la main de Valentin. Elle ne fut pas autrement surprise par sa raideur, ni par sa froideur – elle le nettoyait tous les matins. Mais la toilette était exempte de tendresse. C'était une tâche à accomplir. La proximité au sein d'un lit était une autre affaire. Doigt par doigt, Blanche faisait la reconquête de son amant. Bientôt, elle prit sa main, entrecroisa ses doigts dans les siens, étonnée par la simplicité de ce geste, par son évidence.

L'aventure pouvait commencer.

| Vous faites aussi la barbe? |

Laura a tout juste terminé de remettre en ordre son salon de coiffure lorsque le cliquetis de la porte d'entrée retentit. Quelques traces de pas sont encore visibles sur le sol, réminiscences muettes de la marche argentine à laquelle les filles s'adonnent plusieurs fois par semaine. D'un coup de serpillère, Laura efface leurs traces puis se tourne vers son premier client de la journée. L'homme est déjà assis sur un fauteuil, face au miroir. Il a gardé son manteau. Sa tête est fourrée dans une capuche hirsute. Dans le miroir, Laura ne distingue qu'une paire de sourcils froncés.

– Bonjour, lance-t-elle en gardant ses distances.

Ce n'est pas un bonjour de courtoisie, mais une façon de lutter contre une appréhension naissante à la vue de cet ours immobile. Pas de réponse. Laura s'approche du fauteuil, réitère un bonjour d'une voix plus claire. L'igloo de la capuche altère certainement l'ouïe de son interlocuteur. Mais ce dernier reste de glace. Laura décide de prendre le contrôle de la situation. D'un pied sûr, elle rejoint son client.

– Je vous débarrasse?

L'homme se laisse faire, le manteau aussi. Laura respire plus largement.

– C'est pour une coupe ?

Rien. Laura comprend d'un coup à qui elle a affaire.

– Monsieur Péloquin ? Olivier ? Je suis Laura Mozzi… Enchantée !

Elle allait dire : « Je suis une amie du docteur Leblanc », mais il lui est apparu maladroit d'appuyer sur la relation qu'elle entretient avec la thérapeute de son client, même si Suzanne est d'une intransigeance quasiment cléricale quant au secret professionnel.

– On passe au shampoing ?

Olivier se laisse conduire. Il se sent envahi d'une reconnaissance insigne envers sa thérapeute. Laura n'attend aucune réponse de sa part, et cette certitude le met tout à son aise. Il peut s'abandonner à son mutisme salutaire et profiter pleinement des soins. La tête renversée en arrière, il s'en remet à ses cinq sens. Le bord du lavabo souligne sa nuque d'un trait froid, la lumière du plafonnier est un peu vive. Les doigts de la coiffeuse pénètrent dans ses cheveux, sans doute pour faire un état des lieux.

De son côté, Laura, bien que d'un naturel avenant, n'est pas autrement dérangée par les instructions que lui a données Suzanne. Elle trouve même reposant de ne pas avoir à écouter les menus propos que lui infligent ses clients habituels, et surtout à y répondre. Pour que deux êtres se rapprochent, il faut une pente qui les conduise l'un vers l'autre, ou qui les mène en un même endroit. On peut être sociable en se laissant glisser vers autrui, ce qui implique un sentiment, conscient ou non, de supériorité initiale. On peut aussi attendre que l'autre glisse vers soi. C'est la façon de Laura. Elle ne force jamais la rencontre.

– Ça va, la température ?

La question lui a échappé machinalement. Laura se sent bête.

– Excusez-moi.

Olivier aurait presque envie de sourire, ce qui chez lui est l'équivalent du fou rire. Ses yeux se ferment alors qu'une onde chaude traverse son crâne de haut en bas. La paume de Laura passe doucement sur ses cheveux pour les irriguer jusqu'à la racine. Puis l'eau se tarit d'un coup sec. Olivier sent un filet frais tomber un peu au-dessus de son front, et couler vers ses tempes. Puis deux mains expertes entament leur travail. Elles pétrissent le cuir chevelu dans un lancinant mouvement circulaire, s'en écartant parfois pour malaxer en altitude cette tignasse dense et ondulée. Un parfum d'amande envahit les sinus d'Olivier. Les mains de Laura, empoignant la mousse, font un bruit de botte marchant dans la boue. Puis une nappe d'eau se répand à nouveau. L'odeur d'amande s'estompe un peu. Essorant les cheveux entre ses doigts, Laura tire un peu sur les racines. Olivier sent un frisson lui parcourir les épaules jusqu'à la base de la colonne vertébrale. C'est déjà fini. Une serviette se pose sur son front, deux poupées de tissu entrent dans ses oreilles, un peigne est passé dans ses cheveux.

– Allons-y, dit Laura.

Olivier la suit vers le fauteuil qu'il occupait quelques minutes plus tôt. Avec ses cheveux mouillés et tirés en arrière, il fait penser à un crooner italien. C'est toujours à ce moment de sa prestation que Laura demande à son client la coupe qu'il souhaite. Cette question lui étant interdite, elle se met illico à l'ouvrage. Olivier est serein. Les codes de cette rencontre ont été déterminés à l'avance, écrasant d'un coup de talon la blatte de sa phobie. Au bout de quelques coups de ciseaux, Olivier commence à regretter que Laura respecte si scrupuleusement la règle. Il ne refuserait pas quelques paroles de sa part. Il n'y répondrait peut-être pas, mais n'en souffrirait pas non plus. Soudain, il constate l'absence de Mika. Comme tout ami imaginaire, Mika n'est en réalité qu'une espèce de double diffracté d'Olivier. Tous les composants intérieurs d'Olivier ont été séparés les uns des autres : les faiblesses ont été mises de côté (ou plus précisément ce qu'Olivier considère comme des faiblesses), les points forts ont été rassemblés pour constituer Mika (ou plus précisément les points forts dont Olivier aimerait être doté). Cela constitue un personnage en qui Olivier peut s'identifier. On notera l'absurdité de s'identifier à une version de soi-même, mais notre homme n'est plus à une absurdité près.

Quelques instants plus tard, alors que Laura s'attaque aux contours des oreilles, Olivier est assailli par un malaise inconnu, celui de l'ange qui passe. Cet ange proverbial, Olivier ne l'a jamais rencontré. Lorsque ce volatile fait son entrée, ce n'est pas le silence qui est inconfortable. D'ailleurs, les bruits de la rue continuent de se déverser dans le salon, des accents de flamenco résonnent en toile de fond, le cliquetis des ciseaux impose un rythme désordonné. L'endroit est loin d'être silencieux. Ce qui désarçonne Olivier, c'est qu'il est soudain conscient de sa propre présence dans la pièce. En général, dès qu'il est en compagnie d'autrui, il s'arrange pour disparaître à ses propres yeux. C'est un mécanisme développé dans l'enfance, et qui coupe tous les liens entre Olivier et quiconque partage avec lui l'espace environnant. Il se fabrique une sorte d'angle mort spirituel et s'y réfugie, ayant ainsi l'impression d'être invisible, insensible, et pour tout dire quasiment inexistant. Mika se montre alors indispensable, car nul n'a le pouvoir de s'abolir soi-même. Il faut que quelque chose prenne la place qu'Olivier a désertée. Mika lui permet d'être absent sans tomber dans le néant. Mais avec Laura, c'est une autre histoire : le mécanisme vient de s'enrayer. Olivier est là, présent, à la vue de tout le monde, y compris de lui-même.

Du côté de Laura, il y a maintenant un certain embarras. En général, son rôle est facile : elle écoute, réagit, rebondit. Mais Olivier ne lui donne rien. Elle est donc entièrement dédiée à sa tâche, et en profite pour observer discrètement l'homme assis sous la chevelure. Elle est frappée par la fixité du regard. Olivier semble n'avoir pas besoin de s'irriguer la cornée en clignant des yeux. Cette fixité ne lui confère pas pour autant un air halluciné, car les paupières sont posées placidement sur la courbure du globe oculaire. Une forme en demi-lune accentue encore cette impression de calme, de tendresse presque. La bouche entrouverte laisse apercevoir une rangée de dents légèrement désalignées, un peu comme un rang de soldats après que l'adjudant a crié : « Repos ! » Laura constate qu'Olivier a le lobe des oreilles attaché. C'est un détail qu'elle prend toujours soin de noter. Sur un petit carnet, elle consigne ses observations dans un tableau à deux colonnes. À chaque client, elle ajoute un trait dans la colonne correspondante. Cette habitude peut sembler incongrue, voire obsessionnelle. Il n'en est rien. C'est une manie, une simple manie, qui lui a permis cependant de déterminer une chose : le lobe fixe est beaucoup plus rare que le lobe libre. À ses yeux, cela fait d'Olivier un homme à part. C'est suffisant pour le rendre attirant. Oui, en matière d'hommes, Laura commet ce que l'on peut appeler une « discrimination auriculaire ». Après ce constat d'ordre anatomique, Laura est prise d'un faible agacement : à quoi bon ces jolies oreilles aux lobes attachés si elles se refusent à ouïr quoi que ce soit ? Femme de parole, elle se soumet néanmoins au silence imposé par Suzanne.

Nous sommes ici en présence de deux personnes endurant la même frustration, celle de ne pouvoir se parler malgré leur envie respective de le faire, le bec cloué par une règle tacite dont ils se seraient bien passés. Laura est paralysée par son engagement, Olivier par un refus abscons de déroger à sa condition de sauvage notoire. L'affaire pourrait se terminer là. Heureusement, Olivier retrouve vite son naturel. Une fois l'inextricabilité de la situation établie, il bat en retraite et s'enferme dans la petite succursale du néant où il jouit d'un bureau à son nom. Immédiatement, Mika fait son apparition.

– *J'en étais sûr, Olivier. C'était trop beau. À un moment j'y ai cru. Tu avais un mot sur le bout de la langue. Une bêtise du genre « vivement le printemps » ou « faites attention, j'ai un épi à la base du crâne ». Mais non, ton mot, tu as préféré l'avaler tout rond. Qu'est-ce qu'on fait, maintenant? On recommence comme avec Jeanne? Lettres d'amour sans timbre, œillades en passant devant la vitrine? Dis-toi une chose: elle n'habite pas en face de chez toi, celle-ci. Et une coupe de cheveux, en gros, c'est mensuel. Tu pourras supporter l'attente?*

– Tais-toi!

– Mais je n'ai rien dit!

Laura s'est éloignée d'un pas, ciseaux en l'air. Une éruption d'adrénaline a été déclenchée en elle, par cette voix jaillissant soudainement d'une bouche jusqu'ici muette.

– Pardon, pardon, je parlais à quelqu'un d'autre.

– À quelqu'un d'autre? Nous sommes seuls.

– Ne faites pas attention, c'est Mika. Un ami imaginaire que je traîne depuis mes six ans.

Anxieuse à l'idée que la conversation s'arrête là, Laura s'autorise un petit mensonge:

– Ah, d'accord. Moi aussi j'avais une amie imaginaire quand j'étais gamine.

– Elle s'appelait comment?

– Euh… Je ne lui avais pas donné de prénom.
– Vous n'avez qu'à l'appeler Rosalie.
– Rosalie ? Pourquoi Rosalie ?
– Pourquoi pas Rosalie ?
– De toute façon, j'ai passé l'âge de… Enfin elle est partie vers mes dix ans.

Cet échange a coulé comme une avalanche. Laura et Olivier ont dévalé ensemble la montagne de leur appréhension, une appréhension amplifiée par trente minutes d'attente. S'ensuit le silence de l'après. Celui qui sert de désinence à tout cataclysme. Olivier, se sentant à nouveau pris dans les sables mouvants du néant, tente un sursaut désespéré :
– Vivement le printemps.
– C'est le printemps. Nous sommes en avril.
Laura a une pensée furtive pour le cadavre de Valentin, se demandant quels ravages les douceurs printanières lui infligent. Elle secoue rapidement son esprit pour faire tomber cette image ignoble. Libérée de son astreinte au mutisme, elle ose alimenter la conversation.
– Vous avez un épi, là, derrière la tête.
– Je sais, dit Olivier.
– Je vais arranger ça avec le rasoir électrique.
– Merci.
Olivier goûte au brin d'ASMR que la vibration du rasoir lui procure. Puis il revient à Laura.
– Et à part couper les cheveux, vous faites quoi ?
– Je casse les pieds.
– Bonne répartie.

– Sérieusement, je fais un tas de choses. Je danse le tango, je m'occupe d'un jardin collectif, je suis une formation pour devenir animatrice au planétarium, je fais du bénévolat pour une association.

– Quel genre de bénévolat ?

– Je donne des cheveux. C'est pour les malades du cancer.

– Donnez-leur les miens.

– Personne n'en voudrait.

Olivier parle couramment le second degré. Il ne s'offusque pas de cette saillie.

– Vous pourriez les donner pour lutter contre les marées noires.

– ?

– On fabrique des sortes de boudins avec les cheveux. Ça piège les hydrocarbures. Très efficace.

– Je l'ignorais. Je vais me renseigner.

– Philanthrope, donc ? Vous êtes d'une espèce en voie de disparition.

– Oh, je ne fais pas ça par altruisme.

– Pourquoi le faites-vous ?

– Disons que c'est une question de bonnes manières. Un peu comme tenir la porte pour la personne qui vous suit, ou aider la vieille dame à traverser la rue.

– C'est une raison inhabituelle. Le plus souvent les gens versent dans le caritatif par passion, désœuvrement ou pour se faire bien voir.

– Ce sont là des motifs moins fiables que les bonnes manières, je trouve.

– En effet.

– Mais bon, le salon me prend presque toute ma semaine, entre les coupes et l'administration.

– Comment vous trouvez le temps de faire tout le reste ?

– Je pourrais vous expliquer mais…

– Mais ?

– Est-ce que vous connaissez un peu la théorie de la relativité générale ?

– Oui, mais je ne vois pas le rapport.

– Vous allez comprendre. Selon la relativité générale, un corps massif, comme par exemple notre planète, courbe l'espace-temps. En gros, plus on se rapproche de la surface de la Terre, plus le temps passe lentement. Vous avez sûrement remarqué que je suis de petite taille. Le temps passe donc plus lentement pour moi que pour vous.

– Logique.

À nouveau, ils se taisent. Cette fois, aucune gêne entre eux. Ce silence est celui de deux personnes qui consentent à ne pas parler, Laura et Olivier en ont accepté les termes. C'est sous cette nouvelle convention que leur rencontre s'achève. Après avoir payé, Olivier demande :

– Vous faites aussi la barbe ?

– Oui. À l'ancienne !

– Bien. Je reviendrai. J'ai un talent pour raser les autres, mais pas pour me raser moi-même.

– Entendu.

En passant le balai à travers les cheveux chus d'Olivier, Laura se découvre l'envie inexplicable d'en garder une mèche.

| Le pacte |

Au Livingston, Blanche et Suzanne sont assises face à face, preuve que la conversation est sérieuse. Autrement, elles se seraient installées côte à côte. Le choix du lieu n'est pas anodin non plus. Blanche a d'abord convié Suzanne chez elle. Impensable. Suzanne refuse catégoriquement la moindre proximité avec Valentin. Et chez Suzanne, l'odeur de peinture fraîche est irrespirable. Le Livingston est un lieu de repli adéquat, neutre et familier. Suzanne essaie de différer le sujet qui fâche.

– Alors, le tango ? Ça avance ?

– Je ne sais pas trop où ça mène, mais ça avance.

– Bien.

Pour une fois, Blanche n'a aucune intention de procrastiner :

– J'ai un service à te demander.

– C'est non.

– Attends au moins de savoir de quoi il s'agit !

– Je peux attendre si tu veux, mais c'est non.

Blanche est habituée aux manières de Suzanne. Elle passe outre.

– Voilà… Ce n'est pas seulement à l'amie que je m'adresse, mais aussi au médecin.

– C'est triplement non.

– La température grimpe. Valentin va commencer à…

– Punaise, Blanche… Tu n'as vraiment pas renoncé à cette folie ?

– À l'école de police, il y avait une introduction à la médecine légale, mais le sujet a été survolé.

– Le serment d'Hippocrate ! Tu en as entendu parler ? Je ne veux pas me mêler à tes cochoncetés.

– J'étais sûre que tu jouerais cette carte. Ton serment, il est hors sujet. Il ne concerne que les vivants. J'ai révisé avant de venir. « Je ne provoquerai jamais la mort délibérément. » Là, tu es tranquille, ça ne risque plus d'arriver.

– Tu joues sur les mots ! Tu les détournes !

– « J'interviendrai pour protéger les personnes si elles sont affaiblies, vulnérables ou menacées dans leur intégrité ou leur dignité. » Si Valentin n'est pas affaibli et vulnérable, alors je ne sais pas ce que…

– Il est mort, Blanche. Mort. À ce stade on n'est ni faible, ni fort, on n'est rien.

– Là, c'est toi qui joues sur les mots.

– Tiens, puisque tu as révisé, ce passage, tu le connais ? « Même sous la contrainte, je ne ferai pas usage de mes connaissances contre les lois de l'humanité. » Les lois de l'humanité, je ne pense pas qu'elles prévoient de garder un macchabée à domicile jusqu'à ce que putréfaction s'en suive.

– Baisse la voix, tu vas m'attirer des ennuis.

– Hippocrate doit se retourner dans sa tombe.

– « Je donnerai mes soins à quiconque me les demandera. » Tu en fais quoi ?

– « Je n'entreprendrai rien qui dépasse mes compétences. » Je ne suis pas médecin légiste.

– « J'entretiendrai et PERFECTIONNERAI mes compétences. » Bon sang, Suziole, où est ton sens de l'entreprise et du développement ? *Where is your can-do attitude* ?

Suzanne laisse passer quelques secondes, afin de redescendre.

– Bon, on ne va pas faire une bataille de citations. Tu as raison, dans l'état où est Valentin, Hippocrate peut aller se rhabiller. Mais j'ai tout de même un problème de conscience, tu comprends ? Et d'ailleurs, qu'est-ce que tu veux que je fasse ?

– J'aimerais que Valentin conserve le plus longtemps possible son visage.

– Mets-le sous vide.

– Comme un fromage qu'on veut faire passer à la douane ? Jamais.

– Achète un congélateur géant.

– Hors de question. Valentin n'est pas un poisson surgelé.

– Il n'y a pas que les poissons qui se congèlent. Tu as entendu parler de la cryogénisation ?

– La quoi ?

– La cryogénisation. C'est une technique qui permet de conserver les corps à très basse température. Il y a des hurluberlus qui demandent à être cryogénisés à leur mort. Ils s'imaginent qu'un jour on pourra les ressusciter.

– Tu es visiblement sceptique.

– La science est loin de permettre la résurrection. À supposer que ce soit possible. Alors si je dois me réveiller dans un monde où tous les gens que j'ai connus et aimés n'existent plus, je ne vois pas l'intérêt. Et puis, dans le cas de Valentin, ce n'est pas envisageable, il est mort depuis trop longtemps. Le corps, il faut le congeler au dernier soupir.

– Qu'est-ce que je peux faire ?

– Il y a bien des méthodes qui stoppent la putréfaction, mais elles sont compliquées. Et ça m'étonnerait que tu trouves une formation dans le secteur.

– Quelles méthodes ?

– La momification, par exemple. Mais est-ce que tu serais prête à vider Valentin de son cerveau par le nez ?

– Quelle horreur !

– Sinon tu peux le plonger dans du miel. Il paraît que ça conserve. Tu achètes un fût géant, et ton Valentin, il va macérer tranquillement sans perdre son joli minois.

– Il n'y a pas moyen de le conserver sans l'enfermer ?

– Qu'est-ce que j'en sais, moi ? Je suis psychiatre ! La bidoche, ça ne me concerne pas.

Blanche baisse les yeux. Elle semble s'éteindre, et pour la première fois depuis la mort de Valentin, l'étendue de son extravagance lui apparaît. Elle entrevoit la possibilité d'un renoncement. Suzanne, décelant ce flottement intérieur sur le visage de son amie, saisit sa chance :

– Blanchette... Tu ne penses pas qu'il serait temps de revenir à la raison ?

Blanche reste engluée dans ses pensées.

– Blanchette...

– Hein ?

– Je ne te fais pas de reproche. Je comprends ce qui t'a poussé à...

– Je suis en train de me dégonfler. C'est minable.

– Au contraire, tu trouves le courage d'accepter le départ de Valentin. Ce n'est pas pour rien qu'il y a cinq phases dans le deuil. Et toi, tu n'en es qu'à la première, le choc initial. Tu ne veux pas y croire.

– Tu ne comprends pas. Je m'étais promis de garder Valentin près de moi, de vivre avec lui cette part de son existence. Et là, j'essaie de rendre l'épreuve plus facile pour mon propre confort. C'est lâche et égoïste. Non, je dois accepter les changements du corps de Valentin, quelle qu'en soit la répugnance.

– Tu as pensé à l'horreur, à l'odeur…

– En ce moment, la puanteur est plutôt chez toi, je te rappelle.

– Tu veux connaître la suite des événements ? Étape par étape ? Pour l'instant, le Valette, je suppose qu'il est assez bien conservé. Mais dès qu'on va titiller les températures positives à deux chiffres, ça va changer. Tu sais combien de bactéries nous avons dans le corps ? Quasiment autant que de cellules ! Des dizaines de milliards. Chacun de nous est une véritable mégalopole aux heures de pointe. Ces bactéries, une fois qu'il n'y a plus personne aux commandes, elles se disent que l'heure du « pas vu, pas pris » a sonné. C'est comme pour les pelouses interdites. Dès que les gardiens ont le dos tourné, tout le monde se rue dessus pour pique-niquer. Eh bien imagine ma petite bactérie devant les abats juteux qui lui étaient refusés jusque-là. Elle va se bâfrer, c'est bien normal. Et la bactérie, quand elle s'en met plein le cytoplasme, elle ne le fait pas proprement. On n'est pas à la cour d'Angleterre. On serait plutôt dans un banquet viking. Ça dégage des odeurs qui feraient tourner de l'œil un cyclope. Après les bactéries, il y a les mouches. Figure-toi qu'une mouche, quand elle voit un cadavre en décomposition, elle ne réagit pas comme nous. Elle ne change pas de trottoir. Elle se dit : « Tiens, c'est cosy ici, je vais y fonder une famille. » Elle y pond ses œufs, et tu n'as pas le temps de dire « mouche » que les quatre coins du bâtiment se changent en crèches géantes pour asticots, avec buffet à volonté. Quand tout le monde s'est goinfré jusqu'à l'os, littéralement, on arrive à l'ère de la sécheresse. Le corps se déshydrate. Tous les poils posent leurs congés et partent en cure thermale. Il ne reste qu'un squelette qui va se disloquer, des doigts jusqu'aux orteils. Voilà, et encore, c'est la version courte. Tu veux infliger ça à Valentin ? Tu veux t'infliger ça ?

– Ça va lui arriver quoi que je fasse.

– Tu as réfléchi aux risques ? C'est complètement illégal ce que tu fais. Combien de temps tu vas pouvoir cacher la mort de Valentin à ses proches, à sa mère ?

– Je sais.

– Et le pire, c'est que tu nous rends complices.

– Je ne t'ai pas obligée à entrer chez moi sans prévenir.

– Ne fais pas l'hypocrite. Tu avais l'intention de nous mettre dans la confidence le fameux soir où tu avais « une révélation à nous faire ». Mais tu as flanché à la dernière seconde.

– Tu me connais bien. C'est vrai.

– Si jamais tu te fais pincer, je ne saurai pas mentir. Je serai radiée de l'ordre des médecins. Tu te rends compte ? Franchement, tu devrais faire marche arrière.

– Il est trop tard. J'y ai déjà pensé. Il n'y a pas de cause visible à la mort de Valentin. Le médecin légiste devra faire une autopsie. Il constatera que Valentin est mort il y a plusieurs semaines.

– Quel désastre… Alors quoi ? On ne va pas plonger Valette dans l'acide, comme une bande de mafiosos. Ou le couper en rondelles pour l'enterrer dans une décharge.

– Non. Je ne peux plus reculer, autant assumer jusqu'au bout.

Capucine et Laura font leur apparition.

LAURA
Vous avez fini ? On peut venir ?

SUZANNE
Oui. On n'a pas avancé d'un iota.

Elles s'installent.

BLANCHE
Les filles, ma décision est prise. Mon souhait est d'avoir votre soutien, mais je ne peux pas l'exiger.

Blanche oublie que Laura et Capucine viennent tout juste d'arriver.

LAURA
Sans doute, mais avant de donner mon soutien, j'aimerais savoir ce que je soutiens exactement.

CAPUCINE
Moi aussi.

BLANCHE
Valentin est mort.

LAURA
Ça, on le sait.
Et tu as tout notre soutien pour admettre ce fait.

BLANCHE
Je n'ai pas l'intention de prévenir quiconque. Nous sommes les seules personnes à être au courant. Je veux accompagner Valentin sur le chemin de la mort, accompagner son corps dans

sa déchéance. Je ne suis pas folle, et vous savez que je ne suis pas
une perverse. Je n'ai aucune attirance envers les choses
de la mort, les cadavres, et même, ça me dégoûte. Je vais devoir
lutter contre ce dégoût, passer outre ma répulsion. Mais je suis
persuadée que derrière cette épreuve, il y a quelque chose
de beau. Je sens que c'est la plus grande preuve d'amour
que je puisse lui donner. Le livre d'une vie se termine toujours
dans la laideur. Pourquoi refermer le livre avant le dernier
chapitre ? Je ne sais pas du tout comment je vais m'y prendre.
Je n'ai pas de mode d'emploi. Je ne sais pas combien de temps
ça va pouvoir durer. Mais j'aimerais avoir votre soutien.
Vous pouvez me le refuser, et me retirer votre amitié. Je ne
vous en voudrais pas, je suis consciente de l'énormité de ce que
je vous demande. J'ignore comment je réagirais à votre place.

Le discours a été écouté avec solennité. La pause qui lui succède est tout aussi solennelle. Les filles n'osent pas se regarder, chacune est seule avec son amitié envers Blanche. Chacune doit peser cette amitié, et en évaluer la résilience. Inconsciemment, Laura, Capucine et Suzanne n'ont jamais envisagé de voir perdurer la situation de Blanche. Elles pensaient que Blanche y mettrait fin elle-même après sa révélation, et l'ébauche d'assentiment dont elles avaient fait preuve était fondée sur cette certitude. Le discours de Blanche change la donne.

Capucine
Moi je te soutiens.

Oui, la lumière vient de la timide, de celle que l'on supposerait la plus craintive, la moins audacieuse. L'explication en est simple :

Capucine est capable d'accepter l'extrême si elle perçoit une résonance littéraire. Elle a minutieusement considéré ce qu'impliquait la démarche de Blanche, la perspective d'un corps aimé qui se décompose, d'un visage qui peu à peu s'enlaidit jusqu'à devenir monstrueux, qui perd avec le temps ses traits humains, au point d'être méconnaissable. Cette image, elle l'a déjà rencontrée. *Le Portrait de Dorian Gray* d'Oscar Wilde raconte l'histoire d'un beau jeune homme qui voit son portrait s'enlaidir à mesure qu'il salit son âme. À sa mort, le jeune homme devient « flétri, ridé, repoussant » tandis que son portrait retrouve sa beauté. N'est-ce pas là, si l'on n'y regarde pas de trop près, le destin de Valentin, et de toute personne entrant dans la mort ? C'est en tout cas assez comparable pour que Capucine ne voie pas d'objection à y être mêlée.

BLANCHE
Merci, Capuciole…
Ça me touche beaucoup.

Dès lors, la dynamique change. Un précédent a été établi. Il devient plus difficile de s'opposer. Une brèche a été ouverte par le consentement de Capucine, et une sorte de fluide invisible s'y engouffre. Pour ne pas être happé dans son sillage, il faut lutter. Laura et Suzanne résistent. Mais Laura finit par lâcher prise.

LAURA
Tu te souviens du jour où je t'ai appelée en panique
parce qu'un type essayait de me faire chanter ? Il disait avoir
des images « compromettantes » de moi, et menaçait
de les divulguer.

BLANCHE

Bien sûr que je m'en souviens.

LAURA

Je n'avais aucune preuve, mais le gars décrivait des situations que j'avais effectivement vécues. J'étais prête à céder pour éviter l'humiliation. Tu m'en as empêchée, et tu m'as persuadée de porter plainte. Le type a été retrouvé. Il s'est avéré qu'il n'avait aucune image. C'était du bluff. Au nom de ce que tu as fait pour moi ce jour-là, je vais te soutenir.

La brèche s'élargit. Suzanne est maintenant entraînée par le flot sororal dans lequel sa conscience est immergée. Un refus la mettrait en porte-à-faux, et ferait d'elle une dissidente au sein de la meute. C'est une position trop fatigante. D'un mouvement de tête, elle acquiesce. Le pacte est signé.

| Milonga |

Milonga (de l'espagnol, « tromperie ») : n.f. Bal typiquement argentin, né à Buenos Aires. La danse y est organisée en tandas (suite de trois danses). On y joue des tangos, des valses et des milongas. Les tandas sont entrecoupées de cortinas (courts intermèdes musicaux) qui permettent de changer de partenaire. Un ensemble de règles sociales très strictes régit l'invitation des partenaires, le sens et le mode de circulation sur la piste de danse.

Il existe à Montréal une milonga très particulière, où seuls sont admis les membres d'un cercle restreint. Ils forment une sorte de société secrète. Alexis de la Serna y occupe une place de choix, puisque feu sa mère en est la fondatrice. Dans le monde du tango, l'Usine (ainsi nommée car c'est une ancienne usine électrique) relève du mythe urbain. On l'évoque à voix basse, sans trop s'appesantir, avec des personnes de confiance. De l'extérieur, la bâtisse semble à l'abandon. Toutes les fenêtres ont été borniolées de l'intérieur. Aucune lumière ne filtre à travers les draps noirs. Devant les grilles, à toute heure du jour et de la nuit, deux gardes discrets barrent l'entrée de la cour pour éviter qu'elle ne devienne le repaire des trafiquants de drogue et des prostituées du quartier. Ces derniers ont donc trouvé refuge en face, et conduisent leurs affaires sous une large route de béton portée par des pylônes. Il ne fait pas bon s'aventurer seul de ce côté, à moins d'y chercher l'un ou l'autre de ces délices factices.

Ce soir-là, dans l'encre nocturne, un croissant de lune flotte sur le côté. En passant les hautes grilles, Alexis de la Serna fait halte pour regarder la tour de briques rouges, ornée d'une grande cloche muette, et dont l'horloge arrêtée marque inexorablement 7 h 22. À la porte, il frappe les cinq coups du signal. On ouvre aussitôt. Une lumière sépia tombe en rectangle sur les dalles de la cour. Alexis entre rapidement. À l'intérieur, il fait chaud. Sur deux niveaux, l'immense hall principal a gardé son austérité industrielle, hachuré par un méli-mélo d'escaliers en acier. Sur la partie haute, on a créé un parterre de danse en disposant tables et chaises sur deux côtés, reliés en « U » par un rideau de velours rouge. Sur un balcon intérieur sont perchés les musiciens (un quatuor à cordes augmenté d'un bandonéoniste et d'un chanteur), séparés du vide par une balustrade en fonte. C'est un spectacle étrange que cette assemblée d'hommes et de femmes réunis par la passion du tango, et qui se retrouvent en ce lieu habité par des décennies de labeur ouvrier.

Alexis est aussitôt conduit à sa table, non loin de la piste, côté hommes. Dans son smoking, il impressionne. Une virilité animale se dégage de lui. De la tête, il salue les musiciens. Du haut de leur perchoir, ces derniers sont chargés de surveiller les membres, en s'assurant que le code est scrupuleusement respecté. Ce sont eux qui administrent la milonga. Le temps qu'on lui apporte son single malt, Alexis se rend aux toilettes, afin de vérifier une dernière fois sa mise. Il prend toujours cette précaution. Tout doit être en ordre.

Devant la glace, il passe un peigne sur son crâne et dans sa barbe, ajuste son col, et, se tordant le cou, souffle les pellicules sur les épaules de sa veste. À côté du lavabo, un petit livre est posé. On l'aura oublié là. Alexis, pour qui les livres ont l'attrait des choses énigmatiques, s'en saisit. *Terre des hommes.* Ce titre ne dit rien à notre milonguero, mais son sens commun lui rappelle que tout objet gratuit est bon à prendre. Il glisse donc hardiment le livre dans sa poche intérieure, et regagne sa table. Son verre l'attend. Il dirige ensuite son regard vers l'autre côté du parterre, domaine des femmes. Une vingtaine sont assises, les jambes croisées, le menton haut, telles des déesses en robe de soirée. Elles sont venues exclusivement pour danser, et elles le font savoir par leur maintien impeccable, superbes dans leur fierté de femmes libres. Elles ont tous les âges, et aucun. Fardées, habillées au millimètre, elles réalisent la prouesse de se montrer à la fois offertes et inaccessibles. Alexis fait un tour d'horizon, passant rapidement d'une femme à l'autre, en prenant soin de n'en fixer aucune. Dans une milonga, l'invitation à la danse se fait par le regard. Convier une femme en allant la trouver à sa table est maladroit dans une milonga ordinaire, intolérable à l'Usine. De part et d'autre du parterre, l'homme et la femme se trouvent avec les yeux. Dès les premières notes (et pas avant, car il faut en identifier le rythme), les prunelles se cherchent, se perdent, se rejoignent, dans un ballet oculaire appelé mirada. On fuit celles que l'on refuse, on soutient le regard d'un partenaire désiré.

CAPUCINE

Mon dieu, c'est lui !

Capucine a expulsé son chuchotement comme on éternue discrètement dans sa main.

LAURA

Hein ? Qui ?

CAPUCINE

Lui ! Le gars… Le type… Le renifleur !

LAURA

Non !

CAPUCINE

Si !

LAURA

Où ça ?

CAPUCINE

Le… Enfin tu ne peux pas le rater ! Le grand monsieur là-bas.

LAURA

Lui ? Ne le regarde pas trop, malheureuse !
Il va penser que tu l'invites !

Blanche et Capucine rangent leurs yeux entre leurs cuisses. Blanche se tord la bouche vers Laura.

BLANCHE

Je te préviens, pas de farce. Je ne danse pas ce soir.

LAURA

Si tu veux mon avis, vous êtes prêtes toutes les deux.
Ça fait plus de trois semaines que nous travaillons presque
tous les soirs. Mais je voulais vous faire prendre
la température d'abord.

Blanche
La température est prise, c'est bouillant, on peut partir.

Laura
Détends-toi, profite du moment, observe, écoute.
J'ai dû faire des pieds et des mains pour vous obtenir
une entrée, ce serait dommage de filer maintenant.

Capucine
S'il m'invite, qu'est-ce que je fais ? Je mourrai sur place !

Blanche
Mort par cabaceo.

Laura
Tu n'es pas obligée d'accepter son invitation, grosse maline.

Capucine
Mais si je refuse, il va penser qu'il ne me plaît pas.

Laura
Il ne va rien penser du tout. Ça arrive. C'est le jeu.

Capucine
En plus, je lui ai déjà posé un lapin une fois.

Laura émet un petit claquement de langue.

Laura
Alors c'est lui… Hé bé…

Capucine
Quoi « hé bé » ?
Qu'est-ce que ça veut dire « hé bé » ?

Laura a gardé de sa génitrice quelques interjections méridionales.

LAURA
Ça veut dire que ce monsieur, c'est Alexis de la Serna, le fils de la fondatrice de cette milonga. Rien que ça.

CAPUCINE
Parce qu'en plus sa mère est dans les murs ! Au secours...

LAURA
Tout va bien, elle est morte. Les rênes ont été reprises par sa tante. Mais lui vient toutes les semaines. Je ne le connais pas. Je n'ai jamais dansé avec lui.

BLANCHE
Pourquoi ?

LAURA
Tu l'as regardé ? Je n'ai pas envie de danser avec un rouleau compresseur.

CAPUCINE
Hé bé...

LAURA
Voilà, c'est bien ce que je dis.

Capucine ne semble pas percevoir l'intérêt qu'elle suscite. Comment le pourrait-elle ? Pour qui n'est pas coutumier de cette milonga, il ne se passe rien de notable. Aucune parole, aucun éclat de voix, pas même un petit sifflement d'admiration. Mais pour les habitués, c'est un séisme. Des mouchoirs blancs sont tamponnés sur les fronts, des lèvres sont mordues, des paupières battent de l'aile, des pommes d'Adam roulent de bas en haut.

En découvrant Capucine, Alexis se fige, plaqué contre un mur invisible, tandis qu'elle lui lance une à une les lames de sa beauté. Car on se tient devant certaines femmes comme devant un lanceur de couteaux, le cœur à l'arrêt. Alexis fait une piètre cible. Un essaim de lames se fiche dans son gros cœur de bête. Sitôt passée la première salve, Alexis sent une amertume familière lui couler au creux de la poitrine. Pour lui, la femme non vénale a toujours été inaccessible. Dans la mélasse de son esprit tournent les souvenirs de refus. Il revoit les yeux qui disent « non », les fronts plissés de pitié, les lapins posés. Depuis qu'Alexis est en âge de tomber en amour, ses romances se jouent dans un théâtre intangible, entre les pendrillons de son imaginaire. Il n'a jamais été chéri que par des femmes drapées de songes, sur lesquelles il plaque les visages de celles qui émoustillent ses désirs. Aucune femme aimée n'a jamais franchi le seuil de sa fonderie, grimpé les marches qui mènent à son logis, ou caressé son hibou apprivoisé, à moins d'être rétribuée. Alexis est pétri d'amour inemployé, un amour aussi candide que lui, et qui ne se formule pas. Il faut un esprit lucide pour diffracter les rayons de la séduction. Comment parler aux femmes quand on sait à peine parler aux murs, et avec un corps inapte à émettre les signaux de la volupté ? Le corps d'Alexis est un sémaphore perdu dans le brouillard de sa gaucherie sentimentale. Pour cet analphabète de la galanterie, le tango est le seul moyen d'échanger avec la gent féminine, dans un langage qu'il maîtrise assez pour lui donner l'assurance d'être compris. Ses tête-à-tête sont des corps-à-corps. Alexis, en trois danses, concentre toute une vie d'amour : première rencontre, première étreinte, confiance, trahison, retrouvailles… Tout est vécu en raccourci, le temps d'une tanda. À l'Usine, on ne le refuse pas. Les femmes de la milonga n'y sont pas en quête d'Apollon, mais d'un homme avec qui fonder la délicieuse douleur de la danse. Bien décidé à être cet homme pour Capucine, Alexis pose son regard sur elle. Diable, qu'elle est belle. Son visage à peine maquillé jure avec les minois surpoudrés des autres femmes.

CAPUCINE
Merde, il me regarde.

LAURA
Calme-toi. Grâce, élégance, fierté. Bois un peu de vin.

Sur la piste, une dizaine de couples forment déjà une lente orbite dans le sens inverse des aiguilles d'une montre (c'est la règle), tel un grand système de planètes doubles. Alexis de la Serna observe discrètement les autres membres. Devant le refus de Capucine, il s'est rabattu sur une jeune femme d'une vingtaine d'années à peine, longue et bordée comme une rose. Leurs regards s'étreignent. De la Serna fait son cabaceo, ce signe de tête reconnaissable entre mille, sorte d'épanchement vertical, qui signifie: « Tu viens? » En face, la jeune femme y répond par le même signe. Notre homme se lève, et entre dignement sur le parterre. Là encore, il ne faut pas aborder la femme à sa table, mais l'attendre sur la piste, juste en face d'elle (afin de lui éviter l'humiliation d'avoir pris pour sienne une invitation destinée à une autre). Pendant que de la Serna s'approche, la jeune femme prend placidement une dernière gorgée de son vin. Puis elle se lève à son tour, et rejoint celui qui la mènera à travers les trois danses de la tanda.

Alexis et sa compagne sont arrimés l'un à l'autre. Tout semble les séparer, l'âge, la morphologie, et pourtant la danse est leur point de contact. Le bras de la milonguera s'est enroulé autour du milonguero. Elle appuie son front sur le menton de son partenaire. Alexis a replié son bras gauche. Sa main puissante enserre délicatement celle de sa compagne, comme on tient un papillon dans la niche de la paume. Ils dansent, froncés dans la gravité de leur visage. Leurs mouvements sont mesurés, leurs pieds glissent. Nous sommes loin de ce tango de gala qui jonche les circuits touristiques. D'ailleurs, à l'Usine, les pieds ne doivent en aucun cas dépasser la hauteur des genoux. La milonga n'est pas un spectacle, c'est une solitude partagée. Les couples ne sont pas là pour rayonner, mais pour se consumer de l'intérieur. Il s'agit d'avoir un centre de gravité pour deux, et d'évoluer ensemble sur la piste, d'un même corps. Entre chaque danse, Alexis et la jeune femme se regardent. Ils ne disposent que de quelques secondes. À l'Usine, on parle peu sur le parterre. Le gémissement du bandonéon, la mélopée du chanteur, le tintement des verres, le chuchotement des pas sur le sol, la faible rumeur des clients attablés sont les artisans du monde sonore. La musique reprend, tous les danseurs s'animent simultanément. Alexis et sa compagne se blottissent un peu plus l'un contre l'autre. Ils se sont appris, jumelés, abandonnés à la sagesse de leur corps. Une fois les danses terminées, le milonguero raccompagne sa partenaire à sa table, et va se rasseoir à la sienne. Le couple ne se reformera plus de la soirée. On ne danse pas deux fois avec la même personne. Et Alexis est bien décidé à ne pas laisser passer sa chance une seconde fois. Il plonge illico ses yeux dans ceux de Capucine.

Du côté des femmes, les trois amies échangent toujours des chuchotis sans se regarder. Elles ressemblent à trois écolières se parlant à la barbe de l'instituteur.

Blanche
Alerte rouge. Il te regarde encore.
Baisse les yeux, Capucine, ça va passer.

Capucine
...

Blanche
Aïe, il insiste.

Capucine
...

Blanche tourne alors la tête vers Capucine, qui a les yeux rivés sur Alexis.

Blanche
Capucine ! Tu vas te faire cabaceoner !

Trop tard. Capucine a laissé couler en elle le regard du fondeur de cloches. Les secondes passent. Le cœur d'Alexis boit la tasse, une grosse tasse de sang. Pas de doute, elle est à portée de corps. Il s'apprête à lancer son cabaceo, mais Capucine le devance. Car il n'est pas dit qu'une femme ne puisse convier un homme sur le parterre.

Blanche
(*aussi fort qu'un chuchotement le permette*)
Capucine ! On a perdu Capucine !

Désarçonné par cette spontanéité, Alexis en oublie presque de répondre à l'invitation. Il se ressaisit vite, acquiesce.

Capucine
Si une grande bringue à jambes de grue peut le faire,
je peux le faire.

Et elle déploie son corps de ballerine. Laura et Blanche sont soufflées par cette Capucine qu'elles n'ont jamais vue.

Elle entre sur la piste, Alexis la regarde s'approcher en sifflant une gorgée de son whisky. Pas de doute, le cabaceo était bien pour lui. Trente secondes plus tard, Capucine est contre lui. Pour faire sien le poids de son milonguero, elle pose sa joue sur la poitrine d'Alexis, qui la surplombe d'une tête et demie. Mais la voilà qui se retire prestement, dans un geste de surprise. Alexis s'empourpre. D'instinct, il porte sa main à sa poitrine. Une épingle oubliée aurait-elle piqué la belle? Rien de tel, mais Alexis sent sous ses doigts un relief inhabituel. Les outrances de son enveloppe lui sont familières, et il ne reconnaît pas cette bosse-là. Il lui faut cinq bonnes secondes pour élucider le mystère. C'est le livre, le fameux livre, déniché plus tôt sur un coin du lavabo. Morfondu, Alexis l'extirpe de sa veste, et le glisse dans une poche du pantalon, où Saint-Exupéry ne gênera personne. Capucine souligne ce geste d'un sourire, qu'Alexis interprète comme une manifestation de gêne. Ils s'enlacent. De petits bourgeons de sueur germent déjà sur les tempes brûlantes du danseur.

Heureusement, les premières notes retentissent. C'est une milonga, la danse qui a donné son nom au bal. La voix de Juan, le chanteur, suinte du balcon. La mémoire viscérale d'Alexis prend le relais. Il renoue avec tous les réflexes de son enfance. La chanson est versée en lui par les oreilles, puis distillée à travers l'alambic de son corps. Les mots s'accrochent au cœur, la musique coule jusqu'à ses pieds, où elle devient mouvement. Elle se répand sur le sol, par flux et reflux rythmiques, s'anime, s'apaise, tourne, roule. Alexis entraîne Capucine dans le courant de ses pas. La chanson s'appelle *Amarras*. Ces mots-là ont pour Alexis une force particulière.

J'erre comme une ombre tourmentée...

Il repense à ses promenades nocturnes, emmitouflé dans sa solitude.

Je cherche les baisers que je n'aurai jamais...

Il perçoit autour de lui la présence de ces femmes qu'il tient dans ses bras chaque vendredi, mais qui lui demeurent hors d'atteinte. Capucine est un peu fébrile. Elle danse avec l'application et la raideur d'une pucelle. Elle trace un tango sans surprise ni maladresse, scolaire. Les couples se sont raréfiés sur la piste, car l'assistance est curieuse d'observer la nouvelle danseuse. Les musiciens aussi. Tiendra-t-elle ses promesses ? Oui. C'est un sans-faute. Les premiers pas à l'Usine sont toujours chargés d'appréhension et d'euphorie, car l'enjeu est immense.

Je sais seulement que ton adieu est une douleur dérisoire qui me suit à chaque pas.

Pour Alexis, la milonga est synonyme de retrouvailles et d'adieu. Ce perpétuel désir inassouvi charge sa danse d'une intensité unique. Dans le cercle de l'Usine, la plupart des femmes recherchent son étreinte. Elles lui pardonnent la sueur de son front et son allure d'ogre, car elles se sentent impérieusement conduites. Capucine sait immédiatement qu'elle a affaire à un vieux loup de milonga. Le large poitrail d'Alexis, gonflé d'émotion, impose un cap sûr. Capucine y amarre toutes ses écoutes, et se laisse dériver sans crainte. Alexis retrouve un brin de confiance. Il s'abandonne tout entier à cette intelligence empirique qui lui vient de sa mère, et qu'il porte en lui tel un chromosome. Il s'imprègne du parfum de Capucine, comme on respire l'atmosphère d'une planète inconnue. Contre son cœur est rivée l'oreille de la jeune femme. Entend-elle battre cette joie chagrine, qui est le lot de tous les cœurs vacants? Entre les chansons, Alexis et Capucine se regardent. Mais l'immobilité reconduit Alexis dans la geôle de sa bêtise. Dans les yeux de Capucine, il ne lit rien, il ne voit rien. Des pensées confuses traversent la mouscaille de sa matière grise. Il en est réduit à attendre anxieusement la prochaine chanson, qui le délivrera de la torture. Sorti de l'eau de la danse, ce gros mérou étouffe misérablement. Face à lui, Capucine reprend haleine. Le style ardent d'Alexis a échauffé la jeune femme. Le bandonéon s'étire à nouveau, et introduit la deuxième chanson, *Farol*.

Le ciel raconte les rêves d'un million d'ouvriers.

Le texte raconte un quartier pauvre, avec ses maisons reflétant les couleurs de leurs murs en fer blanc, ses coins de rues tachés de souvenirs, et son horloge distante frappant les deux coups du matin.

Enfin la troisième, *Trasnochando*.

Tout... J'ai tout perdu.

Alexis, voyant venir le moment de la séparation, serre Capucine d'un peu plus près.

La seule chose qui me reste d'elle, c'est cette photo, et je ne veux pas la regarder.

Le dernier accord posé, Capucine s'éloigne d'un pas. En l'absence de musique, le contact avec ce corps étranger lui est soudain insupportable. Elle trouve la force de balbutier :

– Je suis désolé pour l'autre jour… J'ai eu… J'ai eu un empêchement de dernière minute.

– Pas grave.

Alexis allait ajouter « J'ai l'habitude », mais il sent que cette réplique jurerait avec l'instant, avec l'élégance de son costume, et surtout avec la sublimité de la femme qui lui fait face. Il reconduit Capucine à sa table, et va reprendre sa place parmi les hommes. Il n'emportera d'elle qu'un parfum de chèvrefeuille pris dans la laine de sa veste.

Sitôt assise, Capucine sent les regards tournés vers elle. Laura la couvre d'une fierté maternelle. Blanche frétille d'admiration.

LAURA
Alors ?

BLANCHE
Alors ?

Capucine quitte subitement sa chaise, et gagne à petits pas les escaliers menant vers la sortie. Interloquées, Laura et Blanche s'engouffrent dans son sillage. D'un seul mouvement, les hommes se lèvent à leur tour. Froufrou d'étoffe. Ils saluent leur nouvelle milonguera, non sans étonnement de la voir s'en aller si vite.

Aucune règle n'impose aux danseurs de s'attarder jusqu'à la fin du bal, mais tous, en général, restent jusqu'à l'ultime tanda. Les trois amies se laissent poser leur manteau sur leurs épaules par les garçons du vestiaire, et se glissent dans le sac de la nuit.

La soirée d'Alexis de la Serna prendra une tournure tragique. Il mènera d'autres femmes de l'Usine à travers le labyrinthe de son tango, et finira sa nuit, comme souvent, dans des bras qu'il trouvera sous la route de béton, des bras qui lui prodigueront un peu d'amour en petite monnaie.

Capucine ouvre précautionneusement sa porte d'entrée. Si Flopi était un chien, il lui ferait fête en jappant autour d'elle. Mais sa condition de hérisson fait de lui un animal timoré. Enroulé dans son épineux paillasson, il feint de ne pas voir sa maîtresse. Puis il dresse son petit nez, l'air de dire : « Tiens, te voilà. » Il baille, et se réfugie à nouveau en lui-même. Le hérisson pratique une introspection littérale. Ses épines se dardent autour de lui comme des rayons de soleil. Constatant que Capucine ne vient pas le voir, Flopi s'étire, s'approche de sa maîtresse en roulant des mécaniques. Il réclame sa caresse du soir. Les premiers gestes de la jeune femme sont invariables : chercher le bol d'eau que le hérisson, par jeu, a fait rouler à travers l'appartement, lui donner sa pitance (quelques fruits et un occasionnel cadavre de mouche recueilli sous un meuble), et remplacer l'eau renversée. Ce que Capucine nomme « eau » n'est pour Flopi qu'un liquide insipide, il préfère l'eau croupie sous les feuilles mortes, celle des pots de fleurs, celle de la pluie dont il se délecte lorsqu'elle ruisselle le long des troncs d'arbres. Capucine réserve toujours à Flopi l'eau « courante » qui ne court pas plus qu'un lévrier empaillé.

Une voix fuse d'un coin obscur de la chambre.
– C'est toi ?
– Oui, petit frère, rendors-toi.
– Je ne dormais pas.
– …
– Elle a appelé…
– Qu'est-ce qu'elle voulait ?
– Que je revienne à la maison.
– …
– Je ne vais pas y retourner. J'espère que ça ne te dérange pas.
– Je te préfère ici qu'avec elle. Elle te détruirait, Nicolas. J'en sais quelque chose.
– Elle me dit que je ne vaux rien sans elle, que je ne m'en sortirai jamais.
– Elle est malade. On n'a besoin de personne pour valoir quelque chose. Essaie de dormir maintenant. Et décale-toi, que je ne te réveille pas quand j'irai me coucher.

Le bain de Capucine est affaire d'hygiène de l'esprit. Elle a besoin de cette immersion quotidienne pour faire éclore sa paix intérieure. Pendant que la baignoire se remplit, Capucine se déshabille. Elle fait jaillir d'elle cette robe encore imprégnée de tango. Le drap de son bain tiré jusqu'au menton et bien lisse, Capucine parle en elle. Cette pratique est l'envers de l'expression « penser tout haut ». Étrangement, sa voix intérieure sonne dans sa tête avec des échos de salle de bains.

Une fois sortie, elle s'empresse de couvrir son corps nu. Même quand elle est seule, elle se défie des regards invisibles. Ses propres yeux dans le miroir la font rougir. Elle se sent observée par les objets qui l'entourent.

Sur la table de la cuisine, un bloc de papier à lettre l'attend, rayé d'un stylo. « Maverick, tu seras photographe », murmure-t-elle, avant d'entamer sa lettre.

Pour pallier une vie sociale limitée à la meute et au cercle poétique, Capucine écrit des lettres. À qui ? À tout le monde. Elle les envoie au hasard de l'annuaire. Au traditionnel journal intime, elle préfère cette correspondance à sens unique, qui lui donne l'impression de n'être pas seule. Elle a besoin de sentir quelqu'un au bout du fil de ses pensées. D'un simple prénom, elle déduit une vie, un métier, des rêves, des défauts, des qualités. Le ton de ses lettres varie selon la personne à qui elle s'adresse. À un certain Nathan, qu'elle imagine géomètre, elle n'écrira pas de la même manière qu'à une certaine Béatrice, qu'elle voit institutrice.

Cher Maverick,

Je rentre à peine de ma première milonga. J'ai cru mourir vingt fois. J'ai bien failli rebrousser chemin avant même de passer la grille de l'Usine. Laura n'aurait pas supporté ma défaite. Tant de monde. Tant de visages. Mais dès que je suis entrée, je me suis sentie plus calme. Ces gens rassemblés autour du tango m'ont fait comprendre que je ne risquais rien. Tu aurais aimé photographier cet endroit hors du temps. Un charme brut prodigué par le mélange de la pierre et du métal, un plafond culminant à une trentaine de mètres, troué par une verrière, et d'où tombent des lampes coniques en zinc, de hautes fenêtres en arc surmontées de petites fenêtres en ogive. Cet immense volume sonne comme une cathédrale. Nous nous sommes installées à la première table (Blanche était avec nous). Sans le dire à mes amies, j'étais déterminée à me jeter à l'eau. C'était une sorte de défi lancé à moi-même : « Ma petite Capucine, tu vas trouver l'homme le plus effrayant, le plus impressionnant du lot, et tu vas l'inviter à danser. » *Là, droit devant moi, je tombe sur cet homme inouï, ce colosse qui entre presque tous les matins dans ma librairie, juste pour « me respirer », comme dit Blanche. De loin, on dirait Barbe-Bleue. Barbu, joufflu, ogresque, avec des mains à écraser le mont Royal, et au coin de l'œil un énorme grain de beauté qui fait comme une larme couleur café, condamnée à ne jamais couler. Quand on y regarde de plus près, on devine que derrière ce corps de Vulcain se cache un être raffiné. La preuve, dans la poche de sa veste, il y avait un livre. Voyant que ça me gênait, l'homme l'a changé de poche. J'ai eu juste le temps de reconnaître* Terre des hommes. *Nous avons les mêmes goûts. Il avait l'air d'un enfant pris en train de chiper dans la corbeille à bonbons. C'était irrésistible, ce grand gaillard rougissant jusqu'aux oreilles. Et sa façon de danser ! J'ai tout de suite eu confiance. Barbe-Bleue dansait comme Fred Astaire. Je n'ai jamais ressenti cela. J'ai ma théorie : seuls les hommes suprêmement intelligents peuvent danser le tango. Ils doivent anticiper tous les mouvements des autres danseurs, tout en guidant leur partenaire. Je suis repartie avec en moi quelque chose qui pouvait s'apparenter au bonheur. Mais je comprends ma mauvaise fortune : jamais je ne pourrais voir cet homme dans la « vraie vie ». Je retournerai à la milonga. Peut-être qu'ainsi, tango après tango, nous trouverons un moyen de nous connaître.*

Je t'embrasse,
Capucine

Elle se met au lit, claquemurée dans sa chemise de nuit. Flopi la rejoint illico, fait quelques tours sur lui-même (protocole qu'il a en commun avec les chats), et s'affale au pied du lit.

Cette nuit, Capucine prend le premier train pour le sommeil, harassée de tango, et surtout épuisée par le tohu-bohu de son cœur d'ordinaire si taiseux.

| Alexis |

Aujourd'hui, Montréal prend ciel de toute part. Alexis a ouvert en grand les portes et fenêtres de sa fonderie pour avoir son lot de lumière et pour donner à réfléchir au bronze de ses cloches. On peut d'ailleurs dire que ses cloches réfléchissent pour lui. Alexis éprouve une sorte de vacillement spirituel à voir danser les taches de soleil.

Une semaine s'est écoulée depuis sa tanda avec Capucine. Alexis se confronte au difficile exercice de congédier sa tante. Cette dernière a pour lui un sentiment qui peut se comparer à l'amour, certes, mais la brimade étant plus divertissante que la cajolerie, tata Dolores n'exprime son affection qu'à la machette.

– Et quand est-ce que tu me fourgues une descendance, hein ? Mes petits-neveux, tu te figures qu'ils vont tomber de tes cloches comme des œufs de Pâques ? C'est vrai qu'il faudrait d'abord pêcher la mère ! Tu sais, ton problème est simple. Des hommes laids, j'en ai rencontrés. Mais le plus souvent ils compensent avec cette sottise que l'on appelle la « beauté intérieure », et qui, ma foi, vaut ce qu'elle vaut. Ça console un peu. C'est comme un gant de toilette, s'il est sale d'un côté, on le retrousse. Des hommes beaux, j'en ai rencontrés aussi, et dans ce cas on se fiche pas mal de savoir ce qu'il y a dedans. Bien sûr, l'idéal, c'est un homme beau à l'endroit et à l'envers. Mais toi, faut croire que tu es mal fichu de tous les côtés. On ne peut t'aimer que de loin, un peu comme on aime tes cloches, vois-tu ? Elles font partie du folklore local, mais à bonne distance.

De fait, Alexis n'est pas de ceux vers qui convergent les regards féminins. Un visage passe-partout, toujours luisant d'une sueur cuivrée, avec au coin de l'œil un gros grain gris qui fait tache. Un visage qui n'engage à rien, barbu jusqu'aux yeux, et qu'Alexis promène avec lui comme une clé qui n'ouvrirait aucune porte. Son corps n'arrange rien à l'affaire. Colossal, déglingué, aussi haut que large, sur lequel la force gravitationnelle agit davantage que sur les autres hommes. À la lueur des réverbères, ce corps de bûcheron mal planté projette sur les murs de Montréal une ombre quasi monstrueuse.

Alexis est-il fin d'esprit ? Souvent, si la providence vous afflige d'un côté, c'est pour vous gratifier de l'autre.

Non.

Alexis n'est pas un homme tissé au rouet de l'intelligence. Ou plutôt, il n'est pas un homme de réflexion, ce qui n'est pas la même chose. Au gré de ses quarante années d'existence, il s'est fabriqué un bon sens artisanal, qui compense une éducation sommairement exécutée par le peloton de l'adolescence. Homme à l'état brut, il est gouverné par des forces rudimentaires : se chauffer quand il a froid, manger quand il a faim, dormir quand il a sommeil, aimer quand il est en mal d'amour… Beaucoup le croient muet car il n'use de la parole que lorsqu'il ne peut pas faire autrement, et dans un vocabulaire versé au compte-gouttes. Sa nature est restée en friche. Il n'y pousse jamais que des idées et des sentiments simples comme des fleurs sauvages.

Mais alors que lui reste-t-il ?

Chaque homme, si disgracieux soit-il, possède un piédestal quelque part dans le monde. Et il s'agit de le trouver afin de pouvoir, de temps à autre, s'y percher. C'est une question d'amour-propre. Alexis a eu la chance d'avoir été huché de force sur le sien dès son plus jeune âge, et dans des circonstances tragiques : la mort de son père.

La mort a trouvé le père d'Alexis dans un accident qu'un esprit goguenard aurait qualifié de cocasse : une poulie défectueuse fit tomber sur lui une cloche de plusieurs tonnes, et le tua sur le coup de midi. À son arrivée, le commanditaire de cette cloche fut bien surpris de découvrir le fondeur en deux morceaux. Il donna l'alerte, puis fit emporter la cloche, laquelle, ironiquement, sonna les funérailles du défunt quelques jours plus tard. Alexis, âgé de quinze ans à peine, reprit le flambeau de l'entreprise paternelle. Mais ce que son père faisait avec méthode, Alexis le fait avec instinct, avec génie. Et quel génie... Chaque fois que tinte une cloche sortie de sa fonderie, Alexis se pare d'une auréole aux yeux de ses semblables. Par un caprice dont la providence a le secret, la perfection qui lui fait tant défaut, notre homme a le don de la mettre dans ses cloches. On vient de loin pour lui passer commande. Sa réputation dépasse largement la petite couronne. Au-delà de leur sublimité de forme, les cloches d'Alexis ont un timbre inimitable, pur et argentin, qui filerait la foi à un sac de plâtre. Inexplicablement, toutes les églises qui s'en sont coiffées ont vu leur fréquentation monter en flèche. Au Québec, on a vite compris qu'une messe annoncée par une cloche d'Alexis avait toute chance de se jouer à guichet fermé. La phrase est même passée dans les dictons usuels de la curaille :

« Cloche d'Alexis, messe bien garnie. » Les fidèles affluent comme subjugués par les sirènes d'Anthémuse.

L'œuvre d'Alexis dépasse largement le cercle des grenouilles de bénitier. Les pâturages vibrent aussi au son des miraculeuses cloches, portées au col par moutons et brebis (dont la laine, bercée par cette musique, gagne en soyeux). Elles rythment l'entrée des clients au seuil des boutiques, elles préviennent les abordages par temps de brume sur le gaillard des navires, elles marquent les heures dans les carillons familiaux, elles sonnent la récréation dans les écoles, elles ornent les hochets des bambins qui, grâce à elles, braillent moins. Le génie d'Alexis est répercuté de cloche en cloche à travers tout le continent, et on lui pardonne sa balourdise. Nul ne comprend par quel prodige, d'un être aussi grossièrement moulé, peuvent jaillir de si parfaites cloches. Mais après tout, l'arbre le plus rabougri peut bien donner les plus belles fleurs, à son insu.

Une fois sa tante partie, Alexis s'octroie une pause. Il laisse Tom et Martin, ses deux apprentis, nettoyer les cloches brutes de fonderie, et accorder les cloches de carillons. Il se sert une grande tasse de café, qu'il sirote assis sur le pas de sa porte. De sa main de gorille, il ramasse le journal du jour pour en déchiffrer les gros titres.

Alexis en profite pour appeler son hibou en claquant doucement de la langue. Émile descend de son perchoir et traverse l'atelier à pattes pour rejoindre son maître. D'un doigt bouffi, Alexis lui flatte les aigrettes.

Cela fait deux ans que l'oiseau vit à la fonderie. Trompé par une vitre qui reflétait le clair de lune, le hibou strié s'y brisa les ailes. La compassion d'Alexis ne fit qu'un tour. Deux attelles de fortune pourvurent Émile d'une nouvelle paire d'ailes, mais le pauvre hibou n'a jamais retrouvé sa robustesse d'antan. En y mettant du cœur, il peut voler d'un coin à un autre de la fonderie, mais guère plus. Par la force des choses, Émile s'est vu condamné à cet habitat, et se rend utile en amassant la poussière avec sa queue. Émile a une présence d'esprit bien supérieure à celle du commun des hiboux. On peut même dire qu'intellectuellement il surpasse son maître. Avant l'arrivée d'Émile, Alexis pouvait passer des heures à chercher un outil qu'il avait encore en main une minute plus tôt (et même parfois, en main tout court). Aujourd'hui, il lui suffit de claironner « pince ! », ou « louche ! », et le hibou lui porte l'objet à la force du bec. Le train de vie diurne d'Alexis a aussi gagné l'oiseau. Il a fallu beaucoup d'abnégation au hibou pour renier son penchant nocturne. Parfois, si la lune est haute et qu'un filet d'air siffle par une fenêtre entrouverte, Émile se poste derrière la vitre (celle-la même qui lui rompit les os), et se laisse aller à des frissons de nostalgie. Ses ailes débiles ont encore la mémoire des grands vents. Ses serres peuvent encore sentir le bois noueux des cimes. Émile vibre confusément sur des fréquences anciennes. Sa ténébreuse conscience de hibou perçoit des bribes de chasses nocturnes. Les bouts de viande qu'il dévore maintenant sur l'établis d'Alexis n'ont pas les saveurs de ces mulots sur lesquels il fondait comme un filet de plumes.

Le vendredi n'est pas un jour banal pour Alexis. Le fil de ses semaines tend vers ce moment précis. Tout le jour, il se farde le cœur en pensant à son rendez-vous du soir avec le tango. Ce rendez-vous est pour Alexis un tribut à celle qui l'y initia : sa mère. Sachant à peine marcher, Alexis s'essayait déjà au flair de cette marche à quatre pieds. L'apprentissage lui fut insufflé directement dans le corps, sans passer par la case « cerveau », ce qui explique le naturel avec lequel Alexis danse le tango. Tous les soirs, enlaçant sa mère, le fiston s'aguerrissait à l'indicible boussole, qui est le battement ancestral du tango. Il apprenait à exprimer la musique avec ses pas, à la matérialiser sur les dalles de la fonderie. La maman d'Alexis était une légende. Elle avait sa table attitrée dans toutes les milongas du pays. En chaque milonguero, il y avait le rêve d'être un jour, le temps d'une danse, le partenaire de la fascinante Camila. Dans sa jeunesse, Camila avait poussé au suicide une demi-douzaine d'hommes auxquels elle avait refusé la perfection de ses pas. Quelques décennies plus tard, devenue veuve, elle apparaissait de façon impromptue dans les milongas de Montréal. À son entrée, la salle faisait silence. Le directeur accourait, courbé jusqu'aux chevilles, et précédait Camila vers sa table. La vieille femme se déplaçait avec peine, mais sitôt sur la piste, elle dansait toujours ce tango divin qui l'avait hissée sur son piédestal. On criait au miracle. Les rares hommes qui la menaient ce soir-là ne s'en remettaient jamais. Certains perdaient la raison. Puis un jour, Camila n'est plus réapparue. Nul ne savait ce qu'elle était devenue. Dans toutes les milongas, on se questionnait des yeux ; un clignement qui disait : « Vous l'avez vue ? » Mais on y répondait toujours en secouant tristement la tête. Les plus fervents épluchaient les rubriques nécrologiques, tremblant à l'idée d'y lire le nom de leur idole. Le temps passa. On dut se résigner à ne plus la revoir. Le grand âge, peut-être, avait poussé Camila dans l'ombre. Pour cette âme entière, il était impensable que l'arthrose altère jamais la sublimité de la danse. Les milongueros reportèrent donc sur Alexis un soupçon de la déférence qu'ils vouaient à sa mère, mais une déférence un peu plus polissonne. On n'osait pas lui demander des nouvelles de sa mère, et Alexis n'en laissait rien paraître.

Ce vendredi revêt un charme encore plus fiévreux que d'habitude. Capucine reviendra-t-elle ? Consentira-t-elle à une seconde étreinte ? Depuis cette première milonga, Alexis n'est pas entré dans la librairie pour son inspiration quotidienne. Reprendre le rituel, comme si rien ne s'était passé, lui semblait incongru.

Alexis renvoie ses apprentis pour consacrer la fin de sa journée à ses ablutions. Sa soirée commence par deux bains interminables, dont l'eau est chauffée par les fumées du gueulard. Dans le premier, Alexis dilue la crasse de la semaine. Une couche brunâtre se forme à la surface, à la manière du laitier sur un bain de fonte. Alexis se prélasse, immergé dans son inanition, tandis qu'un fumet d'airain s'échappe de la baignoire. De temps en temps, il sort de sa stupeur pour se savonner le corps à la pierre ponce, ce qui obscurcit davantage le bouillon du bain. Quand il en juge la teinte assez sombre, il change l'eau, et se baigne une seconde fois pour gratter la deuxième couche, avec un savon cette fois. La pierre ponce a l'apparence d'un bloc de tourbe. Deux heures plus tard, la peau d'Alexis a le lustre d'une cloche, mais la consistance d'une mamelle. Puis Alexis s'habille, et une véritable métamorphose s'opère.

L'homme qui se contemple longuement dans le miroir n'a plus rien du pauvre bougre qui, quelques heures plus tôt, suait au-dessus d'un creuset incandescent. On le trouve dans un smoking Capri de laine noire, sur mesure, dont les revers en faille de soie ont des reflets indigos. Dans l'embrasure de sa veste, une chemise en popeline ivoire lisse la lumière, disparaît sous un gilet de flanelle, et vient affleurer aux poignets, piquée par deux boutons de manchettes (en forme de cloche, comme il se doit). Sur le col châle est épinglé un nœud papillon bleu nuit, juste assez asymétrique pour être élégant. Au bout d'un pantalon de barathéa gisent deux chaussures impeccablement cirées. Le costume lui a été offert par un tailleur sans le sou, pour le paiement d'un grelot de porte d'entrée. Drapé dans cet écrin de haute couture, Alexis est un autre homme. Son corps de brute respire la prestance. Son visage, pourtant si veule, s'entoure d'un halo de noblesse, et même, chose extraordinaire, d'acuité. Oui, on croirait de l'esprit à ce personnage qui, pour mettre ses chaussures à l'endroit, en a marqué les semelles d'un point de couleur. Alexis lui-même est intimidé par son reflet. L'homme qui se tient devant lui, avec ses cheveux gominés et bien peignés en arrière, pourrait passer pour un érudit, un poète, un philosophe, et Alexis doit se faire violence pour se convaincre que cet homme, c'est lui. Mais il n'est pas dupe. Il sait qu'au moindre mot sorti de sa bouche la supercherie serait dévoilée. Alors il s'applique à se vider le crâne de toute pensée, de peur que sa niaiserie, par capillarité, ne transparaisse sur son visage et ruine cette image éphémère. C'est ainsi paré que, vers 22 heures, Alexis quitte sa fonderie.

Il y reviendra six heures plus tard, le cœur rompu et esseulé par l'absence de Capucine.

| On s'adapte |

Un quotidien nouveau rythme les jours de Blanche. Son couple se transforme et ajuste sa dynamique à la situation inédite. Affermie par l'approbation de ses amies, Blanche peut désormais s'abîmer tout entière dans sa vie conjugale qui, à première vue, semble unilatérale. Mais Blanche n'a aucunement l'intention de cantonner cette vie à la toilette matinale de Valentin et à quelques dialogues dont elle ferait elle-même toutes les répliques. Il ne sera pas dit que Valentin passe sa mort dans l'oisiveté la plus totale. Certes, de son vivant, il était casanier, préférant souvent la compagnie de ses manuscrits à celle des amis de Blanche. Valentin n'avait pas d'amis, parce qu'il professait une certaine paresse sociale. Pour avoir des amis, il est nécessaire de leur consacrer du temps, de leur accorder une attention régulière, ce qui fatiguait Valentin. On peut y voir une preuve d'égoïsme, mais non, il ne s'agissait que de paresse. Valentin aimait les gens. Il était simplement incapable d'extirper cet amour pour le partager avec l'extérieur. Au jeu du portrait chinois, à la question « Si tu étais un animal ? », Valentin répondait toujours : « Une huître. » Il était trop heureux de faire siens les amis de Blanche, qui les lui procurait comme la vaisselle d'une dot. Ces amitiés en pièces rapportées lui convenaient.

Blanche se chargeait de leur entretien, il se contentait de s'y nourrir quand l'occasion lui en était donnée.

Petit à petit, Blanche imagine des combines pour faire sortir Valentin de son lit. Au début, il y était cloué, d'abord parce que sa condition l'avait dépourvu de volonté, mais aussi parce que la rigidité cadavérique rendait toute manipulation fastidieuse. Depuis que ses articulations ont retrouvé leur liberté, il a de nouveau accès à toutes les configurations de son corps. Mais cette liberté a ses inconvénients : Valentin ne tient plus en place, une attitude assez caractéristique du personnage qui, de son vivant, demeurait difficilement au même endroit. Certes, Valentin sortait peu, mais il faisait des kilomètres intra muros. Il avait cette aptitude propre au poisson rouge qui permet d'entrer cent fois dans un espace en y goûtant toujours la même fraîcheur. Valentin était en perpétuelle migration, non par ennui ni parce qu'il se trouvait mal là où il était, mais parce que quelque chose en lui était appelé ailleurs – un ailleurs circonscrit aux dimensions de l'appartement, parfois même du canapé, de l'oreiller, voire du cerveau. Aujourd'hui, Blanche ne voit aucune raison de priver Valentin de ses anciennes manies. Surtout, elle ne souhaite pas vivre avec un alité. « Tu n'es pas malade, mon amour, tu es seulement mort. » Pour autant, Blanche voudrait éviter à son amant le désagrément de s'immerger la face dans un coq au vin. Bricoleuse par nature, elle met son ingéniosité au service de cette nouvelle espèce d'invalide qui vit avec elle. Elle est suffisamment athlétique pour exhumer Valentin de son lit, mais le déplacer à travers l'appartement représente un effort conséquent. Qu'à cela ne tienne, un jeu de poulies fixées au plafond, des cordes, un harnais de spéléologie, permettent à Valentin de se mouvoir sans que Blanche se brise le dos. L'asseoir à table pour le déjeuner ou le dîner devient une formalité à laquelle Blanche s'accoutume très vite. Mais ce système révèle rapidement ses faiblesses. Il ne donne accès qu'à certains endroits précis. La mobilité véritable est à inventer. Blanche pense tout d'abord à remplacer les poulies par des rails, mais un rail, c'est encore une limite, une route tracée, à laquelle Valentin serait assujetti. Non, de toute évidence, le plafond doit être abandonné au profit du plancher. Sur un plancher, on peut rouler dans toutes les directions. Le monde moderne a enfanté des systèmes de déplacement capables d'insuffler la mobilité d'un patineur artistique à une armoire Louis XV. Après mûre réflexion, Blanche fait découper un socle en sapin. Le choix de l'arbre s'impose pour sa dureté et parce qu'il dispute au chêne la préférence des cercueils. Le clin d'œil plaît à Blanche. Monté sur quatre patins à billes, le socle est assez grand pour qu'on puisse y poser une chaise, mais assez petit pour passer les portes, et culmine à un pouce et demi. Valentin aura gagné en taille, il ne s'en plaindra pas. L'horizontalité ayant été traitée, il reste à résoudre le problème de la verticalité. Valentin ne tiendra jamais debout par lui-même, ni assis. Blanche imagine alors une armature, comparable au portique d'une balançoire. Le jeu de poulies, qui a fait ses preuves au plafond, est accroché à une perche de suspension. Sur les tubes latéraux sont vissés des taquets grâce auxquels on peut moduler la longueur des cordes portant le harnais. Cela donnera du leste afin que Valentin puisse s'asseoir. Vient ensuite la question des membres. Blanche décide de garnir la perche supérieure de poulies supplémentaires, plus petites, afin d'articuler les bras, les jambes, la tête. Le résultat est probant. Valentin a désormais tout l'appartement à sa disposition, et un catalogue de positions variées. Il peut être assis dans un fauteuil, un livre dans une main, l'autre main derrière la nuque. Il peut être accoudé au dossier d'une chaise, ou debout devant le lavabo de la salle de bains pendant que Blanche prend sa douche. Le matin, en un tournemain, Blanche accroche son compagnon à son portique, et le voilà debout. Puis elle le roule vers la table à manger, l'assoit sur une chaise, et ils prennent ensemble leur petit déjeuner. Blanche parle, Valentin ne répond pas. C'était à peu près ainsi que, du vivant de Valentin, débutait la journée.

Blanche n'a jamais nourri de réflexion très poussée sur la mort. Elle n'est pas de ces gens qui consacrent une partie substantielle de la vie à regarder couler l'eau dans une clepsydre, et à se demander ce qu'il adviendra quand le bulbe supérieur sera vide. Depuis la mort de Valentin, elle ne peut pas éviter le sujet. Elle a tout de suite repoussé les considérations ésotériques. Médiums, cartomanciens, chiromanciens, spiritistes, nécromanciens, psychopompes, qui ne donnent à espérer que quelques coups frappés sur une table ou un verre glissant le long d'un alphabet pour épeler laborieusement le nom d'un défunt. Elle ne voit pas l'intérêt d'entretenir avec les morts une communication cryptée. Si l'au-delà existe, Blanche s'y retrouvera fatalement un jour, et pourra nouer avec ses habitants un dialogue sans interférence ni intermédiaire. S'il n'existe pas, les services des devins de pacotille sont une perte de temps et d'argent. Au sein de la meute, seule Laura s'intéresse à ces questions. Selon elle, le grand Albert Einstein envisageait une vie après la mort. L'argument de notre génie universel était le suivant : l'énergie ne peut pas disparaître. C'est un argument qui a l'apparence d'une vérité, comme toute phrase contenant le mot « énergie ». Bref, les réflexions de Blanche sont plus sentimentales. La mort ne l'intéresse pas d'un point de vue philosophique, seule celle de Valentin retient toute son attention. Elle ne peut s'empêcher de repenser à certains propos de son amant. Par exemple, il disait souvent qu'il se sentait « aussi mort qu'un vivant puisse l'être ». Valentin avait l'impression de n'être pas réellement vivant. Il a désormais franchi le dernier échelon, son état diffère donc très peu de celui qui précédait sa mort biologique. Il est maintenant réconcilié avec son ressenti. Quand Blanche a rencontré Valentin, ce dernier était exubérant, rieur, « plein de vie ». En sept ans de relation, elle l'a vu descendre un à un les échelons, à tel point qu'elle ne le reconnaissait plus. C'est triste à dire, mais Valentin a été moins défiguré par la mort que par la vie.

Blanche est confrontée à un enjeu qu'elle a occulté un temps : celui du manuscrit. L'éditeur Bolduc appelle toutes les semaines pour en connaître l'avancement. Blanche pourrait tout bonnement annoncer que son écrivain de compagnon a finalement renoncé à son ouvrage, mais Bolduc ne serait-il pas surpris que Valentin ne l'en informe pas lui-même ? Persister dans l'imposture comporte moins de risques. Bolduc sait qu'en période d'écriture son auteur se fait plus sauvage que d'ordinaire. Le contacter est un projet à long terme. Blanche est en charge de toute communication vers l'extérieur, c'est parfaitement crédible. Mais ces considérations-là ne sont pas les plus préoccupantes. Car enfin, ce livre, il faut le terminer ! Surtout, il faut parvenir à pasticher Valentin à la perfection.

C'est lourde de cette appréhension qu'un soir Blanche va chercher le manuscrit à moitié brûlé. Elle profite d'une courte plage de désœuvrement avant l'arrivée des filles.

– Pardon, mon cœur, mais si tu veux l'achever, ce livre, il faut bien que je me retrousse les manches.

À la lecture des premières lignes, Blanche constate qu'il s'agit là non pas d'un roman, mais d'un récit autobiographique. Un coup de gong lui ébranle la poitrine. Après le choc initial, la vibration se propage dans tout le corps, et fait affluer le sang au visage. Blanche comprend que ce texte est ce que Valentin a écrit de plus intime. Il semble contenir les réponses aux questions que Blanche s'est toujours posées sur son compagnon. La voix de Valentin s'élève d'outre-monde, et s'annonce comme la formule déjouant tous les secrets de cet homme énigmatique qu'elle a vu s'étioler. Qui sait? Peut-être permettra-t-elle d'élucider sa mort. Le souffle court, Blanche lit d'une traite la première page.

« Aujourd'hui, je m'assois enfin pour écrire. Au début de mon séjour à l'Institut Douglas (j'avais, pour la énième fois, tenté de mettre fin à mes jours), une atroce vérité m'a été jetée au visage. Cette vérité, je l'ai reçue sans l'esquiver, elle m'a d'abord brisé. Après avoir ramassé les morceaux, j'ai décidé de me regarder tel que je suis. À chaque seconde, la tentation de détourner le regard ou de m'observer à travers quelque filtre enjoliveur me prenait. Résister a été un supplice, mais cet examen attentif m'a conduit à un constat, que j'entendais enfin par ma propre voix: je suis un monstre. J'ai eu par le passé des comportements qui ont fait souffrir mon entourage et qui m'ont fait perdre toute estime de moi-même. Une fois ce constat effectué, j'ai été pris d'une volonté farouche, celle de faire en sorte que ces comportements ne se reproduisent plus. Je suis persuadé que tout cela n'est pas inné chez moi, mais induit. La bibliothèque de l'Institut m'a fourni des connaissances qui m'ont ouvert les yeux sur la structure narcissique qui engendre de tels symptômes. J'ai dressé un état des lieux: à quel point étais-je atteint? Je séparais les symptômes que je reconnaissais en moi de ceux que je ne reconnaissais pas. Il m'est apparu que je ne pourrais m'affranchir de ces comportements nocifs qu'après avoir retracé mon parcours avec franchise. C'est ce qui m'amène aujourd'hui à la table d'écriture. »

Blanche s'interrompt. La perspective de terminer la rédaction du livre à la place de Valentin a complètement déserté son esprit. Ne reste que la folle curiosité de lire ces pages brunies par les flammes. Elle saisit mieux à présent pourquoi ce texte coûtait tant de patience et d'acharnement à son amant. Il l'écrivait comme on expie une faute. Blanche se souvient bien de cette « atroce vérité » que dans un moment de colère elle a « jetée au visage » de Valentin. Elle ne l'avait jamais traité de la sorte auparavant mais elle n'en pouvait plus.

« De tout ce que j'ai entrepris dans ma vie, le travail que je commence ici est de loin le plus difficile : ausculter mon passé, mes actes, ma personnalité, mes rencontres, et les événements qui ont eu un impact significatif sur moi. Je veux comprendre, j'ai besoin de comprendre comment j'en suis arrivé là. Mon intention est de le faire sans complaisance, en tâchant de ne forcer ni amoindrir le trait dans aucune direction. Je veux regarder en face les démons qui me hantent, mes fêlures, mes manquements, mes laideurs, avec la précision du chirurgien et la foi du charbonnier. Pour rebâtir ma propre estime, il faut d'abord identifier les excroissances hideuses que j'ai laissées jaillir de moi, pour les détruire ou simplement apprendre à vivre avec elles, à me les pardonner, et même à les aimer car elles m'appartiennent et me constituent.

Léon Lortie. Oui, c'est la rencontre névralgique. C'est la pierre d'achoppement. Mais je dois auparavant retracer le chemin pour définir le jeune homme que j'étais à ce moment-là. Je n'affirme aucunement que mes agissements dépendent entièrement de cette rencontre. Il va m'arriver de relater de beaux jours et des victoires. Ces beaux jours et ces victoires entrent tout autant dans le magma qui me compose aujourd'hui, et je dois les formuler aussi. »

On sonne. Blanche esquisse un mouvement d'agacement. Elle aurait aimé continuer sa lecture. Mais cette soirée n'est pas n'importe laquelle : les filles ont accepté de « rencontrer Valentin ». En ouvrant la porte, Blanche découvre trois visages graves et crispés.

BLANCHE

Détendez-vous, les filles ! On croirait
que vous avez vu un mort.

SUZANNE

Ha ha.

CAPUCINE

Il est déjà au salon ?

BLANCHE

Non, il est encore dans la chambre, pour vous donner le temps
de vous préparer.

LAURA

Nous préparer ? Tu penses vraiment qu'il est possible
d'être préparé à ça ?

SUZANNE

Jamais.

Blanche

Sans doute, mais ça ne veut pas dire que c'est impossible à accepter. On dit bien que rien ne prépare à avoir un enfant, pourtant quand il est là on s'y fait.

Laura

Rien ne prépare à la vie, rien ne prépare à la mort.

Elles prennent leurs places au salon. Suzanne s'entoure d'un halo de vapeur plus épais que d'habitude.

Suzanne

Vous permettez ? J'ai besoin de réduire la visibilité.

Laura et Capucine s'assoient en tailleur sur le tapis.

Laura

Bon. Et maintenant ? Comment ça se passe ?

Blanche

Je vais le chercher.

Blanche disparaît dans la chambre. On entend des grincements, et le bruit sourd caractéristique d'un objet lourd qu'on fait rouler. Le plancher tremble imperceptiblement.

Laura et Capucine ont les yeux baissés. Seule Suzanne regarde la porte. Malgré la brume, elle voit s'avancer, solennelle et terrifiante, telle la statue du Commandeur, la silhouette de Valentin. Accroché à son portique, les bras ballants, il a l'air pendu à un gibet. Son corps oscille d'avant en arrière. Il a la tête droite, soutenue par un fil de nylon quasiment invisible. Le pouce et demi supplémentaire que lui prodigue son piédestal lui donne un charisme qu'il n'a jamais eu. Voici un homme littéralement plus grand mort que vivant.

SUZANNE

Stop, pas plus près !
Je pense qu'on en a pour notre argent.

BLANCHE

D'accord. Il va s'asseoir.

Blanche place aussitôt une chaise sur le socle et, libérant les cordes de leurs taquets, affaisse Valentin jusqu'à ce qu'il trouve son assise. On sent dans ce geste l'assurance d'une pratique quotidienne.

À ce moment, Laura et Capucine lèvent les yeux. La réaction de Laura est explosive. Elle sort toute sa panoplie de grossièretés. C'est une logorrhée de mots et d'expressions allant du grivois au franchement ordurier, répartis dans les deux langues qu'elle maîtrise. L'effusion dure une bonne minute. Puis Laura, sans que personne ne comprenne pourquoi, se met à fredonner fébrilement. Bouche fermée, elle passe en revue toutes les rengaines qui lui viennent, à toute vitesse. Ce faisant, elle regarde Valentin sans cligner des yeux et balance la tête au rythme de ses chansons. Suzanne, elle, s'est pétrifiée dans son brouillard. Quant à Capucine, passée la première vague d'adrénaline, elle a enveloppé Valentin d'un regard où l'on peut lire un mélange de résignation et de douceur. Une fois que Laura a épuisé son répertoire, la voix de Capucine s'élève comme un soleil : « Bonsoir, Valentin. »

Silence.

Laura et Suzanne coupent net leur respiration, dans l'attente absurde d'une réaction de Valentin.

Blanche

Il ne va pas répondre.
Je vous rappelle qu'il est mort.

Suzanne

Avec toi, nous avons renoncé à toute rationalité.

Laura

Oui, ça ne me surprendrait pas outre mesure que Valentin nous chante la *Cucaracha*.

Capucine

Ses yeux…

Blanche

Je sais, on s'y habitue.

Depuis quelques semaines, la peau autour des yeux a perdu de sa densité à cause du dessèchement. Cela donne à Valentin un regard révulsé, comme si ses globes oculaires s'étaient agrandis.

Blanche

Qu'est-ce que vous ressentez ?

Laura

L'envie de gerber.

Suzanne

L'envie de partir à toutes jambes, et pourtant je ne peux pas bouger.

Blanche

Capucine ?

CAPUCINE

Je… Je m'attendais à pire.

BLANCHE

C'est le froid, ça l'a conservé. À partir de maintenant, il va changer beaucoup plus rapidement.

CAPUCINE

Ça ne te fait pas peur ?

BLANCHE

Si.

Suzanne est la plus rétive.

SUZANNE

Ça ne te pose pas un problème d'ordre moral ? Est-ce que Valentin aurait envie de se retrouver accroché à une tringle comme un vieux rideau ? C'est son corps, merde ! On n'en fait pas ce qu'on veut ! Valentin n'a peut-être plus de libre-arbitre, ça ne signifie pas qu'on puisse lui infliger tout et n'importe quoi.

BLANCHE

Je ne lui inflige pas tout et n'importe quoi. Il est assis sur une chaise, ce n'est pas très subversif. Il est un corps qui ne ressent plus rien. Ce que tu vois devant toi, c'est tout ce qui subsiste de Valentin. Je ne comprends pas pourquoi je m'en séparerais, sous prétexte qu'il n'est plus capable d'apprécier une tasse de café ou de râler parce que la dernière expression branchée est entrée dans le dictionnaire.

SUZANNE

Combien de temps ça va durer ?

BLANCHE

Je ne sais pas. On verra.

La partie de poker aura ce soir une tonalité légèrement macabre.

| Le cercle de Capucine |

– Ah ! Voilà notre libraire !
– Bonsoir, Caméléonne !
– Bonsoir, souffle Capucine.

Au mur, une myriade de photos en tous genres, souvenirs de séances marquantes ou d'invités qui, pour une soirée, ont élargi le cercle. On trouve aussi des poèmes épinglés, des feuilles d'arbres ou des bouts de tissu ayant un sens particulier. La salle n'est pas grande, et la table prend toute la place. Un pesant rideau de velours sépare les poètes du restaurant. En bruit de fond, on entend des cliquetis de verres, des éclats de voix, des rires, de la musique.

Louis s'approche de Capucine, et lui tend un petit carré de papier.

– Tiens, encore une aquarelle. Alors ? C'est ressemblant ? J'y suis ?

– Toujours pas.

Toutes les réponses de Capucine sont formulées à mi-voix, et avec des mouvements de tête très éloquents. Elle maîtrise à la perfection ce langage quasi muet. Louis lui a promis un portrait de Flopi mais, n'ayant jamais été invité chez la jeune femme, il tâtonne. Capucine comptabilise cinquante-deux portraits de plus en plus fidèles à l'original, qu'elle a rangés dans l'ordre chronologique.

– Ce serait plus simple que je vienne le voir !

– Laisse-la, interrompt Victoria, tu sais bien qu'elle ne veut pas.

– Bon, alors dis-moi ce qu'il faut changer. La couleur ? Trop foncée ?

– Non.

– Trop claire alors. Les épines ? Trop courtes ?

– Oui.

– Les yeux ? Pas tout à fait la bonne forme.

– Non.

– Trop ronds peut-être ?

– Voilà.

– J'y arriverai, j'y arriverai !

On ne perd pas de temps en civilités.

– Qui veut commencer ?

– … Moi…

On a l'impression que la voix de Capucine est couverte par la lumière tombant de l'abat-jour qui surplombe la table. Elle sait que si elle ne se lance pas dès le début de la soirée, elle ne le fera jamais.

– J'ai deux sonnets.

Un murmure de contentement parcourt la table.

– Ils sont en français.

Car à ce cercle on lit indifféremment des poèmes en anglais, espagnol, russe, français, selon les langues parlées par les participants.

– De qui ?

– Auguste Germain.
– Nous t'écoutons.

« Lis dans les livres, n'y vis pas.
La vie est chose qui se goûte,
Se respire, s'étreint, s'écoute,
Et se traverse pas à pas.

Ne cherche pas sur le papier
L'alphabet de ton existence.
Préfère, au rythme d'une stance,
Le sûr battement de ton pied.

Que l'amitié te soit tangible
Et l'amour aussi. Que tes fleurs
Ne sèchent pas dans une bible.

Enfant, garde-toi des souffleurs
De vie. Et que ton équipage
Croisent tes jours sans marque-page. »

Silence.

– C'est… C'est un peu paradoxal de lire ça ici, dit Capucine.

On s'esclaffe. Capucine est écarlate. Elle emboîte le rire à son auditoire.

– Il a bien raison, le Germain ! clame Philippe, emmitouflé dans ses rides. La lecture, c'est bon quand on a bien vécu. Tu devrais suivre son conseil ! À ton âge, un livre, ça sert à caler le pied d'un lit d'amour.

Les comparses de Capucine ne se doutent pas que c'est précisément pour déjouer ses propres failles que la jeune femme a écrit ce poème. Elle le destine moins aux autres qu'à elle-même. C'est une manière de professer ce dont elle est incapable. Elle apporte au cercle tous les fragments vacants de son existence, les désirs inassouvis qu'elle hisse au sommet de sa voix comme un oriflamme.

– Et l'autre ?

– L'autre ?

– Tu as annoncé deux poèmes.

– Ah oui…

Capucine s'empourpre.

– C'est du même auteur.

Elle s'éclaircit la gorge, avant de s'élancer dans son sonnet comme on traverse un chemin de braises.

« Ouvrir le livre de ta peau
Au pupitre de notre couche,
Et jouer de ton oripeau
À l'anche double de ma bouche.

Prendre le la de ton désir
Au svelte hautbois de ta langue,
Et m'enivrer à l'élixir
De tes seins aux parfums de mangue.

M'abreuver au puits de cristal
Qui ruisselle au creux de tes cuisses,
Tandis que dans l'ombre tu bruisses,

Le corps tendu comme un métal.

L'air pèse pour que tu retiennes
Mes hanches prises dans les tiennes. »

Nouveau silence.

– Indécent! ironise Philippe. Cachez ce sonnet que je ne saurais voir!

Capucine s'enfonce dans sa chaise comme une tortue. Elle ne parlera plus de la soirée, mais ressortira repue de mots et de cette amitié pudique, prodiguée par une assemblée d'un autre monde.

Quelques chapitres et rues plus tard, Capucine est de retour chez elle. Nicolas dort dans son plaid couleur d'escarboucle. Il a toujours l'œil droit imperceptiblement entrouvert. On devine entre ses cils un point d'émeraude qui luit comme la nacre des coquillages. Si Capucine penche l'oreille sur ses lèvres, le souffle de Nicolas a le chuchotis de ces mêmes coquillages dans lesquels on entend l'écume. Capucine ramène le plaid sur l'épaule de son frère.

Ayant pendu sa robe à la porte de la salle de bains, elle va s'asseoir à la « table qui sert à tout ». Il n'y a pas de bureau dans l'appartement. Cette table, on y mange, on y coupe les légumes, on y travaille, on y fait même le repassage. Capucine allume une bougie pour ne pas trop éclairer la pièce. Elle prend son papier à lettre et son stylo, ouvre l'annuaire au hasard, pose un doigt sur un nom: Vincent Morin. « Vincent, tu seras marionnettiste. »

Cher Vincent,

Je viens de rentrer du cercle. J'y ai lu deux poèmes... Ne souris pas, c'est vrai. La lecture a un avantage: on ne regarde pas les gens. On a les yeux bien à l'abri derrière des lignes amies.

Nicolas me fait de la peine. Maman a laissé un message. J'ai dit de ne pas la rappeler. C'est une araignée qui prend les gens dans sa toile pour les dévorer. J'espère avoir délivré mon frère tant qu'il était encore entier. Quand j'ai enfin eu la force de m'enfuir, je n'étais qu'une carapace vide. Je ne sais pas ce qui a fait le plus de dégâts : les mots ou les coups. Les coups faisaient mal sur le moment, mais ça passait. Et surtout, un hématome, on sait où il est. On sait où l'on souffre. Un mot te blesse quelque part, mais tu ne sais pas où. C'est un grand problème de ne pas savoir où chercher ses plaies, parce qu'on ne peut pas les panser. Maman me frappait systématiquement quand je rentrais de l'école. La première fois, c'était parce que j'avais traîné sur le chemin. Elle a dû y prendre goût. À partir de ce jour, chaque fois que je poussais la porte, elle criait, machinalement : « Ah, te voilà, toi ! Viens ici, fille de rien. » Et vlan ! C'est triste à dire, mais je m'y suis faite. En revanche, on ne s'habitue pas aux mots. Maman me disait des méchancetés, pour le plaisir. J'entends encore sa voix. J'ai fugué il y a plus de quinze ans. Nicolas était enfant. Je n'ai pas pu le prendre avec moi. De toute façon, à l'époque, il ne voulait pas me suivre. Maman l'épargnait un peu. Je pense que son calvaire a commencé après mon départ. Il y a trois mois, il est venu frapper à ma porte. On est à l'étroit, mais il y a toujours une place pour lui, et Nicolas est aussi discret que moi.

Merci de m'avoir lue.

Je t'embrasse.

Capucine

| Mon amour, virgule |

Olivier est au guidon de son vélo tandem. Sur la selle arrière, personne, enfin si, Mika, avec qui Olivier est en grande conversation. C'est un spectacle inénarrable que cet homme seul sur un tandem, parlant haut et fort avec son ami de rien.

– *Mon petit Olivier, tu te trompes à mon sujet.*

– Mais non, non, c'est bien pour ça que je t'ai créé : tu es tout ce que je ne suis pas. Tu es beau, grand, sûr de toi. Tout est facile pour toi.

– *Comme ?*

– Je ne sais pas… Mettre une couette dans une housse de couette, par exemple.

– *À un détail près…*

– Quoi ?

– *Je n'existe pas !*

– Et alors ?

– *Et alors, c'est facile d'être parfait quand on n'est pas tangible. Franchement, Olivier, il serait temps de te débarrasser de moi.*

– Tu me conseilles un homicide ?

– *Pour un homicide, il faut un homme. Qu'est-ce que tu t'imagines ? Tout ça, tout moi, notre relation, c'est du pipeau. Ça n'existe que dans ta caboche. J'aurais dû disparaître un peu avant ton adolescence. Tu as quarante ans, Olivier... À quarante ans, avoir encore un ami imaginaire, ça fait... pitié.*

– Tu ne déranges personne dans ma caboche.

– *C'est un chantier, là-dedans.*

– Tu n'as qu'à ranger.

Ayant accroché son tandem à une borne à incendie, Olivier pousse le bouton d'un interphone. « Docteur Leblanc ». La porte de l'immeuble se déverrouille avec un bruit de borborygme.

– *J'en ai marre d'être condamné à la salle d'attente. Tout ce qui relève de ton psychisme me concerne. Il n'est pas normal que je sois tenu à l'écart de tes séances. Après tout, ta psy et moi, nous sommes collègues.*

– Bon, on va essayer de te faire entrer en catimini. Tu te mets dans un coin et tu restes tranquille.

Quelques minutes plus tard, Olivier est assis face à Suzanne. Entre les mains du patient, une enveloppe. Mika a pris place juste derrière son binôme de chair.

– Bonjour, monsieur Péloquin. On peut parler tout de suite de cette enveloppe ? Vous me faites peur... Ne me dites pas que vous vous êtes entiché d'une nouvelle voisine.

– Non. C'est un couple de vieux qui a remplacé Jeanne. Cette lettre, c'est pour Pauline. Je vous dois des remerciements. Vous nous avez présentés l'un à l'autre.

– Pauline ? Je ne vois pas...

Olivier forme deux lames de ciseaux avec index et majeur. Suzanne ne peut réprimer un saut d'octave.

– Ahhh ! Laura ?

– Je l'appelle Pauline.

– Ah non ! Ça, c'est valable lorsque vous ne connaissez pas le prénom de la personne !

– Calmez-vous, docteur. Pauline, Laura, peu importe. Vous n'imaginez pas comme une coupe de cheveux peut créer des liens.

– Ce n'est pas Laura qui va vous contredire.

– Mika ne tarit pas d'éloge à son égard. Et moi j'ai retrouvé l'inspiration. Les lettres se multiplient comme les cellules d'un embryon de lapin. Voici la dernière. Et il n'est pas exclu que je la lui donne.

– À Laura ?

– Et préparez-vous… Nous avons parlé. Une vraie discussion, elle dit « blablabla », je réponds « blablabla », et ainsi de suite.

Suzanne retrouve la pondération propre à son sacerdoce.

– Je vous félicite, monsieur Péloquin. Vraiment. C'est un gigantesque bond en avant.

– Pauline m'a dit des choses qu'aucune femme ne m'a jamais dites.

– Comme ?

– Que j'avais un épi.

– Et ?

– Que son amie imaginaire ne s'appelait pas Rosalie.

– Bien.

Suzanne réprime un froncement de sourcils, secrètement vexée que son patient en sache davantage qu'elle sur le monde imaginaire de Laura.

– Bon. Lisez-moi votre lettre. Qu'on avance.

– Ne vous moquez pas, hein…

– Je n'ai pas pour habitude de me moquer de mes patients, monsieur Péloquin.

– *Pas en leur présence, en tout cas.*

– Bon, j'y vais... : « Mon amour virgule... »

– *Sans la ponctuation, Olivier, la psy a passé l'âge des dictées.*

– « Mon amour, je suis recroquevillé dans ta main comme un bourgeon. Et tu es comme l'humus qui astreint chaque parcelle de mon âme. J'ai pour la douleur de ta présence toute l'acceptation de la terre criblée de racines. Car il y a en moi une âpreté glorieuse et sinistre. Il y a en moi toute la véhémence de l'homme fait pour aimer, pour harasser un cœur contre sa poitrine. Je saurai étancher tes soifs jusqu'à m'avilir. J'avais en moi une vacance où frappaient les échos de vérités indicibles. Désormais je suis lourd d'un fardeau nouveau, mes digues ont cédé, me voilà devenu un amoncellement imbibé de toi. Je te dirai ces mots domestiques et sages qui rassurent, ces mots bruts, ces mots que je romprai pour toi comme un pain quotidien. Même mourant, même damné, je confesserai cet amour à la face des hommes, à la face du dieu qui pointera son doigt vers mon âme jetée en boule dans un coin comme un vieux vêtement trop porté. »

Suzanne s'autorise un silence.

– Alors ?

– *Ridicule.*

– Rappelez-moi ce que en vous en faites, de ces lettres d'amour ? s'enquiert Suzanne.

– Je les garde.

– Très bien, ne changez rien.

– Ou plutôt, je les sacrifie au totem de l'amour.

Ce qu'Olivier appelle le totem de l'amour, c'est une longue pique fixée à un socle en fonte. Il y empale ses lettres. La colonne ainsi formée est maintenant longue comme la jambe d'une danseuse du Moulin rouge.

– Monsieur Péloquin, est-ce que vous savez ce qu'est une femme?

– Facile: un être humain de sexe féminin d'âge adulte. Avant la puberté, elle porte le nom de fille. On parle également de femme pour désigner un individu…

– Je ne vous demande pas l'article du dictionnaire. Je voudrais que nous abordions ensemble la question de la séduction.

– *Ça promet…*

– Je ne veux pas vous vexer, mais votre lettre a l'air écrite par l'enfant qu'aurait eu Paul Claudel avec Jean-Claude Van Damme.

– Je sais très bien parler aux femmes.

– Essayez déjà de parler à une seule femme, en l'occurrence Laura. Ce sera déjà un progrès. Je ne vous laisserai pas reproduire le même schéma qu'avec votre ancienne voisine, deux ans sans oser vous en approcher alors que vous aviez une flagrante attirance envers elle.

– Mais là c'est différent! J'ai brisé la glace. J'ai parlé.

– Certes, mais… Comment dire… Vous brûlez des étapes. Avant d'envoyer cette lettre, il faudrait revoir Laura, discuter plus longuement avec elle, et pas seulement entre deux coups de ciseaux. Il faudrait apprendre à la connaître. Il faudrait tomber amoureux. Ça prend du temps. Vous lui avez parlé depuis votre rencontre?

– Oui.

– En sa présence?

Les deux lèvres d'Olivier s'allongent pour former un bouton de tulipe.

– Son corps charnel n'était effectivement pas matérialisé dans la pièce à ce moment précis.

– *Elle n'était pas là, quoi!*

– C'est un début…

– *Un début ? Autant dire qu'une porte qui claque est le début du* Boléro *de Ravel.*

– Hier, je suis passé devant son salon de coiffure.

– C'est une manie, chez vous, de regarder les gens à travers les vitres ?

– Elle rasait le crâne d'un homme chauve.

– Et ?

– Elle s'est interrompue pour répondre au téléphone. Je lui ai parlé à ce moment.

– Pour lui dire ?

Mika plonge sa tête entre ses doigts, Olivier dans sa lettre.

– « Mon amour, je suis recroquevillé dans ta main comme un bourgeon. Et tu es… »

– *Tu me fais honte.*

– Monsieur Péloquin, si réellement vous ressentez le quart de la moitié d'un penchant pour Laura, faites un pas dans sa direction, un vrai pas. Laura vous a coupé les cheveux. Dans votre cas, on peut considérer cela comme une ébauche de relation.

– Rien à voir, cette relation est uniquement professionnelle. Pauline a prodigué un service pour lequel je l'ai payée. Vous ne diriez pas au client d'une fille de joie qu'il…

– D'accord, j'ai compris. Alors tâchons de faire glisser cette relation professionnelle vers un terrain plus personnel, si c'est ce que vous souhaitez.

– D'où ma lettre !

– Olivier, votre lettre n'est pas mauvaise, non. Pour ma part, je serais flattée d'en recevoir une de cet acabit. Un peu tétanisée sûrement, mais flattée. Seulement, croyez-moi, elle est prématurée. Vous la ressortirez le moment venu. Toutefois je dois vous prévenir, si jamais vous souhaitez entamer une relation sérieuse avec Laura, je vous adresserai à un confrère. D'un point de vue déontologique, cela me mettrait dans une position très inconfortable vis-à-vis de mon amie.

Olivier se lève, habitué à reconnaître le ton didactique que prend Suzanne lorsque la séance s'achève.

– La semaine prochaine, même jour, même heure ?

– *Même prix ?*

– Même jour, même heure.

– *Même prix.*

À nouveau sur son tandem, Olivier a l'impression de pédaler dans un monde nouveau, un monde habité, quand l'ancien monde grouillait de spectres sans visages. Un seul être apparaît, et tout est repeuplé. L'irruption d'une personne au sein d'une vie peut ouvrir une porte invisible, et donner à toute l'humanité la permission d'entrer.

Un miracle s'est produit.

Olivier se découvre l'envie de parler à quelqu'un. Ses conversations avec le docteur Leblanc ne sont pour lui qu'une excroissance de ses propres cogitations. La thérapeute est asexuée, presque déshumanisée. Elle est la version organique de Mika. Mais soudain, Olivier à un authentique besoin de « l'autre ». Il existe quasiment pour la première fois, car « exister », c'est étymologiquement « sortir de ». Une force lui intime de se tenir parmi ses congénères, et non plus dans le terrier de sa solitude. C'est sous l'emprise de cet élan providentiel qu'il freine brutalement devant le salon de coiffure de Laura. Sans prendre la peine d'attacher son tandem, il pousse hardiment la porte. Laura est occupée à tailler une barbe en veillant à y créer des espaces qui révèlent de petits tatouages sur les joues de son client.

– Monsieur Péloquin ? C'est pour un rendez-vous ?

Olivier ne s'attendait pas à cette question, mais n'en perd pas sa détermination.

– Oui, ça me ferait très plaisir.

Après avoir feuilleté son calendrier, Laura pose un ongle sur un coin de papier resté vierge.

– Vendredi prochain ? 9 h 30 ?

– 9 h 30 du matin ?

– Oui.

– C'est un peu tôt, non ?

– Mmmh, j'ai aussi de la place à 16 heures.

– L'heure du goûter.

– Euh… Oui. C'est un problème ?

– Non, mais je pensais que l'heure du dîner était plus à-propos.

– Je ferme à 18 heures.

– C'est parfait. 19 h 30 ? Italien ou thaïlandais ?

Laura comprend sa méprise.

– Ah… Vous parlez de ce type de rendez-vous…

– C'est vous qui avez lancé le sujet !

– Il y a quiproquo.

– Désolé, je manque de pratique.

Contredisant sa nature, Laura ne songe même pas à éconduire Olivier.

– C'est que… Je ne voudrais pas que cela pose un problème vis-à-vis de Suz… du docteur Leblanc.

– Aucun problème. Le docteur Leblanc n'est plus ma thérapeute.

– Ah ?

– Disons qu'elle ne sera plus ma thérapeute à partir du moment où vous aurez accepté de dîner avec moi.

– Vous êtes gentil, vous, mais…

– Merci.

– … mais ça me fait jouer le mauvais rôle. Je vais lui faire perdre un client.

– Elle pourra garder Mika si ça lui chante. Et puis ne vous inquiétez pas, les médecins, ils ne font pas ça pour l'argent mais pour le bien de l'humanité. Or, si nous dînons ensemble, l'humanité se portera beaucoup mieux puisqu'elle comptera un heureux supplémentaire.

– Vous manquez peut-être de pratique mais vous êtes déjà au niveau de la plupart des séducteurs. Le niveau zéro.

Cette saillie-là chafouine Olivier. Il s'apprête à rétorquer une boutade lorsque sa lettre d'amour, qu'il tient à la main, entre dans son champ de vision.

– Voilà qui devrait relever le niveau, dit-il à Laura en lui tendant l'enveloppe.

Puis il fait une triomphale sortie.

De retour chez lui, Olivier ne peut déroger à son rituel : plaquer son œil gauche contre la lentille de sa longue-vue, et observer l'appartement d'en face. Il a conservé cette habitude malgré le départ de Jeanne. Il constate avec satisfaction que cet appartement n'est plus pour lui qu'un agencement de pièces et de portes. Disparu, le picotement aigu qui lui criblait l'estomac chaque fois qu'il enœillait sa longue-vue. Disparus, les tremblements, les lèvres mordues, les soupirs. Ce constat effectué, Olivier se plonge dans sa besogne : les plans d'un voilier commandé par le patron d'une société d'import-export. Le métier d'architecte naval n'est pas seulement un moyen de subsistance pour Olivier. C'est aussi sa contribution au rêve qui sommeille en tout individu de sexe masculin. Olivier est convaincu que tout homme a le désir, conscient ou non, de construire un bateau. Il ne faut pas y voir de machisme. Olivier s'est accoutumé à ne porter un jugement que sur ce qu'il connaît intimement. Ainsi, pour juger une femme, il faudrait en être une. Or c'est une condition qu'Olivier n'a jamais expérimentée. En revanche, il affirme que si l'on affranchit tout homme de ses obligations en le laissant vaquer comme bon lui semble, quelques mois plus tard on le retrouvera fatalement sur une plage, occupé à dégauchir une carène ou à scier un mât de misaine. Il n'est pas certain qu'une fois le bateau prêt à être mis à l'eau, l'homme grimpe dessus pour prendre le large. Non, il est plus probable qu'il se débarrasse de son esquif et en attaque un deuxième. Oui, l'homme est dans l'âme un façonnier, un artisan. Quand on voit des hommes embarquer seuls sur un voilier et faire le tour de la Terre, on se figure qu'ils répondent à un appel du large, de l'aventure. C'est mal les comprendre. Pour Olivier, ce n'est pas cette perspective qui les anime, mais la jubilation de maintenir leur bateau en état de marche, de régler les voiles, faire le point, lover les écoutes, nettoyer le pont… La joie est là, dans ces actes, pas dans la distance parcourue. Olivier se voit comme une espèce de fée au service de ces futurs bâtisseurs. Il trace les plans qui permettront à un homme de réaliser son rêve, et en tire un orgueil presque blasphématoire.

Depuis le départ de Jeanne, Olivier n'a plus le loisir de perdre ses soirées derrière sa longue-vue. Il met la dernière touche à l'une de ses aquarelles ou la première à l'un de ses plans. Il fait cela sans interruption jusqu'à 23 h 30, heure à laquelle il va toujours se coucher. Selon lui, on ne saurait passer d'un jour à l'autre ailleurs que dans un lit. Il est donc impératif d'être sous les draps avant minuit. Mais les nuits d'Olivier ont une chose en commun avec ses draps :

la blancheur. L'État du sommeil lui ferme souvent ses frontières. Et le pire, c'est qu'au matin, après de telles réticences à s'abandonner au roupillon, Olivier a toutes les peines du monde à le quitter. Pour s'éveiller, il a mis au point une myriade de stratagèmes rivalisant d'absurdité. Il n'a pas compris que, sauf en cas de mort subite (cas, somme toute, assez rare chez l'humain adulte), le réveil est inéluctable. Quel besoin de provoquer artificiellement un événement qui surviendra bien assez tôt ? Mais non, Olivier semble éprouver un plaisir masochiste à faire retentir chaque matin d'abominables sirènes, qui le mettent à coup sûr dans une sale humeur, et dont les séquelles se prolongent toute la journée. Il ne fait en général ni une ni deux, et se renfrogne dans un sommeil ronchon. Ce manège se répète plusieurs fois, et lorsqu'il sort enfin de son lit, on croirait voir un cadavre sortir de terre. À tâtons, traînant les pieds, il trouve tant bien que mal le chemin de la cuisine, où son premier acte conscient est de se concocter une grande bonbonne d'un café qu'il boira jusqu'à midi. Ce pétrole fait son délice. Il en use de curieuse façon : il s'en sert une grande tasse, puis l'oublie quelque part sur une étagère, entre deux livres. Incapable de la retrouver, il s'en sert une seconde, puis une troisième, et à la fin de la journée, l'appartement est jonché de tasses à moitié vides, qu'Olivier rapporte à la cuisine comme des trophées de chasse.

| Le petit mendiant |

Tout son temps libre, Blanche le consume dans la lecture du manuscrit de Valentin. La première partie est consacrée à l'enfance de son amant, qu'il a usée dans les environs de Sault-Sainte-Marie. Son père y travaillait pour la Société des ponts fédéraux, et avait en charge la maintenance du pont suspendu reliant l'Ontario au Michigan. Sa mère faisait partie du conseil administratif du musée de la ville. Au fil de son texte, Valentin déplie son enfance comme l'origami d'Alexis. Il évoque des événements marquants ou microscopiques, la naissance de sa passion pour le dessin. Il rappelle à lui des sensations passagères, des troubles auxquels il n'a jamais accordé d'importance mais qui lui apparaissent soudain sous un nouveau jour. Il cherche la genèse de ce qu'il nomme sa « monstruosité ». Valentin est tiraillé entre deux mouvements : celui d'être magnanime envers lui-même et celui d'être impitoyable. Il raconte comment, vers l'âge de huit ans, il lançait les coccinelles vivantes dans les toiles des pholques ou des veuves noires, pour observer l'araignée immobiliser sa proie et l'enrubanner comme une momie. La fois où, avec quelques amis, il a glissé un oiseau mort sous une ardoise, puis sauté à pieds joints sur cette pierre tombale jusqu'à ce que le pauvre volatile ne soit plus qu'un amoncellement de plumes et de boyaux. Mais Valentin se rappelle aussi les services rendus, et la compassion véritable qui lui gonflait la poitrine lorsqu'un camarade avait du chagrin, ou lorsqu'il perdait un animal de compagnie.

Blanche lit tout cela avec avidité, sous les yeux de Valentin assis face à elle. De page en page, cette lecture lui donne l'impression de dialoguer avec lui.

– Tu sais, mon cœur, si chacun d'entre nous se mettait à ausculter son passé comme tu l'as fait, il trouverait les mêmes horreurs et les mêmes instants de grâce.

Valentin examine sa difficulté à accorder sa confiance. Il s'attarde sur un épisode en particulier. Père et fils revenaient en avion d'un week-end à Chicago, excursion « entre hommes » censée affermir leur complicité. Ce voyage eut l'effet inverse. Après le décollage, Valentin (six ou sept ans) demande à quoi sert le « petit bouton rond » sur l'accoudoir. Le paternel répond : « Ça, n'y touche surtout pas, c'est le siège éjectable. » Ce genre de trait d'humour était très prisé par le géniteur de Valentin. Durant tout le vol, l'enfant est pétrifié. Il s'écarte le plus possible du bouton fatidique, craignant de l'effleurer par inadvertance, ce qui aurait pour conséquence de l'expulser violemment dans les airs. Rentré à la maison, Valentin confie sa terreur à sa mère, qui lui révèle la facétie paternelle. La petite trahison, de la part d'un être supposé représenter l'enclume sur laquelle un enfant forge sa confiance en soi, rendra Valentin suspicieux de tout.

« Il faut imaginer l'état d'esprit d'un jeune provincial de dix-huit ans, brutalement plongé dans la marée d'une mégalopole. Inscrit en mathématiques à l'université de Montréal, je suis logé chez une dame d'environ cinquante ans, qui vient de se séparer de son mari. L'appartement est grand, confortable, ma logeuse, calme et discrète. Je suis dans les conditions idéales pour étudier. Mais ce n'est pas sans violence. Par moments, la tâche me paraît insurmontable. J'ai de grosses crises d'anxiété, roulé en boule sur mon lit, et ces crises ne passent qu'avec le sommeil. Je me réveille alors gorgé de culpabilité, celle de n'avoir pas travaillé. Cependant, l'ambiance de l'université me séduit. Je dessine beaucoup. J'intègre un cours du soir donné par l'un des professeurs d'art plastique de l'université, Hugo Fournier. Sur le papier, tout semble en ordre, mais insidieusement, je me flétris. Ce professeur est un artiste d'une grande finesse, et tout en lui respire une pédagogie saine et sans faille. Pourtant (il me faudra des années pour m'en apercevoir), son attitude rogne peu à peu ma confiance en moi. Je souhaite passer le concours d'entrée aux Beaux-Arts de Paris, il affirme que je ne suis pas prêt. Sans doute a-t-il raison, mais dans sa manière de le dire, je décèle ce sous-entendu : "Tu as tout appris de travers." Mon amour-propre est en chute libre. Au bout d'un an, j'abandonne mes études de mathématiques pour me consacrer à mes dessins. »

– Mais la rencontre ?

– La rencontre ? semblent rétorquer les yeux béants de Valentin.

– La fameuse rencontre « névralgique » que tu évoques dans l'introduction ?

– Patience, ma Blanche. Elle arrive. Ma rencontre avec Léon Lortie fut fortuite. À cette époque, je m'adonnais encore à ces parties d'échecs en solitaire afin d'enrichir ma connaissance et d'élaborer de nouvelles stratégies.

– Tu ne l'as plus fait depuis des années.

– Tu comprendras pourquoi. J'étais occupé à cette activité sur une pelouse du parc La Fontaine. Un homme m'aborde. La petite soixantaine. Il remarque mon carnet à dessin, posé à côté de moi. « Vous êtes artiste ? » Je n'avais jamais songé à me coller cette étiquette, mais je réponds par l'affirmative. Quelque chose de chaleureux et de distingué émane de cet homme. Intrigué par mon occupation, il me demande si j'ai besoin d'un partenaire de jeu, auquel cas il se ferait un plaisir de remplir ce rôle. Il semble aussi passionné que moi par les échecs, et nous échangeons un moment sur le sujet. Je lui dis néanmoins que je suis attendu.

– Véridique ?

Blanche connaît la propension de Valentin à éviter tout contact avec ses semblables.

– C'était vrai. En ce temps-là, je m'abîme dans un puits de petits boulots afin de mettre de l'argent de côté. J'ai toujours le projet de passer le concours des Beaux-Arts de Paris, avec ou sans le soutien d'Hugo Fournier. Léon m'oppose tout de suite une parade : « Retrouvons-nous un autre jour, chez moi. Vous verrez, une partie d'échecs, c'est mieux à quatre mains. »

– Tout cela est fortuit, en effet.

– Un 4 février, je me rends donc pour la première fois chez Léon Lortie.

– Quelle mémoire !

– Léon fera en sorte de ne jamais me laisser oublier cette date. Il se montre courtois et simple. Nous nous acquittons de notre partie d'échecs, puisque c'est la raison de cette entrevue. La partie est brève, car Léon est bien plus aguerri que moi. Alors que je m'apprête à partir, je regarde la grande bibliothèque du salon, et je dis : « Il y en a, des livres, ici. »

– La phrase idiote…

– … que Léon reprend au vol : « Si tu veux, je t'en prête. » Et je repars avec un livre de Roger Peyrefitte, *Les Amitiés particulières*. Le livre n'est pas choisi au hasard.

– Laisse-moi deviner, les parties d'échecs se renouvellent. Et chaque fois tu repars avec un bouquin ?

Chez les humains, un hameçon peut prendre toutes sortes de forme.

– Exact. Je découvre le diamant d'érudition qu'est Léon Lortie. Littérature, musique, histoire, art pictural… Aucun domaine ne semble lui être étranger. Il est aussi l'auteur d'un abécédaire de la peinture, qui devient mon livre de chevet.

– Celui qui est posé sur le guéridon de la chambre ? Ça m'étonne que tu l'aies gardé.

– Je fais la part des choses. Les œuvres de Léon sont multiples. Il peint, dessine, écrit. Il a dans ses tiroirs le manuscrit d'un roman auquel il travaille depuis une décennie, et qu'il ne se résout pas à finir.

– Ça me rappelle quelqu'un…

– Il me dit avoir reçu quelques années plus tôt une lettre d'un « grand éditeur », lui proposant de publier une version de ce roman. Cette lettre (si elle existe, je ne l'ai pas vue), Léon n'y a jamais répondu.

– Tant pis pour lui. Et ensuite ? Tout cela ne me semble pas très névralgique.

– Attends. À ce stade, je dois rappeler ce que je suis à ce moment de ma vie : un jeune homme qui a échoué en tout, ou presque. Je me sens perdu, bancal, diminué, et je rencontre un être admirable qui s'intéresse à moi. J'ai la sensation de sortir d'un long tunnel, que c'est la rencontre de ma vie. Très vite, Léon insiste pour que je le tutoie. Je mettrai de longues semaines à obtempérer. Environ trois mois après notre première partie d'échecs, je me rends à Paris pour le concours des Beaux-Arts. J'ai expédié mon dossier sans en parler à personne, et préparé les épreuves comme on se prépare aux Jeux olympiques. L'entretien avec le jury est une sorte de cent mètres haies. À chaque question, tout mon esprit se tend pour passer l'obstacle. Je sens que mon accent délecte l'assistance. Je suis rappelé pour les épreuves de l'après-midi. Parmi les œuvres à commenter, je choisis *Le Jeune Mendiant* de Murillo. L'un des membres du jury me dit : « Profitez de votre passage à Paris pour aller le voir. » Une fois toutes les épreuves terminées, je me rends au Louvre. Je reste plus d'une heure devant la toile. Cet enfant en haillons assis sous une fenêtre délabrée, d'où tombe une lumière que l'on devine méridionale, m'apparaît comme le symbole de ce que je suis intérieurement.

– Pauv' pitchoune, va.

– Le lendemain, je repars pour Montréal.

Le tableau de Murillo n'est pas étranger à Blanche, sans qu'elle sache pourquoi. Elle n'est jamais allée à Paris, et ne se rappelle pas avoir vu cette toile en reproduction. Il lui faut quelques heures pour replacer l'œuvre dans ses souvenirs : le ciré jaune ! Le carnet dans lequel elle couchait les propos soliloques de Valentin ! Elle extirpe ses notes de la poche, et les feuillette nerveusement. Murillo, Murillo… Il est bien là, ce petit mendiant. Valentin en a analysé chaque pouce. Les notes de Blanche sont fragmentées. Comme on sait, Valentin ne parlait d'art pictural que dans la chambre, ses propos parvenaient étouffés à la penderie.

Installée entre les manteaux, comme autrefois, Blanche a l'impression de revivre des heures révolues. Plus encore, elle a l'impression qu'entre elle et Valentin se noue une sorte de conciliabule. Le manuscrit et le carnet de notes sont les dépositaires de ses mots, de son histoire. Blanche va chercher le manuscrit et reprend la lecture et son dialogue imaginaire avec Valentin dans la penderie, à l'abri.

– Ton voyage à Paris est resté secret ? Comment as-tu justifié ton absence ?

– J'ai dit que j'allais chez mes parents. Léon ne risquait pas d'appeler.

– C'est vrai que nous n'étions pas encore à l'ère des téléphones portables.

– De jeu d'échecs en jeu d'échecs, de promenade en promenade, une connivence s'installe entre nous, une affection même. Mais quelques photos posées çà et là sur les étagères de son salon m'indiquent qu'il ne vit pas seul. « C'est Pascal », me dit-il.

– Pascal sans « e », je suppose.

– Oui. Dans sa manière d'en parler, je sens que ce compagnon de vie est quelqu'un de précieux pour lui.

– Ils sont ensemble depuis longtemps ?

– Une trentaine d'années. Mais Léon commence à tenir des propos qui me perturbent. Il soutient que je suis homosexuel. Il ne fait aucun doute pour lui qu'un garçon doté de « ma sensibilité » aime les garçons. Son argumentation est minutieusement étayée, elle pourrait sembler cohérente. Je m'empresse de la balayer : je ne sens rien en moi qui lui donnerait raison.

| Une cloche, une lettre |

L'émissaire est visiblement troublé par le regard du hibou. Émile lui inflige la seule expression qu'il connaisse : l'étonnement. Ne trouvant pas d'endroit décent pour asseoir sa soutane, l'homme reste debout en attendant qu'Alexis ait terminé sa besogne : brasser dans une brouette un mélange de crottin de cheval, de poils de chèvre et d'argile, dans des proportions connues de lui seul. Une fois satisfait de sa tambouille, Alexis, nullement impressionné par l'accoutrement de son visiteur, se tourne vers lui. Grands consommateurs de cloches, les gens d'Église ne sont pas rares à la fonderie.

– Permettez-moi de me présenter…

– C'est pour une cloche ?

– Euh… Oui, mais d'abord, je dois vous dire que…

– Pour quand ?

Désarçonné, l'émissaire jette un coup d'œil vers son Créateur, comme un enfant cherche le regard protecteur de sa maman.

– Avant d'évoquer le délai de fabrication, nous devons parler du lieu qui…

– C'est loin ?

– Oui.

– J'ai de quoi faire la route.

– Vous avez un bateau ?

– Euh… Non.

– Je vais vous donner le nom d'un cargo qui appareillera dans trois mois. La cloche devra se trouver à bord.

C'est la première fois qu'on réclame à Alexis une cloche destinée à prendre la mer.

– Il va où, le cargo ?

– À Naples.

– …

– De là, votre cloche sera acheminée vers Rome.

– …

– Plus précisément vers la basilique Saint-Pierre.

– Ah… C'est pour le pape. Fallait le dire tout de suite.

– Pour notre souverain pontife, oui, ponctue l'émissaire en se signant.

– Quelle taille ?

Là encore, l'émissaire est déstabilisé. Alexis ne semble pas intimidé par l'identité du client.

– Voyez-vous, cette cloche aura un dessein tout particulier. Elle ne sonnera que quelques fois par siècles.

– Beaucoup de boulot pour pas grand-chose.

– Ah, mon fils, ce qui importe, ce n'est pas à quelle fréquence une cloche sonne, mais à quelle occasion. Et cette occasion est la plus solennelle que nous connaissions au Vatican. Le conclave.

– Hé ?

– Le conclave…

– Hé ?

– L'élection du nouveau Pape.

– Ah.

– D'ordinaire, une fois le pape élu, on sonne les six cloches de la basilique. Mais il a été décidé qu'un tel événement méritait une cloche d'exception. Et il se trouve que votre réputation a traversé l'Atlantique.

– Ah.

– Vous devrez y mettre tout votre savoir-faire et la plus grande application. Laissez-moi vous expliquer l'importance de cette cloche. Si au terme du conclave, le vote n'est pas concluant, et qu'aucun pape n'est élu, une fumée noire s'élève par une cheminée. Si le vote est concluant, c'est une fumée blanche. Mais parfois, il n'est pas facile de savoir si la fumée est noire ou blanche. Il y a un doute, comprenez-vous. D'où la cloche : on la sonne en cas de vote concluant, pour ne pas laisser les fidèles dans l'incertitude. On ne voudrait pas qu'ils se mettent à acclamer un pape inexistant.

– Ça serait ballot, oui.

– Mais il y a une autre raison pour laquelle nous faisons appel à vous.

– ?

– C'est plus délicat à expliquer… Voilà, on nous a dit que vos cloches détenaient une sorte de pouvoir. Mon Dieu, je ne parle pas de magie (il se signe à nouveau), mais disons d'effet inexpliqué. Il paraît que leur timbre ne laisse pas les gens indifférents, qu'il les touche, qu'il provoque une certaine émotion.

– Il paraît.

– Tout cela reste confidentiel, n'est-ce pas ?

– Oui.

– Voilà… Une fois élu, on conduit le nouveau pape dans la « chambre des larmes », où il doit… comme le nom l'indique… fondre en larmes.

– Ah.

– Oui. C'est une sorte d'effusion spontanée devant la gravité de sa tâche. Mais voilà, il arrive que, verrouillé par le trac ou par la solennité du moment, le nouveau pape n'y parvienne pas. Pas la moindre larme, pas même un miroitement. S'il était seul dans cette chambre, cela ne poserait pas de problème : personne ne le saurait. Mais il est accompagné du camerlingue et du maître des célébrations. La chose finit toujours par être ébruitée, propagée de pilier en pilier, et bientôt tout le Vatican est au courant. C'est très embarrassant pour le pape.

– Vous avez essayé les oignons ? C'est moins cher et ça marche à tous les coups.

– Nous y avons pensé, mais là encore ce serait humiliant d'être obligé de recourir à un légume pour verser les saintes larmes. Alors si le son de votre cloche pouvait... disons... appuyer là où il faut... entrouvrir un peu les vannes... bref, faire perler quelques gouttes aux yeux du Saint Père... C'est plus subtil que les oignons et ça nous éviterait des désagréments.

– Faut faire brailler le pape, quoi.

– Oui.

– Quelle taille ?

– La cloche devra loger dans un petit beffroi dont voici les dimensions.

Il lui tend un dossier relié.

– Vous trouverez là tous les détails techniques de la commande, notamment les inscriptions qui devront figurer sur la cloche, le plan, ainsi que le prix que nous sommes prêts à payer. Si cela n'est pas suffisant...

– J'marchande jamais.

– J'ai ici la moitié du montant total en grosses coupures. C'est l'acompte. Pardon si cela n'est pas pratique. Le reste vous sera versé à la livraison.

Alexis lance le dossier sur un établis.

– Vous… Vous ne lisez pas.

– Non. Le plan, c'est mon affaire.

– Mais… Tout cela a été conçu par notre…

– C'est mon affaire.

– Ça nous a coûté…

– C'est mon affaire, un point c'est tout. Moi, je fabrique un son. La forme, ça vient comme ça vient.

– Bon… Si c'est votre seule condition.

– Oui.

– Entendu… Pour le reste…

– J'ai la taille, j'ai le délai, j'ai tout. Votre cloche sera sur le cargo.

– Bon. Au nom de notre souverain…

– Au revoir.

Si Alexis est si pressé de pousser l'émissaire vers la sortie, c'est qu'il entend du bruit là-haut. Trop tard, la personne qui se trouve à l'étage descend l'escalier : une femme en petite tenue, ébouriffée, et qui se dirige en s'étirant vers une vieille cafetière italienne.

– Tiens, bonjour, monseigneur, enfin Votre Grâce, enfin… Comment faut-il vous appeler ?

– Votre Excellence… J'étais sur le départ.

– Oh, vous n'allez pas nous quitter sans une petite bénédiction ! Un petit signe de croix sur le front d'une brebis égarée.

L'émissaire ne sait pas trop si on se moque de lui. Sa fonction l'a accoutumé à ne pas souligner le sarcasme.

– Approchez, ma fille.

– Fille de joie, fille de foi, comme on dit dans le milieu.

La femme prend la pose indiquée en pareille circonstance. Notre homme, soudain conscient de l'image projetée par cette femme à demi nue et agenouillée devant lui, a un petit mouvement de recul. Mais il se ressaisit.

– Priez aussi pour Alexis, tant que vous y êtes. Tarif de groupe !

Heureux de faire d'une prière deux coups, l'évêque en sueur accorde sa bénédiction à la va-vite, et prend la fuite. Devant la grille, son chauffeur et son garde du corps l'attendent dans une voiture. L'émissaire disparaît derrière une vitre teintée.

– Alexis, tu as pensé à ce que je t'ai demandé ?

– Oui.

– Il nous en faudrait une vingtaine, pas trop grandes si possible, pour qu'elles entrent dans un sac à main.

– Oui.

– Tu comprends, le sifflet, ce n'est pas pratique, parce que ça attire les flics. Ils pensent que c'est un collègue en difficulté. Et quand les voyous déboulent, on veut pouvoir se prévenir les unes les autres. Une cloche miniature, ce serait parfait.

– Je te fais ça.

– Tu es un amour. Et pour cette nuit, c'est offert par la maison.

– Merci, Palma.

– Mon gros grizzly, va. Tu sais quoi, si tu n'as pas trouvé chaussure à ton pied dans dix ans, moi je t'épouse. Chaque fois qu'on se voit, ça me fait des vacances. Tu es gentil avec moi, et tu ne me demandes jamais rien de bizarre ou de sordide. Si tu savais ce que certains hommes me font faire parfois. Sous prétexte qu'ils payent, il faudrait entrer dans tous leurs délires. Avec toi, c'est sans histoire, ça passe tout seul.

Alexis ouvre le dossier de l'émissaire et en sort quelques feuilles. Palma pose un œil sur le plan de la cloche commandée par le Vatican.

– Ils sont jolis, les motifs.

– J'en ferai d'autres… Les miens.

– C'est un peu triste.

– Quoi ?

– Tes motifs, personne ne les voit jamais. Ils sont enfermés en haut d'un clocher. C'est comme si un peintre ne montrait jamais ses toiles.

– …

– Tu ne trouves pas ?

– Si tu le dis.

Alexis, homme dépourvu d'orgueil, ne s'est pas posé cette question. Il trouve sa joie dans le geste, dans l'acte créateur, jamais dans l'admiration de son œuvre par autrui. Et il n'a jamais ressenti la moindre amertume en cassant le moule de ses cloches, faisant ainsi de chacune d'elle un exemplaire unique.

Palma quitte la fonderie en croisant tata Dolores, qui met un soin furieux à ne pas la regarder. La vieille femme brandit une enveloppe. Cette enveloppe lui a été donnée par Félix, un habitué de la milonga, qui l'a lui-même reçue d'un certain Maverick, son tailleur. Une épingle entre les dents, Maverick a dit à son client :

– Oh, tu fréquentes toujours l'Usine ?

– Bien sûr.

– Alors je vais te donner une lettre bizarre. Une dame que je ne connais pas. Tu pourras peut-être retrouver de quoi elle parle, et de qui.

– Donne toujours.

Soupçonnant que cette lettre concernait Alexis, mais n'osant pas aborder directement le géant, Félix l'a transmise à Tata Dolores.

– Alors ? C'est bien toi, non ? Pas de doute possible.

Alexis, à qui sa tante vient de lire la lettre, sourit niaisement. Un tas de sentiments nébuleux envahissent sa caboche.

– « De loin, on dirait Barbe-Bleue. Barbu, joufflu, ogresque, avec des mains à écraser le mont Royal, et au coin de l'œil un énorme grain de beauté qui fait comme une larme couleur café… » Tu en connais beaucoup à l'Usine, toi, des milongueros qui répondent à cette description ?

– Il y a plusieurs Capucine à l'Usine ?

– J'ai vérifié sur le registre, tu penses. Non, il n'y en a qu'une.

– Alors Barbe-Bleue, c'est moi.

– Tu t'en souviens ? Tu la replaces, cette Capucine ?

– Oui.

– Enfin, tout ça ne nous dit pas quelle mouche l'a piquée. On n'écrit pas une lettre pareille à un inconnu. J'ai failli la jeter, puis je me suis dit que ça ne coûtait rien de te la montrer.

– …

– Mais dis donc, depuis quand te promènes-tu avec des livres dans la poche, hein ? À part pour flanquer des gifles à ton hibou, je ne vois pas à quoi ça pourrait te servir. Va falloir apprendre à lire, si tu veux lui plaire, à cette donzelle. Elle donne dans l'intellectuel apparemment. Je dis ça, c'est pour te rendre service, hein ? Et puis j'aimerais bien que tu lui colles une descendance, à ma pauvre Camila. Des petits-neveux, j'y ai renoncé depuis longtemps, mais puisque tu as fait bonne impression, autant voir où ça mène. Tu vas la revoir, cette fille ?

– J'espère… À la milonga.

– Elle est jolie ?

– Oui.

– Aïe… ça risque d'être difficile. Avec un laideron, tu aurais tes chances, mais là tu vas devoir ruser. Ouvre ton clapet le moins possible, surtout. Reste digne. Les milongueras aiment les ténébreux. Écoute bien, je vais te dire comment t'y prendre. Tu l'invites à se promener en fin de matinée, et tu l'emmènes du côté de la chapelle Notre-Dame-de-Bonsecours. Quand sonnent les douze coups de midi, tu glisses, comme ça, l'air de rien : « Elle sort de ma fonderie, cette petite cloche. » Ça fera son effet. Et puis fais-lui discrètement savoir qui est ta mère. Ça joue en ta faveur.

Sa tante partie, Alexis s'abandonne à son extase. Une lettre ! Une vraie ! Adressée à quelqu'un d'autre, certes, mais parlant de lui, Alexis. Notre homme ne sait plus où donner de la joie. Cet instant de grâce est vite anéanti par un retour à la réalité.

– Elle me croit intelligent !

De sa vie, Alexis n'a jamais regretté d'avoir chapardé un objet, mais il maudit à présent son geste : il n'aurait jamais dû empocher *Terre des hommes*. Capucine le pense érudit, raffiné, quand son degré d'alphabétisation lui permet tout juste de déchiffrer les gros titres du journal et de rédiger ses factures. Comble de l'aberration, le voilà qui se désole de plaire à l'une des plus belles femmes de Montréal. Que n'est-il entré dans une autre boutique ! Car il faut préciser une chose : si Alexis s'imbibe quotidiennement les bronches chez Capucine, ce n'est pas dans un élan poétique et galant, du moins pas initialement. Chaque matin, se rendant à la banque pour y déposer les chèques de la veille, il passe inévitablement devant la librairie. Or, deux numéros plus loin, on trouve une boutique de cosmétiques, dont le gérant a eu l'idée magistrale de diffuser à l'extérieur un parfum à la mode. C'est une technique employée également par certaines plantes carnivores, telles les Vénus attrape-mouches, qui s'enduisent de nectar afin d'attirer les insectes. Une fois la proie en demeure, il suffit de refermer la « mâchoire », et le tour est joué. Rien n'est plus désagréable au nez d'Alexis que l'odeur dégagée par ces décoctions vendues à mille euros le litre. Les premiers effluves commencent à se faire sentir dès la porte de la librairie. Alexis n'a pas le courage de porter sa carcasse de l'autre côté de la rue. Il va donc puiser un air inodore chez Capucine, et le garde dans ses poumons jusqu'à ce que l'air extérieur soit redevenu respirable. Très vite, Alexis s'aperçoit que cette librairie est non seulement pourvue d'une atmosphère saine, mais aussi d'une libraire scandaleusement belle. Il a depuis une seconde raison de s'y abreuver.

| Le visiteur du soir |

Blanche se souvient bien de Léon Lortie. Cet homme a tenu une place presque centrale dans sa vie de couple, et pourtant elle ne l'a vu que deux fois. La première, c'était près d'un an après avoir rencontré Valentin. En rentrant de cours, elle a trouvé Léon sur son palier. Il était un peu pâle, un peu gêné. Il voulait simplement « se présenter ». Étrange comportement, que Blanche mit sur le compte d'une certaine extravagance d'artiste. Elle s'était souvent demandé quel genre d'homme pouvait être ce Léon, qui influençait tellement son compagnon et lui avait reproché sa relation avec elle. L'entrevue a duré à peine trois minutes. Léon n'est même pas entré dans l'appartement. Il s'est contenté de dire : « Nous ne sommes pas ennemis. » Blanche a étouffé un ricanement et la répartie que l'instinct lui dictait : « Encore heureux, on ne se connaît pas. » Elle a acquiescé en simulant un soulagement. Elle n'a jamais mentionné cette rencontre à Valentin.

Blanche ne saisissait pas l'objet de cette visite. Le comportement de Léon n'était ni amical ni hostile. Il avait l'air de se poser calmement en rival, cette attitude inspirait à Blanche autant d'amusement que d'incompréhension. Elle aurait voulu lui dire : « Vous êtes un homme qui va bientôt entrer dans le troisième âge, vous avez quelqu'un dans votre vie, Valentin est à peine sorti de l'adolescence, il a également quelqu'un dans sa vie, moi. Pourquoi insinuer que nous puissions être ennemis ? » Elle avait l'impression d'être jaugée. Léon venait-il se faire une idée de cette Blanche qui lui soufflait son Valentin ? Oui, c'était exactement cela. Léon ne supportait plus le spectre de cette femme inconnue planant sur sa relation avec Valentin. Il voulait mettre un visage sur celle qu'il voyait bien comme une rivale. Et sa phrase signifiait en réalité : « Nous sommes ennemis, préparez-vous à une guerre sans merci. » Léon manifestait là une certaine perversion mêlée de culot. Il était jaloux de Blanche, et possessif envers celui qu'il considérait déjà comme un amant. En général, les gens qui se livrent à l'adultère font preuve de retenue sur ce sujet, à moins d'être en prise avec la passion. Une passion plantait ses crocs dans le cœur de Léon (si tant est que la passion réside dans cet organe. Il est probable qu'elle ait ses quartiers légèrement plus bas).

Blanche ouvre au hasard son « carnet à soliloque ». Les mots qu'elle griffonnait à la volée dans sa penderie sous la dictée inconsciente de Valentin incarnent à présent la voix fragmentée de son amant. Ce jour-là, Valentin rentrait de son premier salon du livre. On l'avait invité pour dédicacer son premier roman. Ça lui a inspiré un discours que Blanche a retranscrit tant bien que mal : « Homo Scribens… Homo Scribens… Faut pas croire, ça nous arrive d'enlever besicles… quitter environnement naturel pour nous mêler à semblables… on ne nous laisse pas errer en liberté… consignés à territoire bien délimité que partageons avec congénères… cette réserve porte nom de « salon du livre »… là profitons sans complexe joies de civilisation… oublions quelques heures limbes de solitude… retrouvons usage de parole… sens atrophié… à force de manier langue imaginaire oublions organe subtil et perfectionné que portons entre babines… salon littéraire est une galerie de portraits… Daumier… Il y a Homo Scribens autoritaire… à sa table comme à bureau de ministre… intense réflexion… le sort du monde se joue derrière sa paire de sourcils froncés… devant lui muraille de livres… stylo rutilant… croirait voir épée roi Arthur… Homo Scribens lunaire… perdu dans rêverie… sur ses lèvres quasi imperceptible sourire… Homo Scribens timide… le nez dans livre… n'ose pas lever tête de peur de rencontrer regard du lecteur… fait mine de chercher dans sac et disparaît comme gamin se réfugie sous table pour jouer petites voitures… Homo Scribens commerçant… reconnaît lecteur d'un coup d'œil… yeux rusés qui épient foule… cible identifiée il la harponne avec sourire affable… déverse éloquence sur proie qui repart chargée livres… Homo Scribens bavard… bonhomie contagieuse… toujours mot pour rire… sa voix au-dessus brouhaha général… don de raconter cent fois même anecdote comme première fois… »

La lecture de Blanche est interrompue par un coup de sonnette. Blanche n'attend personne. Les drelins se multiplient, de plus en plus rapprochés. La mère Delorme aurait renoncé dès la deuxième salve. Blanche ferme la porte de la chambre ou Valentin est confiné, et ouvre en grand les deux fenêtres du salon. Elle s'approche de la porte d'entrée.

– Blanche, je sais que tu es là. J'entends tes pas.

C'est la voix de Noah.

– Qu'est-ce que tu veux? demande Blanche à travers la porte.

– Tu pourrais ouvrir…

Blanche passe la tête par l'entrebâillement.

– Noah, ça va?

– C’est plutôt à toi qu’il faut poser la question.

– À moi ?

– Blanche, laisse-moi entrer. C’est ridicule. On ne va pas discuter sur le palier.

Elle s’efface.

– Ça sent bizarre, chez-toi.

– Oui, j’avais oublié de fermer le frigo. Il faut vraiment que je m’achète une cloche à fromage.

– Je peux m’asseoir ?

– Je t’en prie.

Noah prend ses aises sur le canapé.

– Je me demandais pourquoi tu ne venais plus au pub après le service.

– Oh, le travail, ma formation au CCP…

– Quelle formation ? Tu as eu ton diplôme ! C’est le chef qui me l’a dit. Te voilà experte en explosifs. Je pensais que tu voulais choisir ton moment pour l’annoncer, mais ça fait un mois maintenant. Tu ne veux pas fêter ça ?

– Si, si. Enfin, franchement, on ne va pas en faire un plat. Ce n’est qu’un diplôme.

– Sans mauvais jeu de mot, je pense qu’il y a de quoi sauter au plafond. Tu vas finir par l’intégrer, la brigade des démineurs.

Blanche hausse les épaules.

– Oui. Ce qui m’intéresse, ce ne sont pas les colis piégés de la gare centrale. J’aimerais bien partir au Sénégal. Il y a encore des tas de mines là-bas dans les anciennes zones de combat.

– Vas-y.

– Un jour.

Noah baisse brièvement les yeux comme s’il cherchait ses mots dans ses mains, puis reprend :

– Pour tout t'avouer, ce n'est pas seulement l'histoire de ton diplôme qui me préoccupe. J'ai remarqué que tu partais tous les soirs avec ton masque à gaz. Il y a une raison particulière ?

Blanche ne peut réprimer une contorsion gênée.

– Je… En fait, je suis un peu parano en ce moment. Il y a eu un début d'incendie chez moi il y a quelque temps. En pleine nuit. L'alarme a même réveillé ma voisine. Depuis ça me rassure d'avoir le masque à portée de main. C'est idiot.

– Bon.

Noah fait un tour d'horizon.

– Si je me rappelle bien, il y avait des livres un peu partout ici. Valentin s'en est débarrassé ?

– Nous sommes séparés.

Noah est partagé entre contentement et déception.

– Tu vois, il y a encore quelques mois, tu m'aurais parlé de cette rupture. Qu'est-ce qui ne va pas, Blanche ?

– Rien, je t'assure. Je n'avais pas envie d'en parler, c'est tout. Demande aux filles. J'ai mis du temps à les mettre au courant. Elles me l'ont bien reproché.

Noah prend soudain conscience du caractère inquisiteur de sa visite. Il adoucit les traits de son visage et le timbre de sa voix.

– Tu sais, quand tu étais avec Valentin, je ne tenais pas particulièrement à ce que tu m'en parles. Maintenant fais-toi plaisir.

– …

– Il ne fallait pas prendre ma discrétion pour de l'indifférence. Ce n'est pas mon genre de faire du pied à quelqu'un sous la table. Mais tu sais ce que je ressens.

– …

– Ce que j'essaie de dire, c'est que je m'inquiète. J'aimerais être là pour toi.

– Nous sommes collègues. Pas très déontologique…

– Pas très déontologique d'aller ouvrir un étui à fusil sans protection, ça ne t'a pas arrêtée.

– Touchée… Pas coulée.

Encouragé par le demi-sourire qui émousse le regard acéré de Blanche, Noah rompt sa garde.

– Dis-moi non, et je m'en vais.

Blanche n'a qu'une idée en tête : qu'il s'en aille ! Elle est aussi d'un tempérament précautionneux, surtout avec le cœur des autres.

– Je te propose un compromis. Je ne te dis pas non, mais tu t'en vas tout de même.

– Ça me suffit pour aujourd'hui, dit Noah en éclatant de rire. J'attendrai ton coup de fil.

– Entendu.

Adossée à sa porte refermée, Blanche peut trancher la longe qui tenait son angoisse parquée en elle-même. Quelques mètres séparaient Valentin de Noah. Les deux hommes ne se sont jamais tenus si près l'un de l'autre.

| Quatre cœurs |

Mika et Olivier sont aux guidons de leur tandem. C'est le jour J : celui du dîner avec Laura.

– Je résume, se lance Mika. Ne sois pas trop sérieux. Ne sois pas trop léger. Ne parle pas de la pluie ni du beau temps. Ne sois pas négatif. Ne sois pas trop positif. Regarde-la. Ne la fixe pas. Pense à sourire. Ne souris pas bêtement. Ne souris pas avec condescendance. Ne souris pas avec moquerie. Ne souris pas pour te donner contenance. Mais souris, hein ? Ne lui coupe pas la parole. Ne la laisse pas faire toute la conversation. Parle-lui de toi, mais pas trop. Ne lui propose pas de la raccompagner chez elle. Et surtout, surtout, ne tente rien au-dessous de la ceinture. Compris ?

– Compris… Reprends depuis le début.

– Ne sois pas trop sérieux. Ne sois pas trop léger. Ne parle pas de la pluie ni du beau temps…

Quelques minutes plus tard, Laura et Olivier se font face, de part et d'autre d'une nappe immaculée. Laura, d'habitude prompte à initier une conversation, reste muette. Ce n'est pas tant l'homme qui entrave toute phrase d'amorce que la nappe blanche. Elle aurait préféré un restaurant plus débraillé. Il règne ici une circonspection contagieuse, une sorte d'anticyclone social. Un calme plat en résulte. La peur de parler plus fort que son voisin étouffe toute velléité vocale. Mais l'embarras de Laura a une autre origine : la lettre d'amour d'Olivier. « Mon amour, je suis recroquevillé dans ta main comme un bourgeon… » Ces mots écrits par un quasi inconnu ont plongé Laura dans un bain de sidération. Quant à Olivier, il n'a pas non plus le moindre mot à se mettre sur la langue, ce qui est parfaitement normal. Mika vient à la rescousse.

– Bon, appelle le serveur…

Ayant formé un anneau avec son pouce et son majeur, Olivier porte à sa bouche le sifflet de chair.

– Non, pas comme ça ! Attends qu'il approche. Tu vas faire exactement ce que je te dis… Première étape, regarde-la… Non, pas comme un psychopathe… Pas comme un chien battu non plus…

– Ah, parce que tu es un expert en séduction maintenant ?

– On m'appelle le Casanova de l'imaginaire.

La réplique d'Olivier est marmonnée entre ses dents. Laura en perçoit tout de même un mot.

– Séduction ?

Olivier, penaud, ne bouge plus d'un muscle. Laura sourit.

– Ah oui… Mika…

– Oui, Mika.

Olivier dégage son poignet gauche de sa manche, et consulte une montre inexistante.

– Il prend son temps, le serveur. Ça fait cinq minutes qu'on attend.

– Oui, l'univers a été créé en moins que ça.

– Magnifique ! C'est l'occasion rêvée ! Parle-lui de l'univers, de trous noirs, de nébuleuses ! Tu maîtrises le sujet.

Mais Olivier se méfie des conseils de son alter ego. En matière de séduction, il a en tête une sorte de dictionnaire dont il passe en revue les articles. À la lettre C, il trouve « compliment ». Pour ce don Juan en herbe, un compliment est le passage obligé vers le cœur d'une femme.

– J'ai un compliment à vous faire.

– Ah ?

– *Aïe…*

Laura fait une grimace qu'elle transforme instantanément en rictus. Elle ne déteste rien tant que d'être complimentée, particulièrement par quelqu'un qui ne la connaît pas. Et Olivier aurait dû réfléchir avant d'annoncer son intention, car de compliment, il n'en a pas en magasin. Son regard entame une lente gravitation autour du visage de Laura. Après quelques révolutions, il se prend dans les cheveux de l'Argentine. Ce qui suit est une improvisation tragique.

– Vous avez une coiffure… euh…

– Oui ?

– Bizarre.

Laura se décompose, habituée à ce que les jugements d'ordre capillaire viennent d'elle.

– Bizarre ? Comment ça, bizarre ?

– *May-day, may-day…*

– On dirait un parquet ciré. Ça brille… Enfin ça brille dans le bon sens. Ça brille comme une boule de bowling. Comme une pomme qu'on a bien frottée avant de la manger, vous voyez ?

– Non, pas vraiment.

– Je vous explique. La peau d'une pomme, quand on la frotte longtemps, devient très brillante. C'est dû à la présence de polyphénols, mais aucune étude sérieuse n'a été menée sur la question. Il y a beaucoup de préjugés sur les pommes, vous savez. À cause de la Bible, sans doute. La pomme, le serpent, le péché originel, tout ça…

– Oui, tout ça…

Laura rit nerveusement, Olivier rit par mimétisme. Après un court silence, Olivier se résigne à gloser.

– Le péché originel n'a rien à voir avec le sexe, vous savez ?

– Ah ?

– Non, c'est encore une idée reçue. En fait, le péché originel, c'est la soif de connaissance.

– Ah, d'accord.

– *Bravo, superbe estocade. Entre tous les sujets possibles, la quadrature du cercle, les éruptions solaires, la dilatation du temps, tu donnes dans le capillaire-biblique. Bon, c'est rattrapable. Pose-lui une question sur ses rencontres, par exemple.*

– Vos rencontres ?

– *Tu pourrais faire une phrase complète…*

– Est-ce que vous avez rencontré des gens intéressants dernièrement ?

– *Parfait, ça devrait te donner une bonne heure de conversation.*

– Non. Et vous ?

– … Non plus.

Laura commence à frétiller d'impatience, coincée dans le peloton de l'embarras. Elle tente une échappée.

– Vous aimez les chats ?

– Je n'en ai jamais eu. Ça ne m'intéresse pas trop.

– *Olivier ! C'est l'occasion rêvée ! Le chat de Schrödinger ! Voilà un sujet de conversation en or.*

Olivier passe outre, persuadé qu'un tel sujet, comme tous les autres sujets suggérés par Mika, ne servirait en rien sa cause. Il improvise encore.

– Mes parents avaient une chienne quand j'étais gosse, Jasmine.

– *Olivier! Le chat! Schrödinger!*

– Un cocker.

– *Le chat!*

– Il savait marcher sur ses deux pattes arrières.

– *Schrödinger!*

– Oh! la ferme!

Cette injonction provoque chez Laura un sursaut brutal. Elle retrouve d'un coup son naturel.

– Bon, ça suffit maintenant. Qu'est-ce qu'il raconte, le père Mika?

– ?

– Depuis que nous sommes arrivés, il jacasse dans son coin. Répétez-moi ce qu'il vous dit.

– Oh… Il… Il déraille. Il essaie de me donner des conseils. Apparemment on l'appelle le Casanova de l'imaginaire.

– Quels conseils?

– Des sujets de conversation.

– Lorsque vous lui avez dit de la fermer, quel sujet proposait-il?

– Schrödinger.

– Schrödinger?

– Oui.

– Le chat de Schrödinger?

– Vous connaissez?

– Eh bien, parlons-en, du matou de Schrödinger! C'est un sujet plus intéressant que la pomme cirée que j'ai dans les cheveux.

Alors, si je me souviens bien, dans une boîte on enferme un chat et un corps radioactif. C'est ça ?

– Euh… oui.

– On ajoute un dispositif pour tuer l'animal si un atome radioactif se désintègre… N'est-ce pas ?

– Oui. De l'extérieur, on ne peut pas savoir ce qui se passe dans la boîte…

– Tant qu'on n'ouvre pas la boîte, selon les principes de la mécanique quantique, l'atome se trouve dans les deux états en même temps…

– Le chat est donc simultanément mort et vivant.

– Eurêka !

Laura et Olivier semblent enfin découvrir leurs présences respectives de part et d'autre de la table. Ils s'observent. Olivier reprend du galon. Mika est réduit au silence.

– Si vous m'aviez dit dès le début que vous vous intéressiez à la mécanique quantique et au chat de Schrödinger, on aurait perdu moins de temps.

– Ce n'est pas un détail sur ma personne que je divulgue au premier rendez-vous.

– Vous devriez.

– Vous pouvez parler. J'ai dû sortir les vers du nez de Mika pour qu'on aborde le sujet.

Olivier fait semblant de fumer avec une pique à olive.

– N'empêche, il devait avoir l'air malin, le père Schrödinger, quand il est allé rapporter la boîte au propriétaire du chat : « Bon, j'ai une bonne et une mauvaise nouvelle… »

Un sourire traverse la figure d'Olivier ainsi que le vent traverse une haie. Laura s'aperçoit que cet homme est beau. Elle le lui dit. Aussitôt le vent tombe.

– Non, pas comme ça, dit-elle.
– Hein ?
– Comme ça vous n'êtes pas beau.
– Subtil.
– C'est drôle, en général les gens ont un degré de beauté à peu près constant. Vous, quand vous ne souriez pas, vous êtes franchement banal. Mais dès que vous souriez, vous êtes bel homme.
– Je tâcherai de sourire le moins possible alors. Je ne voudrais pas éclipser les autres.
– Vous avez de la marge. Ce qui joue en votre faveur, c'est le lobe de vos oreilles.
Olivier saisit son lobe droit entre le pouce et l'index.
– Mon lobe ? Qu'est-ce qu'il a, mon lobe ?
– Il n'est pas libre.
– Non mais quoi ? Chaque parcelle de mon corps est libre !
– Je veux dire que vous avez les lobes attachés.
– Oh... C'est le plus beau compliment qu'on m'ait jamais fait.
– Bref, revenons à Mika, c'est lui qui m'intéresse.
– Il a les lobes détachés, lui.
– Il est encore là ?
– Oui, derrière moi.
– Ça doit être angoissant.
– Au moins il n'a pas de paire de ciseaux entre les mains.
– Chez un coiffeur il y a un miroir devant.
– C'est ce qui rend l'expérience encore plus sadique. On assiste à sa propre séance de torture.
– Approchez-vous.
– ?
– Approchez-vous, je vous dis !
– La table.

– Penchez-vous, grosse bourrique !

Olivier est partagé entre inquiétude et curiosité. Il obéit et approche son visage de sa convive. Ce mouvement coûte autant d'effort à son dos qu'à son caractère. Il s'attend à une gifle, ou pire, à un baiser. Ce ne sera ni l'un ni l'autre. Laura sort un peigne de sa poche et le glisse dans les cheveux d'Olivier afin de leur donner un peu de mouvement.

– Voilà.

– Euh… Merci. Je vous dois combien ?

– Vous me devez ceci : n'essayez plus jamais de me cacher ce que vous êtes.

– Le dîner, c'est pour moi.

– Hors de question. Vous payez votre part, je paye la mienne. On n'est plus au vingtième siècle.

– Bon.

– Alors, ce Mika ! Est-ce qu'il a d'autres sujets de conversation à nous proposer ?

Nous sommes vendredi soir, nous savons donc où trouver Alexis. Il vient de s'asseoir à sa place près du parterre. L'Usine commence à se remplir. Capucine n'est pas encore revenue. Quand Alexis parcourt des yeux le territoire des femmes, sa déception est de moins en moins vive, émoussée par les assauts répétés des dernières semaines. Cela rend d'autant plus violent le raz-de-marée qui s'abat sur lui lorsque la jeune femme fait son entrée. Capucine est seule. Elle n'a pas informé les filles de sa venue. Car ses amies ont une certaine image d'elle, celle d'une personne timidissime, qui rougit plus vite que son ombre. Nous existons à travers le regard de ceux qui nous entourent, sous le profil que nous leur avons montré. Il serait difficile à Capucine d'être autre chose désormais que l'effarouchée chronique qu'elle a toujours été en leur présence. Seule, elle a l'impression de retrouver une virginité de caractère. Depuis sa première milonga, elle a cent fois tenté de décrocher son téléphone pour appeler Alexis, cent fois renoncé par manque de témérité. Tous les vendredis, elle se disait « C'est pour ce soir. J'y retourne. » Et vers deux heures du matin : « Ce sera pour vendredi prochain. » Laura et Blanche, quant à elles, ne songent même plus à retourner à l'Usine. Blanche a l'esprit accaparé par Valentin et aurait l'impression de commettre une infidélité en dansant le tango dans les bras d'un autre homme. Quant à Laura, ses raisons de mener ses deux amies à la milonga ont perdu de leur force. Il n'y a donc plus lieu de jouer les entremetteuses.

Ce soir, Capucine a enfin triomphé d'elle-même. À son arrivée, on la salue de la tête. Elle reconnaît des visages. Au lieu de la rassurer, cette familiarité lui chamaille l'estomac.

Le cœur d'Alexis se liquéfie pour couler dans ses talons. Il doit se faire violence afin de camoufler le tremblement qui lui agite les jambes. Dans cet état, impossible d'inviter quiconque à danser. De son côté, Capucine est en proie à un dilemme. Elle a bien en mémoire les règles de cette milonga : au cours d'une soirée, on ne danse pas deux fois avec la même personne. Si elle cabaceonne tout de suite Alexis, elle ne pourra plus s'en approcher. Elle ne veut pas s'enfuir dès la tanda terminée, comme la dernière fois. On commencerait à jaser. Elle attend, repoussant minute après minute le signe qui la conduirait contre la majestueuse poitrine d'Alexis. Les sentiments du colosse ne sont pas si nuancés. Pour lui, Capucine est là, il doit l'inviter immédiatement. Sitôt son cœur remonté entre ses côtes, Alexis cherche le regard de la jeune femme, en vain.

Capucine le lui refuse. Il décide alors de reprendre ses habitudes avec les autres milongueras sur le parterre. Entre chaque tanda, il sirote son whisky, le temps de reprendre haleine. Il n'échappe pas à Capucine qu'une profusion d'œillades se déploie devant elle. On croirait voir s'ouvrir une queue de paon. Éviter tous ces yeux est un jeu d'adresse dont Capucine, par sa condition de timide émérite, maîtrise tous les rouages. Mais il lui apparaît soudain que sa présence passive peut lui attirer la désapprobation des membres ou de la direction de l'Usine. Avec regret, elle s'abandonne au cabaceo d'un homme aux allures de maître d'hôtel et aux cheveux aussi poivre et sel que le beurre du même nom. Capucine n'a pas dansé le tango depuis plusieurs semaines, et les deux premières danses lui sont incommodes, comme une paire de chaussures que l'on n'a pas portée depuis longtemps. À la troisième danse, Capucine se détend. Elle renoue avec la boussole et se laisse plus facilement guider par son partenaire. En regagnant sa table, elle se dit que cette tanda était nécessaire. Capucine se sent mieux préparée à ses retrouvailles avec Alexis. Elle n'a alors plus de scrupule à enlacer d'autres milongueros. Elle pourra ainsi offrir son meilleur tango à l'homme qu'elle est venue rejoindre ce soir.

Les heures passent. Elles sont vécues différemment par Capucine et Alexis. Pour elle, l'attente est de plus en plus délicieuse. Elle s'adonne à la jouissance de l'anticipation. Pour lui, c'est la frustration qui s'amplifie tanda après tanda. Vient le moment où il a dansé avec toutes les femmes présentes sauf celle qu'il désire. Il commande un troisième whisky qu'il boit goutte-à-goutte en regardant Capucine. À l'instant où il a épuisé sa décoction de single malt, Capucine a épuisé sa collection de milongueros. Il est six heures du matin. Les musiciens rangent leurs instruments. C'est le signal, tous les danseurs se dirigent vers la sortie. Alexis et Capucine restent à leur place, tétanisés. Comment le temps a-t-il pu ainsi leur filer entre les pieds ? Capucine se sent coupable. Elle sait qu'Alexis l'a cherchée maintes fois. Les lumières commencent à s'éteindre une à une. Le balcon des musiciens est vide. Le parterre est désert, ils sont épuisés, et seuls.

Sans réfléchir, Capucine lance un cabaceo comme on lance l'ultime fusée de détresse. Alexis accepte. Les voilà sur le parterre, l'un contre l'autre. Ils dansent, sans musique, dans le silence bleuté de la nuit qui s'achève. Ils tracent un dernier tango sur les planches de l'Usine. On n'entend que le murmure de leurs pieds qui s'épanchent sur le sol. On les laisse faire. Personne n'oserait interrompre le fils de la fondatrice.

Cette tanda muette dure plus d'une heure. Puis, dans l'escalier, Capucine prend le bras de son milonguero. Devant le vestiaire, avec respect, on les couvre de leurs manteaux. Les membres du personnel de l'Usine savent qu'ils ont assisté là à un moment rare, presque sacré. À la dérobée, ils ont tous admiré le couple évoluer sur le parterre. Les deux danseurs sont maintenant dans la cour de l'Usine. Alexis jette un œil sur la cloche logée dans la tour de brique, cette cloche dont il est le créateur, et qui demeure aphone. Car ordre a été donné de ne jamais faire sonner cette cloche. C'était la seule doléance d'Alexis. Le personnel de l'Usine y a vu l'expression du deuil perpétuel qu'un fils voue à sa mère.

Lorsque Capucine et Alexis passent la grille, la grande horloge est à l'heure : il est effectivement 7 h 22.

| Et l'ange était un démon |

La penderie est devenue son lieu de lecture attitré. Blanche s'y confine avec le manuscrit de Valentin. Là, au moyen d'un mystérieux filtre dialoguiste, cette lecture se mue en conversation dans l'imaginaire de la jeune femme.

– Deux mois passent ainsi, et je reçois la réponse des Beaux-Arts : je suis admis. Je saute et danse frénétiquement dans ma chambre. Je n'oublierai jamais le moment où j'ai annoncé la nouvelle à mon père, et sa réaction. Il est resté sans voix, puis des « ah oui… ah oui… » qui semblaient dire : « Tu l'as fait ! ». Au téléphone, Léon se montre également réjoui par mon succès. Quelques jours plus tard, une carte postale me parvient. Elle représente le petit prince. Ces mots y sont inscrits : « *Oh mon amour, il n'est rien que nous aimions qui ne fuit comme l'ombre, comme ces terres lointaines où l'on perd son nom.* »

– Un poème ?

– De Georges Shehadé. La carte est signée d'un « L. » laconique. Je ne comprends pas, ou plutôt je ne veux pas comprendre.

– C'est pourtant limpide.

– Dans ma tête, quelque chose fait écran : Léon m'apparaît comme un homme au sens moral irréprochable. Je n'arrive pas à croire qu'il dédie des mots d'amour à un tout jeune homme quand il a près de lui un compagnon qui lui est si cher. Dans ma confusion, je ne réponds rien. Lorsque je vois Léon une semaine plus tard, il me demande si j'ai reçu sa carte. Gêné, je confirme. Il ajoute : « J'avais peur que tu aies mal compris. » Cette phrase me rassure. Il s'agit donc bien de tendresse, rien qui ne soit déplacé.

– « *Oh mon amour* » ? Rien de déplacé ? Rassure-moi, nous ne nous sommes pas encore rencontrés ?

– J'y viens… Peu avant mon départ, et d'une manière extrêmement romanesque, comme tu sais, tu m'abordes au pub et me proposes d'emblée une somme d'argent pour coucher avec toi. Je t'envoie promener, malgré la tentation d'accepter cette transaction loufoque, et presque inespérée.

– Tu es en manque à ce point ?

– Cette rentrée d'argent me serait utile pour payer mon billet d'avion et me procurer le matériel dont j'aurai besoin. À l'inverse, si tu m'avais fait la même proposition sans rétribution, j'aurais probablement consenti. Mais quelque chose me retient, il y a quelque chose de sordide là-dedans. Ce n'est que le lendemain que j'ai l'explication. Tu m'abordes à nouveau au comptoir, et tu élucides le mystère de ta démarche. Une sorte de vengeance dédiée aux femmes victimes des proxénètes. En quelques jours, nous nous lions de ce qu'il convient d'appeler une amourette. Je t'annonce cependant l'imminence de mon départ pour la France. Tu me réponds…

– « Je sais attendre. S'il faut je postulerai à l'école de police de Paris… »

– Tes sentiments sont très en avance sur les miens.

Blanche se rappelle effectivement la façon dont elle s'est engouffrée dans son amour pour Valentin. Un mélange d'impatience et d'évidence.

– Je ne dis rien de notre relation à Léon. Tout comme je te cache l'existence de mon « ami ». Lors de notre dernière promenade avant mon départ, je sens que Léon est ému. Mais il faut l'avouer : je suis alors un garçon qui, après une longue série d'échecs, est en partance pour la France, va vivre à Paris et étudier dans l'une des plus prestigieuses écoles du monde. L'émotion de Léon, bien qu'elle me touche, est vite dissipée par l'excitation de cette nouvelle vie qui m'attend de l'autre côté de l'Atlantique. Léon m'offre une petite paire de jumelles dorées, de celles que l'on utilise au théâtre ou à l'opéra afin de voir les artistes de plus près. « Pour aller à la Comédie-Française... Et aussi pour regarder dans ma direction de temps en temps... » me dit-il avant de s'éloigner sans se retourner.

– Je dois admettre que Léon connaît la force d'une belle sortie.

– Me voilà à Paris. Léon voulait que je l'appelle dès mon arrivée. Je m'exécute.

– Dis-donc, il ne te laisse pas une minute.

– En effet... Il me propose de planifier des rendez-vous téléphoniques tous les trois jours. Je suis un peu étonné, je n'imaginais pas que nous continuerions à échanger si souvent. Mais j'accepte. Léon appelle toujours à mon réveil. Et c'est assez désagréable de devoir soutenir une conversation au saut du lit.

Blanche a vite appris à attendre le troisième café matinal avant d'adresser la parole à Valentin.

– Au fil des semaines, ces rendez-vous me pèsent. Mais je n'ose rien dire, craignant de le décevoir. Un jour, Léon me propose de renoncer à ces conversations régulières et planifiées, pour nous appeler plus spontanément, « quand le cœur nous en dit ».

– Ouf !

– J'ai pris l'habitude de t'écrire de longues lettres, auxquelles tu réponds par de petites cartes furieusement poétiques et mignonnes.

Ces cartes couvrent très vite une bonne partie du plafond de ma chambre à la Maison des étudiants canadiens. Oui, je les accroche au plafond. Allongé sur mon lit, muni de la paire de jumelles offerte par Léon, je les relis inlassablement. Mon regard voyage au hasard sur cette étendue de mots d'amour.

Léon n'avait probablement pas cet usage en tête lorsqu'il a offert la paire de jumelles à Valentin.

– Le temps passe. Un matin, Léon m'appelle. Son ton n'est plus le même. Pour la première fois, il est contrarié, froid. Il me reproche de l'oublier. Il me dit qu'il se sent seul dans cette relation, et je ne comprends pas bien de quoi il parle.

– C'est absurde. Lorsqu'un silence se crée entre deux personnes, pourquoi en faire porter la responsabilité à l'une plutôt qu'à l'autre ?

– Et Léon ne s'arrête pas là. Il déclare que je n'ai rien à faire à Paris, que j'aurais dû rester à Montréal, qu'il se serait chargé lui-même de mon éducation artistique, et que cette idée d'étudier en France est une grosse erreur.

– Tu lui raccroches au nez, j'espère ?

– Ce serait la réaction normale.

Sauf que Valentin est déjà sous l'emprise de son mentor, pris dans sa toile.

– Je voue à Léon une telle admiration que je me figure qu'il a raison. Je ne discerne pas la cruauté et l'égoïsme qu'il y a à me couper ainsi les ailes. Les rendez-vous téléphoniques reprennent, inexorables. Je continue à m'aveugler moi-même dans la conviction que les sentiments de Léon à mon égard sont de l'ordre de l'amitié tendre et paternelle. Mais à compter de ce coup de téléphone fatidique, la situation bascule. Je perds progressivement le goût de l'étude. La voix de Léon s'installe et résonne en moi : « Tu n'as rien à faire à Paris. »

Blanche comprend enfin le changement brutal qu'elle a constaté chez Valentin au cours des premiers mois parisiens. Elle a toujours supposé que le mal du pays en était la cause, ou peut-être l'étiolement de l'affection de Valentin pour elle. Elle voit maintenant que Léon Lortie en était l'instigateur.

– Mon chéri, ce que t'a dit cet homme est ignoble. On ne dit pas une chose pareille à un jeune homme qui réalise son rêve le plus cher. C'est presque un sacrilège. Lorsque tu m'as annoncé ton départ, j'étais moi aussi très triste, révoltée même. Nous nous connaissions depuis quelques semaines. J'avais l'impression qu'on me retirait un bonheur qu'on venait de me poser entre les mains. J'ai eu la tentation de t'implorer de rester. Puis j'ai compris qu'un tel comportement était le contraire de l'amour. Cet homme, du haut de ses soixante ans ou presque, aurait dû savoir cela.

Dans l'immobilité de Valentin assis sur sa chaise face à la penderie ouverte, il y a comme une gravité mêlée de fatalisme. Son attitude semble dire : « Je sais aujourd'hui que ces mots étaient empoisonnés. Je n'ai pas su m'en prémunir. » Son expression est exactement celle qu'il aurait eu de son vivant. Une horloge arrêtée conserve la faculté d'être à l'heure deux fois par jour. Est-il donné à un corps sans vie, comme à l'horloge, d'être à l'heure deux fois par jour ? Deux minutes miraculeuses, pendant lesquelles homme et horloge sont à nouveau en pleine cohésion avec la vie.

Blanche fait une pause pour réfléchir. Le coup de téléphone de Léon fut le point de départ d'une spirale sinistre. En apparence, Valentin était devant un choix qui devait décider de la prochaine décennie de sa vie. En réalité, il n'avait pas le choix. Son lot était celui de nombreux jeunes hommes qui se réveillent un jour avec du poil au menton et une voix de baryton, quand à l'intérieur ils sont encore de petits garçons à la voix flûtée. Rompre la spirale était inconcevable pour Valentin. Avec quelques années de plus, il aurait pris conscience du danger que représentait Léon. Hélas, Valentin n'avait pas la maturité nécessaire pour le mesurer. Au lieu de tenir Léon à distance, il s'en rapprocha. Blanche replonge dans le manuscrit. La discussion reprend.

– Léon m'engage à écrire des poèmes. Je ne me suis jamais imaginé écrivain. Je m'y essaye. Je participe à un concours de nouvelles. Cette idée est accueillie avec indifférence par Léon.

– Il ne voit pas l'intérêt de solliciter un jugement autre que le sien.

– Exact. J'envoie mon manuscrit à tout hasard, sans le faire lire à Léon. Le texte s'intitule *Jardin de juin*. C'est l'histoire d'un vieillard forcé de recueillir chez lui ses deux petits-neveux à la mort de leur mère. Je ne me reconnais pas de flagrante facilité à écrire. Mon style a des plis qui ne sont pas les miens, mais ceux de Léon, des tournures de phrases, des rythmes, des images. Ces tics d'écriture m'ont hanté toute ma vie. Léon me lit souvent ses propres textes au téléphone, et m'envoie une quantité invraisemblable de poèmes et de dessins. J'éprouve pour lui une affection presque surhumaine, que je ne parviens pas à définir. Notre lien est d'un métal inconnu sur Terre, comme apporté par un météore venu des confins de l'univers.

En découvrant ces lignes, Blanche se rappelle les mots de Laura : « Une étoile filante, ça ne réchauffe personne, ça fait une petite étincelle mesquine, et une fois qu'elle a flambé dans l'atmosphère, il n'en reste qu'un petit caillou calciné. »

| Et Suzanne dans tout ça ? |

Dans l'avion, Suzanne essaie de s'intéresser à la tétralogie. Les pages de la brochure du festival défilent entre ses doigts. On dit que la musique classique exige une initiation. Avant son départ, Suzanne a écouté Wagner chaque jour à faibles doses, une sorte de mithridatisation musicale. La méthode du roi Mithridate le Grand est peut-être efficace en tout : ingérer des doses croissantes de poison afin d'en accoutumer l'organisme. Quelques semaines de ce régime, et les quinze heures du *Ring* passeront comme du petit lait. Suzanne a néanmoins une volonté réelle de se sensibiliser à Wagner (ou de se désensibiliser, selon le point de vue). Elle se dit que la personne assise à côté d'elle sera là par passion. Il s'agit de la rejoindre sur ce terrain. À mi-vol, un affreux doute la saisit. Cette aventure lui paraît soudain d'une sottise manifeste. Elle est prête à changer ses plans et à se rendre directement à Vienne, au musée Sigmund-Freud, où elle sera parmi les siens. Mais le romanesque reprend le dessus : « L'homme tourne la tête. À sa droite, la place est restée vide. Vide ! Comment est-ce possible ? Nous sommes au festival de Bayreuth, qui se joue toujours à guichet fermé. Il n'y a qu'une seule explication plausible. Cette place a été achetée par un terroriste. Elle lui a permis d'entrer dans la salle, de dissimuler un engin explosif sous un fauteuil avant de s'enfuir. Mon Dieu ! Il faut donner l'alerte ! »

Non, Suzanne doit à tout prix éviter une émeute.

Peu habituée à faire des frais de tenue, Suzanne se sent étriquée dans une robe qui ne tient que par esprit de contradiction. Au milieu de la foule, elle cherche des yeux son potentiel voisin. Elle écarte d'emblée tous ceux qui se dirigent vers la scène, sa place étant au fond de l'orchestre. Elle est arrivée tôt, car elle veut s'accorder le plaisir d'attendre son compagnon de *Ring*. Elle préfère s'approprier l'espace, comme un boxeur précède son adversaire sur le lieu du combat, afin de marquer son hégémonie. Mais, coup de théâtre, les deux sièges flanquant sa place sont occupés, l'un par un enfant, l'autre par un vieillard.

L'enfant est avec ses parents. Il a posé sa tête contre l'épaule de sa mère, et fermé les yeux l'air de dire : « Puisque je ne peux rien contre ce fléau, autant en profiter pour piquer un roupillon. » Le vieillard quant à lui est bien éveillé. Il regarde Suzanne avec une buée affable autour des yeux.

– Vous êtes à cette place ?

Suzanne fait mine de vérifier sur son billet, tout en sachant parfaitement qu'elle ne se trompe pas.

– Oui.

– Très bien.

Elle s'installe. Le vieillard soustrait son bras gauche à l'accoudoir.

– Les gens qui conçoivent les fauteuils de théâtre s'imaginent que les spectateurs n'ont qu'un seul bras, et tous du même côté.

Elle hausse les sourcils.

– Oui. Les fauteuils sont séparés par un seul accoudoir. Ça m'a toujours mis très mal à l'aise vis-à-vis de mes voisins.

– Pourquoi ?

– Si je m'accoude, je monopolise l'accoudoir, c'est arrogant. Si je pose juste le bord de mon bras, et que mon voisin fait de même, c'est inconfortable et nous risquons de nous effleurer, c'est un peu embarrassant. Je peux m'accouder d'un côté et pas de l'autre, mais dans ce cas comment choisir ? Je ne voudrais pas faire preuve de courtoisie à droite et de goujaterie à gauche. Il faudrait donc que toute la salle tombe d'accord sur le bras à accouder. Impensable. Il y aura toujours un casse-coudes pour préférer le bras gauche quand tous les autres spectateurs votent pour le bras droit. Alors le plus souvent je range mes coudes.

Suzanne ne s'attendait pas à cette entrée en matière drolatique. Le ton du vieillard n'est pas celui d'un homme qui « grinche » (verbe très employé par Suzanne), mais manifeste un naturel qui n'est empêché par aucune force névrotique. Cet homme sait qu'il n'a rien à craindre de sa spontanéité, car il en a exploré et sculpté toutes les faces.

– Voici ce que je vous propose, répond-elle en souriant, Je vous donne l'accoudoir jusqu'à l'entracte, ensuite nous aviserons.

– C'est trop aimable, madame… madame ?

– Suzanne.

– Jacques.

– Enchantée, Jacques.

– De même. Le point faible de votre proposition, c'est qu'il n'y a pas d'entracte.

– Pas d'entracte ? Ça dure combien de temps ?

– Pas d'inquiétude, c'est court, deux heures et demie.

– … Alors je vous laisse l'accoudoir pour deux heures et demie.

– Je vous remercie.

Cette introduction a dilué la déception de Suzanne. C'est sûr, elle doit faire son deuil de la rencontre fantasmée. Jacques a probablement atteint ses seize lustres, et la lumière sépia émise par ces lustres éclaire davantage vers l'arrière que vers l'avant. Mais un charme indéfinissable émane du vieil homme. Suzanne se surprend à souhaiter que la conversation ne s'arrête pas là. La première phrase de relance qu'elle déniche est la plus sotte qui soit.

– Vous aimez Wagner ?

Les mots ont à peine résonné qu'une vague de honte humidifie le cuir chevelu de Suzanne.

– Non, pas vraiment.

Désinvolture ? Dérision ?

– Ma femme adorait. Je l'accompagnais par esprit républicain.

– Véridique ?

– Mais oui, véridique.

– Par esprit républicain ? Par amour, vous voulez dire.

– Non, je dis bien : par esprit républicain. L'amour n'y était pour rien. Tous les ans, nous faisions le voyage depuis Strasbourg. Brigitte était dans un état qui frisait la dévotion mystique. J'étais d'une mauvaise humeur frisant la correctionnelle. À aucun moment je ne me disais : « Allez, mon Jaco, c'est dur, mais l'amour vaut ce sacrifice. » Ma seule raison d'être là, c'était par respect pour le contrat de mariage républicain : « Pour le meilleur et pour le pire », c'était écrit noir sur blanc. Le pire, nous y étions, je n'allais pas me débiner. Mais je n'ai jamais moins aimé Brigitte qu'assis à côté d'elle dans cette salle. Je la maudissais. Je lui adressais mentalement tout mon répertoire de noms d'oiseaux. Donc, pour répondre à votre question, non, je n'aime pas Wagner.

– Et pourtant vous êtes ici.

– Je me suis promis de revenir dix ans après sa mort. Mais vous avez raison, aujourd'hui c'est différent : je suis venu par amour. Et vous ? Je vois que vous êtes seule également.

– Ça me rassure, ce que vous dites, parce que j'ai un aveu à vous faire : je n'y connais rien à Wagner. Je suis ici parce que... parce qu'on m'a offert une place.

– Un conseil, ne revoyez plus jamais cette personne. Elle vous veut du mal.

Suzanne éclate de rire.

– Oui, ça ne risque pas !

– En tout cas, ne comptez pas sur moi pour vous instruire sur Wagner. Je pourrais vous répéter les leçons de Brigitte, mais je n'en ai aucune envie. Tenez, faites comme le gamin à côté de vous. Fermez les yeux, essayez de dormir. Vous ronflez ?

– Je ne crois pas.

– Alors c'est bon. Moi je dois lutter contre le sommeil, parce que je ronfle très fort. Ça embarrassait beaucoup Brigitte et les trompettistes se plaignaient de la concurrence.

Sur ce trait d'esprit, les lumières se tamisent, puis s'éteignent.

Les mots ne sauront jamais dire une musique. Et, de toute façon, la notion de traduction en général est une vue de l'esprit. Rien ne se traduit véritablement. Prenez un poème chinois, traduisez-le en polonais, vous aurez un autre poème, un poème polonais. Ne pas trahir l'essence d'un texte, c'est le mieux que puisse espérer un bon traducteur. Pour une musique, la seule manière de la traduire dans le langage des mots, c'est de cerner les sensations, les émotions qu'elle suscite. Et là, on ne peut créer qu'une illusion, procéder par touches approximatives, s'ingénier en images évocatrices qui provoqueront à leur tour des sensations et des émotions chez le lecteur. Il n'est pas dit que ces dernières soient fidèles à celles qui ont été initialement ressenties.

Suzanne et Jacques, peut-être parce qu'ils n'attendent rien de Wagner, se trouvent totalement à découvert lorsque retentissent les premières notes de l'*Or du Rhin*. Plongé dans l'obscurité et réduit au silence, Jacques ne peut se réfugier derrière le bouclier de son sarcasme. Il est immergé dans les vagues orchestrales qui naissent et grossissent sous ses oreilles, soudain mis face à lui-même. Il se voit, lui, Jaco, assis dans ce fauteuil à accoudoirs partagés, sans personne à maudire intérieurement. Un cliché s'impose à lui, celui d'un pauvre bougre de quatre-vingt-sept piges, s'infligeant plusieurs heures d'une musique qu'il n'a jamais comprise, au nom d'une femme qu'il n'a jamais vraiment comprise non plus. La mélancolie aidant, Jacques se prend de pitié pour lui-même. Grave erreur. Ce sentiment-là est le plus fréquent et le plus court chemin vers les larmes. Et Jaco se met à pousser de gros sanglots qu'il camoufle en expectoration. Oui, à la quinte sur mi bémol soutenant tout le prologue de l'*Or du Rhin*, répond une quinte de toux simulée par un vieillard nostalgique. La première ondine n'a même pas poussé son premier cri. Suzanne comprend bien que son voisin a ouvert les vannes de sa cuve lacrymale. Sans tourner la tête, elle lui tend un mouchoir, du même geste qu'elle destine à ses patients émotionnels, tandis que des fauteuils alentours s'élèvent des « chhhhhhh » indignés. « Dis-donc, pense Suzanne, ça ne rigole pas chez les Wagnériens. » Jacques, trompé par la myopie que lui prescrivent ses larmes, se figure que Suzanne lui tend la main dans un élan de consolation et la lui prend. Voilà nos deux spectateurs main dans la main, les bras soudés l'un à l'autre. Le problème de l'accoudoir a été ainsi résolu. C'est au tour de Suzanne de s'adonner à l'introspection, ou plutôt à l'extrospection. Elle a l'impression de s'éveiller. La dernière chose dont elle se souvienne, c'est d'être à Montréal, dans son cabinet. Et là, elle se voit au théâtre, devant un opéra de Wagner. À sa gauche, un gosse qui dans son sommeil lui donne des coups de talons. À sa droite, un vieillard qui pleurniche et qui lui serre âprement la main. Comment la transition s'est-elle faite entre son cabinet et l'opéra? Une boule se forme en sa poitrine, et amorce une ascension vers sa gorge. Parvenue à cet endroit, son destin est scellé. C'est comme une boule de bowling élevée sur le présentoir par le remonte-boule: fatalement, elle va être lancée. Un fou rire fonctionne de la même manière, sauf que dans ce cas précis (un public d'opéra), l'objectif est de ne renverser aucune quille. Le mieux que l'on puisse souhaiter, c'est que la boule soit déviée vers la rigole et qu'elle finisse sa course sans déranger l'ordre ambiant. Ce n'est hélas pas le sort réservé à la boule de Suzanne. Strike. Un rire saccadé fuse vers le nain de Nibelheim qui apparaît pour tenter de séduire les trois ondines. Les éclats de Suzanne se mêlent aux moqueries des filles du Rhin, et n'est ainsi pas totalement hors de propos. Mais les protestations se multiplient et ne visent plus seulement les sanglots de Jaco mais aussi la bidonnade de Suzanne. Les secondes passent, un repli en bonne et due forme semble impératif. Il fallait s'y attendre: le rire de Suzanne a réveillé l'enfant qui, profitant de l'occasion, part à son tour dans un trémolo hilare. Jacques se penche vers Suzanne. Entre ses hoquets, il murmure:

– Vous auriez un mouchoir?

C'en est trop, Suzanne renonce à ramener son fou rire à la raison.

– Venez, sortons.

Ils sortent sous les murmures irrévérencieux de la foule.

– On l'a échappé belle, j'ai cru qu'ils allaient nous lyncher !

Suzanne et Jacques se sont remis de leurs effusions. Ils marchent maintenant bras dessus bras dessous le long de la Tristanstraße, qui contourne une petite étendue d'eau posée entre les arbres.

– Je pense, dit Jacques, que nous avons tous les deux échoué à l'examen. Wagner n'est pas pour nous.

– Il a dû se retourner dans sa tombe, le pauvre.

– Brigitte aussi.

– Pardon ! Je ne voulais pas…

– Oh ! Ne vous excusez pas. Brigitte était peut-être férue de cette musique très sérieuse, mais elle avait la seule qualité qui compte à mes yeux : le sens de l'humour.

– Vous aviez ça en commun visiblement.

Suzanne et Jaco ne retournent plus au palais des festivals. À la place, ils consacrent la semaine à l'oisiveté la plus complète. Ils se racontent leurs existences respectives. Celle de Jacques étant presque trois fois plus longue, le temps de parole du vieil homme est très largement supérieur à celui de sa compagne. Suzanne fait ce qu'elle sait faire de mieux au monde : écouter. Jacques a l'art de transformer le souvenir en une matière animée. Il insuffle la vie aux personnages de son passé, et ces personnages surgissent et se présentent à Suzanne dans leur plus simple vérité. Jacques a aussi une manière d'évoquer ses épreuves avec une légèreté désarmante. Suzanne s'entretient quotidiennement avec des gens qui pour la plupart ne savent même pas identifier leurs blessures. Jacques, lui, est réconcilié avec sa part d'ombre. Il est conscient de ses cicatrices, il sait où elles se trouvent et ce qui a causé chacune d'elle. Il n'a nulle tentation de les gratter pour les rouvrir.

– Parlez-moi un peu de cet homme, celui qui vous a offert votre place.

– Ça commence à dater… Je l'ai quitté il y a dix ans. Il n'y a pas grand-chose à dire. Vous avez vu juste l'autre jour, cet homme m'a effectivement fait du mal, sans le vouloir.

– C'est le pire mal qu'on puisse faire. Quand c'est intentionnel, ça ne compte pas. La couleur est annoncée. Vous n'êtes pas fâchée contre votre dentiste quand il vous passe une fraise entre les dents. Il vous a prévenue avant que ça allait faire mal.

– Oui, mais il y a une utilité à ce mal !

– Il y a toujours une utilité. Certaines personnes ont besoin de blesser leurs semblables. C'est thérapeutique. Et faire du mal est dans l'air du temps. Ce n'est plus du tout disqualifiant.

– ?

– À mon époque, quand vous faisiez du mal à quelqu'un, vous présentiez vos excuses et on n'en parlait plus. Aujourd'hui, vous lui dites : « Tu as mal ? Tu devrais travailler là-dessus. »

– Chacun est ainsi responsable de soi, c'est plus sain, non ? Et pour bien s'occuper des autres, il faut d'abord s'occuper de soi. Dans l'avion, quand les masques à oxygène tombent, on doit d'abord mettre le sien avant d'assister son voisin.

– Si je gagnais un aller-retour à Sydney chaque fois que j'entendais cette phrase, j'aurais assez de miles pour aller sur Mars. C'est la phrase magique, celle qui donne des lettres de noblesse à l'égocentrisme. Le problème, c'est que ceux qui l'ont accrochée à leur frontispice en oublient souvent la seconde partie. Ils mettent leur masque à oxygène, certes, mais passent ensuite leur temps à vérifier qu'il est bien ajusté, pendant que leur voisin crève d'asphyxie.

– Vous caricaturez. Bref, j'ai reçu deux places pour Bayreuth quelques mois avant ma rupture.

– Deux places ? J'espère que vous avez vendu la seconde.

– La seconde ? C'est vous qui l'avez !

– Je ne comprends pas.

– Votre place, quand l'avez-vous achetée ?

– Il y a dix ans, à la mort de Brigitte.

L'étonnement de Suzanne la force à stopper sa marche.

– Un problème ?

– Je… Je me suis fait rembourser la seconde place il y a quelques semaines. J'étais curieuse de rencontrer la personne qui la prendrait et qui serait assise à côté de moi.

– Eh bien, ce n'est pas moi. C'est sûrement le gamin. Ses parents devaient le laisser à la maison. Finalement une place s'est libérée et le pauvre chou a dû les accompagner.

– Ça alors !

Jacques n'est donc pas l'homme providentiel. Ou l'est-il ? Après maintes promenades, maintes conversations sur les bancs de Bayreuth, un affreux constat frappe Suzanne en pleine poire. Jacques, cinquante ans plus tôt, était l'homme dont elle rêve. Elle en a la confirmation au moment où le vieillard lui montre une photo de lui, chatoyant de jeunesse dans son uniforme de pilote de ligne. Faire de l'âge un paramètre amoureux peut sembler superficiel. Pourtant, ce paramètre est indéniable. Le temps sépare aussi sûrement deux êtres que l'espace. Or l'amour, c'est la proximité. Un homme de quatre-vingt-sept ans n'est pas posé à la même altitude sur l'existence qu'une femme de trente ans.

Son séjour touchant à sa fin, Suzanne décide de se confier.

– Jacques, c'est terrible, vous étiez l'homme de ma vie.

Jacques explose d'un rire en geyser.

– Ne riez pas, c'est vrai.

– Allons…

– Si je vous avais connu quand vous étiez dans votre trentaine, ou même dans votre quarantaine, je serais tombée follement amoureuse de vous.

– Ça n'aurait pas été réciproque.

– Vous voyez ! Même cette répartie est exactement celle que j'espère.

– Vous auriez l'air maline avec votre amour orphelin.

– Aimer, c'est tout ce qui compte. Être aimé est en option. Je vais vous dire, tous mes patients ont une chose en commun : ils n'aiment pas. Certains se figurent qu'ils aiment. Ils confondent l'amour et la passion, ceux-là souffrent encore plus que les autres.

– Vous parlez d'un homme qui n'existe plus.

– Je sais. Je ne suis pas dupe. Je ne pourrais pas vous aimer aujourd'hui. D'ailleurs, c'est très ennuyeux, je ne suis attirée que par les hommes de quarante-cinq ans.

– Tant mieux. L'amour, j'en ai assez soupé. Mais j'aimerais bien savoir, par curiosité, ce qui vous empêcherait de m'aimer.

– Il y a la question du désir charnel.

– Ah oui... Il y a cette question...

– Oh, je pourrais en avoir pour un homme de votre âge, mais à condition d'avoir vieilli avec lui. Et le désir est essentiel à l'amour, tout le monde le sait.

– Hélas.

– Pardon, mais vous m'avez demandé !

– Par rapport aux autres formes de vie, l'être humain est particulièrement décimé par la vieillesse. Regardez un vieux chat, un vieux merle, une vieille grenouille, un vieux chêne. Ils ne sont pas bien différents de ce qu'ils étaient dans leur jeunesse. Nous, nous sommes méconnaissables. Allons... N'ayez aucun regret, je n'aurais jamais pu partager ma vie avec une thérapeute. On dit que les médecins ne se soignent pas eux-mêmes. Alors ne pas soigner ses petits rhumes et ses bobos, passe encore, mais ne pas soigner ses névroses… J'aurais eu peur d'atterrir avec une cinglée.

Le musée Sigmund-Freud est oublié. Suzanne n'a plus le temps de faire un crochet par Vienne. Dans l'avion du retour, elle se dit que tout s'est passé comme prévu. Elle est allée au festival de Bayreuth, elle a rencontré l'homme idéal, ils ont vécu toute une vie de complicité et de tendresse. Tout cela en quelques jours.

| J'aime, tu aimes, il aime... |

Capucine et Laura sont maintenant dans le sillon d'un champ gravitationnel amoureux. Un champ gravitationnel a deux effets : il donne de la vitesse, donc de l'euphorie, et il enferme. Les deux femmes ne sont qu'aux premières révolutions de leur mise en orbite, et le sentiment d'enfermement ne se fait pas sentir.

Ce sont là deux amours incongrues. Celui de Capucine a pour composante principale la pudeur. Alexis et elle ne se parlent presque pas. Ça les arrange tous les deux. Elle parce qu'elle est toujours broyée par la meule de sa timidité, lui parce qu'il veut conserver le plus longtemps possible son image d'homme cultivé. C'est d'ailleurs cette image, alliée à l'allure de stentor d'Alexis, qui ébranle Capucine et la réduit au mutisme.

CAPUCINE
(*adossée au comptoir du Livingston*)
Alexis est un mélange inouï. D'un côté, il a cette physionomie de brute, de l'autre une sensibilité de poète.

BLANCHE
Vous vous voyez souvent ?

CAPUCINE

Tous les vendredis.

BLANCHE

À l'Usine ?

CAPUCINE

Oui.

LAURA

Ah ! Je fais des émules !

(s'adressant à Blanche)

Tu y retournes quand ?

BLANCHE

Quand Valentin saura danser.

LAURA

On peut attendre.

SUZANNE

À moins qu'on l'emmène de force.
Il ne pourra pas protester.

Cette remarque est suivie d'une pause. Blanche a les yeux fichés au centre de la cible du jeu de fléchettes. Le coin d'un sourire lui fait pencher la tête à tribord.

LAURA

Non, Blanche.

BLANCHE

Quoi ?

LAURA

Je vois bien à quoi tu penses. Non.

BLANCHE

Tu veux que je vienne à l'Usine, oui ou non ?

LAURA

Pas avec un macchabée.

BLANCHE

Capucine fricote avec le neveu de la patronne. Je suis certaine qu'elle pourrait nous privatiser le lieu pour une soirée.

CAPUCINE

Tu me vois demander à Alexis de me filer les clés de l'Usine pour faire danser un cadavre ?

BLANCHE

Il t'aime ou non, ton grizzli ?

CAPUCINE

Aucune idée.

BLANCHE

Qu'est-ce que vous faites, à part danser le tango ?

CAPUCINE

Pour tout dire, pas grand-chose. Après la milonga il me raccompagne mais il ne monte jamais à cause de Nicolas.

LAURA

Il est marié ?

CAPUCINE

Je ne pense pas.

Laura
Il t'a déjà invitée chez lui ?

Capucine
Non.

Laura
Il est marié.

Capucine
Je ne pense pas, je te dis.

Laura
Tu l'as déjà vu ailleurs qu'à l'Usine ?

Capucine
Non.

Laura
Il est marié.

Capucine
Oh, tu m'agaces ! Il vient ce soir, ça prouve bien qu'il n'est pas marié.

Oui, les filles attendent Alexis et Olivier pour l'inévitable épreuve des présentations.

Laura
Demande-lui, on verra bien s'il ment.

Capucine
Je demanderai.

Laura est anxieuse à l'idée qu'Olivier se frotte à la meute. La présence de Suzanne n'arrange rien.

LAURA

Ça me gêne que tu saches sur lui des choses que j'ignore.

SUZANNE

Pour moi, Olivier est retourné « dans le civil ».

LAURA

C'est ça…

SUZANNE

Je suppose que tu es au courant pour…

LAURA

Pour ?

SUZANNE

Mika.

LAURA

Naturellement. Je voulais t'en parler.

CAPUCINE

On vous laisse un moment ?

LAURA

Non, non, j'ai besoin de votre avis.
Voilà. Mika, c'est une sorte d'ami imaginaire. Olivier et lui
parlent sans arrêt. Quand nous nous sommes rencontrés,
il a essayé de me le cacher, enfin non, il essayait plutôt de faire
abstraction de Mika. J'ai réussi à le convaincre
de l'inclure dans nos conversations.

Suzanne

(avec un accent très distingué)

Une relation à trois, je ne vous savais pas si progressiste,
chère Laura.

Laura

Ce n'est pas ce que tu crois.

Suzanne

Il a dû être ravi, le père Péloquin.

Laura

Pas tant que ça.
À chaque rendez-vous, je demandais à Olivier
de me répéter ce que disait Mika.

Blanche

Fastidieux.

Laura

Un peu. Donc, parfois je parlais avec Olivier,
parfois avec Mika, parfois avec les deux.
Mais au fur et à mesure,
les choses se sont compliquées.

Capucine

C'était tellement simple jusque-là...

Laura

Oui, petit à petit, je me suis rendue compte
que j'étais plus attirée par Mika que par Olivier.

Cette phrase est accueillie par trois mâchoires en chute libre. C'est Capucine qui en reprend le contrôle la première.

CAPUCINE

Je commence à me dire, Blanche, que ton idée de faire danser le tango à un cadavre n'était pas si délirante que ça.

SUZANNE

Attends, attends, tu nous dis que tu es amoureuse de l'ami imaginaire de ton petit ami ?

LAURA

Oh ! Les grands mots !
Je dis simplement que j'ai plus de plaisir à converser avec Mika qu'avec Olivier. Olivier est très gentil, très direct, j'apprécie son franc parler et sa fantaisie, mais Mika est plus profond. Nous avons davantage en commun.

La salle semble s'obscurcir. Les filles, instinctivement, en cherchent la cause. Alexis est planté à quelques pas du groupe. Son grand corps éclipse une partie de la lumière. Il s'approche de Capucine comme d'une bouée de sauvetage.

CAPUCINE

Bonsoir, Alexis. Je te présente tout le monde...

Alexis a mis son costume trois-pièces, la seule tenue qui ne soit pas une harde ou un bleu de travail.

LAURA

Tu n'étais pas obligé de te mettre sur ton trente-et-un.

Alexis sourit en clignant des yeux à la façon d'Émile le hibou. Heureusement, l'arrivée d'Olivier fait diversion. Laura, pas bégueule pour un sou, l'embrasse suavement. Les présentations sont faites dare-dare. Blanche, Suzanne et Capucine s'attendent à ce que Laura leur présente aussi Mika. Mais non, Mika reste dans l'ombre. Olivier prend la main de Laura, non par tendresse amoureuse, mais comme on prend la main de sa maman lorsqu'on a peur.

LAURA
Alexis, nous nous demandions si tu étais marié.

CAPUCINE
Laura !

LAURA
Quoi ?

CAPUCINE
C'est un peu direct, non ?

LAURA
Alors ? Marié ? Pas marié ? Tu peux nous dire,
nous sommes très ouvertes d'esprit.

ALEXIS
Pas marié.

LAURA
Croix de bois, croix de fer ?

ALEXIS
Vous pouvez demander à tati Do, elle vous dira.

Capucine

Rassurée, Laura ?

Laura

C'est toi qui devrais l'être !

Capucine se sent d'humeur vengeresse.

Capucine

Olivier, il paraît que tu as un ami imaginaire ? Mika, je crois ?

Olivier

Euh, oui. Les nouvelles circulent vite.

Capucine

Et... Il... Euh...

La timidité a déjà repris le dessus. Capucine, n'ayant plus rien dans la besace de sa rébellion, se dégonfle.

Suzanne

Je voudrais tout de suite briser la glace. J'ai été la thérapeute d'Olivier mais je ne le suis plus. Je suis une femme comme les autres à ses yeux. N'est-ce pas ?

Elle se tourne vers Olivier.

Olivier

Oui, à peu près.

Il se penche vers Laura, qu'il n'a cessé de regarder depuis son arrivée.

OLIVIER

Ton amie Capucine...

LAURA

(en chuchotant)

Oui ? Qu'est-ce qu'elle a ?

OLIVIER

Elle m'a tutoyé.

BLANCHE

Qu'est-ce qu'il dit ?

LAURA

Il dit que Capucine l'a tutoyé.

BLANCHE

Et alors ?

OLIVIER

Et alors, ça fait bizarre.

LAURA

Oui, Olivier et moi, on se vouvoie.

SUZANNE

Posh posh posh ! Progressiste et huppé, très excitant.

Ainsi commence la soirée. Alexis surplombe le groupe d'une tête et demie et se contente de sourire à qui le regarde. Capucine s'est appuyée sur lui, mise en confiance par ce roc de chair et d'os qui la soutient. Olivier a vite donné la parole à Mika, qui divertit la meute avec des histoires de sondes saturniennes ou de supraconduction, sans jamais lâcher Laura du regard. Suzanne voue à Laura une admiration teintée d'une pointe de jalousie. En quelques semaines, Olivier a fait plus de progrès qu'en deux ans de thérapie.

Blanche sent tout à coup une sorte de gyroscope tourner dans son estomac. Elle ne reconnaît pas cette sensation qui lui parvient au moment où elle se demande si elle a bien fermé la porte de la chambre pour que l'odeur de Valentin ne se répande pas dans tout l'appartement. Elle s'excuse. Quelques secondes plus tard, la voilà face à un lavabo. Là, pour la première fois depuis la mort de Valentin, elle fond en larmes. Elle s'effondre sur le carrelage, où elle pleure comme on vomit, par salves, avec au ventre des contractions qui la meurtrissent. Les plaintes qui jaillissent de sa gorge sonnent comme des ahans rauques de femme qui accouche. Elle reste ainsi plusieurs minutes à lutter, à exulter, pressée par une main sombre et souveraine, jusqu'à ce qu'elle n'ait plus rien à dégorger qu'un filet aigre de salive et de mucosité.

À son retour elle prend sa veste.

BLANCHE
J'ai trop bu, je rentre.

On ne proteste pas.

SUZANNE
Je te raccompagne.

Il ne reste que les deux couples, dont un homme atteint de phobie sociale, un simplet laconique, et une timide de l'extrême. Ils quittent rapidement le Livingston, et chaque duo part de son côté.

Alexis a raccompagné Capucine chez elle. Mais ce soir, un petit démon s'est perché sur l'épaule de la jeune femme. Ce petit démon lui chuchote à l'oreille: « Suis-le... Suis-le... Tu verras bien s'il est marié... » Il n'y a qu'une chose à faire pour que cette voix se taise: obtempérer. Capucine prend Alexis en filature. Elle marche en veillant à épouser les ombres, cent mètres derrière lui. Une chose joue en sa faveur: les souliers d'Alexis font le bruit d'une armée au pas. En synchronisant sa cadence avec celle de son grand soldat, Capucine est inaudible. Le trajet dure presque une heure. Alexis pousse alors une grille, qu'il ne prend pas la peine de refermer. Capucine attend qu'une lumière s'allume derrière une fenêtre avant de s'en approcher. Elle franchit la grille. Une odeur métallique parvient à ses narines. Elle marche lentement vers la vitre éclairée. La voilà sous le rebord extérieur de la fenêtre, les genoux pliés pour ne pas être vue. Elle ressemble à une marionnettiste derrière son castelet. Centimètre par centimètre, elle se redresse. Ses yeux passent l'horizon de brique, et tombent sur une seconde paire d'yeux énormes, clignant indépendamment l'un de l'autre. Émile... Capucine ne peut retenir un cri. L'oiseau bondit dans un cham bardement de plumes et un hululement inintelligible. Aussitôt, Alexis surgit dans la cour, son balai à la main. Capucine n'ose plus respirer. Le géant se déplace lentement vers la fenêtre d'où le cri a été émis.

– Alexis, c'est moi...

Quand il découvre Capucine recroquevillée sur le sol entre une brouette et un pneu, Alexis grimace de désespoir.

– Qu'est-ce que... Pourquoi?

– Je suis désolée. Je suis désolée.

Elle ne trouve rien d'autre à dire. Alexis s'approche. Capucine sent deux mains la soulever, deux bras l'enserrer. Elle se laisse ainsi porter jusqu'à la maison. La maison… Le rez-de-chaussée est un atelier. Capucine voit des outils dont elle ne reconnaît pas les formes, des blocs de ciment et de cire, des cloches entassées les unes sur les autres. Sur l'établis, Émile la regarde en tournant la tête à la manière d'un périscope.

– C'est ta maison ?

– Oui… Je fais des cloches.

Capucine discerne un livre calé sous un pied de table.

– *Terre des hommes…*

– Oui… Pas lu. Suis pas assez intelligent.

– Ne dis pas ça.

– J'ai menti. Tu aimes un autre Alexis.

– J'aime l'Alexis qui existe. Il n'y en a pas d'autre. J'aime l'Alexis qui vit dans un atelier.

– C'est sale ici pour toi.

– Montre-moi où tu dors.

Alexis porte son précieux fardeau de femme jusqu'à cette chambre qu'il n'a jamais partagée qu'avec Palma et ses collègues. Cette nuit, pour la première fois de sa vie, il s'enrichit de l'amour qu'il donne.

Le lendemain, nous trouvons Laura et Olivier sur le Saint-Laurent, à bord d'un Tanzer de vingt-deux pieds, l'*Arion*, un voilier de famille sur lequel Olivier se réfugie souvent. Les amants ont décidé de passer la journée et la nuit sur l'eau. Sitôt à bord, Olivier souffle de toutes ses forces sur la terre pour la chasser vers l'horizon, ce qui amuse beaucoup Laura. Cinq minutes après l'appareillage, les gens n'existent plus, fidèles à eux-mêmes : ils sont toujours les premiers à disparaître.

– À quoi il va servir, ce truc bizarre ?

– Ça ? C'est un sextant.

– « Sextant », vous avez l'air d'avoir de drôles de projets pour cette virée.

– Ça sert à faire le point. Je l'ai apporté pour le symbole. On ne risque pas de se perdre, il n'y a que deux caps possibles, l'amont ou l'aval.

Les vents se sont alliés à leur cause. Olivier les connaît tous par leur sobriquet. Le sylien oriental, le bdar chargé de sable, l'ourval plus chaud qu'un geyser. Ces vents lui présentent leurs hommages en caressant la girouette de coton qui flotte en haut du mat. Certains imprègnent ses cheveux de leur haleine et s'engouffrent dans les mailles de ses cils. Ses yeux ont alors un goût de conifère sous les lèvres de Laura. La lumière éparpille ses rayons, tel un effluve de laurier. Cette clarté tourbillonnante enivre Laura et Olivier. Au bout de quelques heures, on pourrait croire qu'ils l'ont respirée tout entière.

Au crépuscule, Laura love les écoutes, Olivier vérifie la stabilité de l'ancre. Le dîner est frugal : du riz qu'Olivier cuit dans la vieille casserole de ses aïeux, un saucisson qu'ils mordent à tour de rôle, du pain qu'ils enveloppent dans du papier journal et qui finit dans le bec d'une mouette. Il y a aussi des olives que Laura a ramenées du marché (« un avant-goût de toi », dit-elle), des fruits secs, abricots, raisins, figues, et une énorme gourde contenant l'eau potable.

C'est la nuit.

Le sommeil de Laura, accoutumé aux chemins de fer, aux bruits du boulevard, est aguerri à tous les martèlements. Les forgerons du monde moderne s'acharnent en vain sur cette enclume. Laura a pris l'habitude de s'éveiller avec un sentiment de besogne accomplie. On parle de sommeil réparateur, le sien ne ménage pas ses coups de massue. Le pouls des flots a donc pour elle une atonie alanguissante. Elle lui emboîte son propre battement, et ils marchent ensemble jusqu'au matin. Olivier, pour une fois, suit le mouvement. Les constellations sont aussi aiguisées qu'une banquise. Les berceuses sont l'apanage des vents nocturnes ; ils prennent la drisse de grand-voile pour une lyre, les poulies pour des maracas.

Au matin, les premiers mots de Laura sont :

– On pourrait peut-être se tutoyer, non ?

Sur une plaque électrique, elle prépare le café à la façon de sa grand-mère.

– Tu verses le café moulu dans une casserole avec de l'eau. Tu mets à feu doux le temps que ça infuse, puis tu sers à la louche.

– Si je trouve un grain dans ma tasse je te jette par-dessus bord.

– J'ai le coup de main. J'ai regardé Abu préparer le café au moins mille fois.

Laura et Olivier portent en eux le sentiment de l'immensité alentour. Les enfants des campagnes vous diront que l'on ne se sent pas à l'étroit dans une cabane au milieu de la forêt, de même, quelques mètres carrés de planches sur un fleuve sans limites ne forment pas un espace étriqué. L'œil et l'esprit sont sans cesse en vadrouille vers l'aval ou l'amont. Laura et Olivier se sentent à la maison sur ce rafiot. Ils se sont approprié tout ce qui s'étend à portée de regard. Si, vers l'ouest, une trouée dans un cumulus embrase la surface de l'eau, ils peuvent croire qu'un jardinier brûle des feuilles mortes au fond d'un jardin. C'est du moins ce qu'Olivier affirme. Il a décrété l'immobilité de leur embarcation : le paysage, lui, est mouvant.

– Au fait, tu ne m'as jamais dit pourquoi tu as quitté l'Argentine.

– La question est mal posée. Il faut dire : « Pourquoi ne pas quitter l'Argentine ? »

– À ce point ?

– Si je retourne la phrase : est-ce que tu émigrerais en Argentine ?

– Je n'en sais rien, je n'y ai jamais pensé.

– *My point exactly*. Je suis certaine que tu as déjà imaginé vivre à New York, à San Francisco, à Londres, à Paris, à Berlin ou à Tokyo, jamais à Buenos Aires.

– Non, mais ça doit pouvoir se trouver.

– Mouais… Je ne vois qu'une raison pour un Canadien ou même un Européen de s'installer à Buenos Aires : se faire oublier. Un type louche qui chercherait un endroit où émigrer facilement sans avoir à répondre à trop de questions.

– Ce que tu viens de dire devrait être placardé à l'entrée de toutes les ambassades argentines de la planète.

– Plus sérieusement, je suis venue au Canada par amour. Mon petit ami avait obtenu une bourse pour étudier l'urbanisme à l'Université de Montréal. Rien ne me retenait à Buenos Aires, je l'ai suivi. Dès que nous sommes arrivés, il s'est entiché de la première Québécoise croisée. À la fin de ses études, il est reparti à Buenos Aires. L'idiot se figurait que sa Québécoise allait faire comme moi et le suivre.

À l'évocation d'un autre compagnon que lui, Olivier détourne le sujet. La lumière perd soudain la moitié de son intensité. Un nuage…

– Nimbus, dit Olivier.

– C'est bizarre, il faut sans cesse que tu nommes les choses. C'est presque systématique.

Au début, Laura acquiesçait à cette litanie qui ponctuait leurs promenades : « chat », « lune », « fontaine », etc. Olivier dit cela sur un ton mi-grave mi-insouciant, comme un enfant qui passe en revue ses petits soldats. En décrivant le décor, il s'imagine le créer, l'agencer. À présent, Laura joue le jeu. Elle ne croit aux oiseaux que lorsque Olivier les a placés dans le paysage. Le parapluie demeure sous son bras tant qu'elle n'a pas entendu : « pluie ». À l'oral, ce qui ne se laisse pas dépeindre d'un mot se désagrège aux oreilles d'Olivier. (À l'écrit, on sait qu'il est capable de lettres d'amour très emberlificotées.) Un mot seul a de l'emprise sur lui et prend aisément racine. Plusieurs mots font une phrase qui sombre fatalement dans l'abstrait. Est-ce d'avoir trop lu dans sa jeunesse ? Olivier est en guerre avec la subordination, avec la rhétorique ; il abhorre ce qui ne se ressent pas physiquement. Celui qui a compris que l'on peut argumenter indifféremment une pensée et son contraire n'a plus de scrupule à se laisser gouverner par ses goûts. Les goûts d'Olivier sont de diamant, inattaquables. Il se fraye avec cette arme un chemin rectiligne, taillant impitoyablement dans les lianes et les ronces de ce qu'il nomme « la mocheté du monde ». Laura suit le sentier qu'Olivier débroussaille pour elle, sa main dans la sienne, ses pas dans les siens, se fiant peu à ses propres cartes falsifiées depuis son jeune âge. Laura a l'intuition que l'adolescence ne compte pour rien, et qu'il faut faire table rase de tout ce qu'elle contient, comme un instituteur efface les dessins des écoliers sur le tableau noir avant de commencer la leçon. Le tableau intérieur de Laura est en friche depuis ses dix-sept ans : encombré de fausses formules et de slogans sans lendemain. Sur celui d'Olivier, vierge depuis une enfance qui n'a jamais connu la putréfaction, elle fait ses premières lignes d'écriture, authentique cette fois. Le livre entier des aléas de sa jeunesse est brûlé sans regret. Qui veut renier son passé ne peut le faire qu'en bloc. On ne saurait l'abolir partiellement, en ne déchirant que quelques feuillets bien choisis, car les espaces vides sont aussi encombrants que les souvenirs qu'ils recèlent. La rupture doit être totale, nette. On recommence sur un cahier neuf.

Laura s'approche d'Olivier pour poser ses lèvres dans son cou puis croquer le lobe (fixe) de son oreille droite.

– Dis-moi, est-ce que tu parles espagnol, par hasard ?

– Non.

– Pas un mot ?

– Non, pourquoi ?

– Pour rien.

| Pas bête |

Les filles sont au salon, Valentin dans l'encadrement de la porte de la chambre. Il est maintenant dans un état qui met à l'épreuve l'amour de Blanche. Défiguré, le corps en lambeaux, il dégage une odeur qui rappelle le maroilles, avec des notes de beurre rance. Blanche continue pourtant la toilette quotidienne de Valentin, munie de son masque à gaz de police. Les filles se couvrent le nez et la bouche même si Valentin ne s'approche plus. Au fil des mois, elles se sont accoutumées à cette présence, à ce spectre qui les « regarde » jouer au tarot ou au poker et les « écoute » raconter leur journée. Valentin a toute sa place dans ce petit groupe folâtre. On lui parle, on lui pose des questions auxquelles il répond par des sous-entendus immobiles. Laura le traite comme elle l'a toujours fait : par des insultes de son cru. Suzanne a pour lui la même rancœur. Capucine lui dit parfois : « J'ai vendu un de tes romans aujourd'hui. » Et Valentin opine imperceptiblement.

LAURA
Au fait, qu'est-ce que tu vas faire du manuscrit ?

BLANCHE
Je n'ai pas fini de le lire.

CAPUCINE
C'est comment ?

BLANCHE
Perturbant. C'est autobiographique. Il raconte sa relation problématique avec un homme.

SUZANNE
Valentin ? Homo ?

BLANCHE
Je ne crois pas. À vrai dire je ne comprends pas tout encore. Mais je sais que cet homme lui a causé plus de mal que je ne le pensais.

SUZANNE
Fais-nous lire.

L'idée fait son chemin. Blanche va chercher le manuscrit sur la table de la cuisine. Elle reprend du début. Parvenue au marque-page, elle lève les yeux.

BLANCHE
Alors ?

SUZANNE
Continue...

Les filles approuvent silencieusement. Une gravité est tombée sur le groupe comme la nuit tombe sur une maison.

« Léon m'envoie des livres que je lis religieusement. Mon éducation commence, et se poursuivra sur plusieurs années. Ma relation avec

Blanche, malgré la distance, s'embellit. À Noël, je rentre au Canada et passe quelques jours à Montréal avant d'aller chez mes parents. Je ne retrouve pas le Léon que j'ai laissé six mois plus tôt. Il est devenu exigeant, intransigeant, mais toujours aussi généreux et attentionné. Il a le talent d'habiller toute situation avec des vêtements d'apparat, qu'il confectionne dans le tissu de sa culture et de sa veine poétique. »

SUZANNE
Le roi est nu...

VALENTIN
À l'époque, je ne vois que l'habit. « L'histoire que nous vivons est unique, profonde, indescriptible pour le monde fruste qui nous entoure », d'après Léon.

LAURA
Oui, mais la vérité est plus triviale : un homme d'âge mûr tombe amoureux d'un garçon de quarante ans son cadet.

VALENTIN
Léon n'ose pas l'avouer, mais il instille cette réalité dans nos rapports, par des propos anodins en apparence, par exemple : « Pascal m'a dit que j'étais amoureux de toi. Je lui ai répondu qu'il disait des bêtises. »

SUZANNE
C'est une manière subtile d'avouer ses sentiments que de les nier alors qu'on ne les soupçonne pas.

Valentin converse avec les quatre filles. De son vivant, il n'a jamais participé si activement aux soirées de la meute.

VALENTIN

Je nourris pour cet homme une affection dont les composantes
sont multiples et complexes. Il y a bien sûr l'estime
pour l'artiste, mais aussi une complicité profonde.
Entre Noël et le jour de l'An, je reçois enfin le résultat
du concours de nouvelles : mon texte est sélectionné
et sera publié dans un recueil avec les autres nouvelles primées.
Un agent littéraire m'appelle et me propose
une collaboration. J'en parle à Léon.
Il me conseille de décliner l'offre, arguant que les agents
ne servent à rien. Je ne devine rien des intentions
sous-jacentes qui lui dictent cette attitude.

SUZANNE

Il cherche à ce que tu ne dépendes que de lui.

VALENTIN

Il me propose une escapade à Québec, où il expose ses dessins.
J'accepte.

SUZANNE

À ce stade, sans le savoir, tu n'as plus vraiment le choix.

VALENTIN

Nous dormons dans une même chambre d'hôtel
à deux lits simples.

CAPUCINE

Aïe...

VALENTIN

Le soir venu, Léon me demande s'il peut venir dans mon lit.

CAPUCINE

Bingo.

VALENTIN

Je refuse timidement. Je suis désemparé, apeuré même. Je n'ai aucun désir charnel pour lui. Une admiration sans borne pour son talent, de la reconnaissance pour tout ce qu'il m'apporte, de l'attachement, oui, mais aucunement l'envie qu'il s'allonge près de moi. Il le fait pourtant, et je dois subir ce corps contre le mien et sa main qui me caresse. Après de longues minutes, à bout de patience, j'ose lui dire que je souhaite dormir, et il retourne dans son lit. Ces séances de promiscuité se répéteront souvent par la suite, chaque fois de plus en plus abjectes pour moi.

SUZANNE

Le fumier.

LAURA

Comment as-tu pu accepter ça ? Tu n'avais qu'à l'envoyer tripoter le diable, ce Léon Lortuche !

SUZANNE

C'est ce que tu dirais si Valentin était une femme ? « C'est de sa faute, elle n'avait qu'à refuser » ?

VALENTIN

J'annonce à Léon l'existence de Blanche. Il le prend aussi mal que possible. Pour lui, je suis un homosexuel qui s'ignore, et cette relation avec une fille le contrarie. Il me dit qu'un garçon qui aime les filles ne l'intéresse pas, et que je ne dois pas être si talentueux qu'il l'avait pensé.

Capucine

Le talent est lié à l'inclination sexuelle ?
On aurait pu nous prévenir.

Valentin

Il me reproche à nouveau mon départ pour Paris,
plus violemment cette fois. Pendant les vacances de printemps,
je vais camper dans l'Ontario avec Blanche. Perturbé
par la tournure que prend ma relation avec Léon,
j'oublie tout au parc naturel de Missinaibi, entouré d'écureuils,
de bouleaux et d'ours. À notre retour à Montréal,
je prolonge notre escapade par quelques jours chez Blanche.
La veille de mon départ, alors qu'elle est sous la douche,
j'ouvre un tiroir de son bureau en quête d'un stylo.

Capucine

Aïe...

Valentin

Je tombe sur une enveloppe à son nom. Pas de timbre
ni d'adresse, une simple enveloppe sur laquelle
est inscrit « Blanche ». Je n'en suis pas fier, mais je l'ouvre.
J'y trouve la preuve d'une infidélité.

Capucine

Bingo.

Valentin

Sans rien dire, je prends mes affaires, et je vais passer
la dernière nuit à l'hôtel. Je ne parle à personne jusqu'à
mon départ pour la France. Arrivé à Paris, je m'effondre.
C'est un cataclysme dont les séquelles s'étendront

sur de longues années. Je trépigne, je frappe à coups de poing dans les murs, je deviens fou, je suis anéanti. Je perds tout intérêt pour les cours, je cesse d'ailleurs d'en fréquenter certains, prétextant des problèmes de santé. Je n'ai qu'une hâte, que l'année se termine. Je rentre à Montréal au mois de juin. Le temps de dénicher un appartement, j'habite chez Léon.

LAURA
Give me a break!

VALENTIN
Loger chez Blanche (que je n'ai pas quittée malgré sa trahison) était inconcevable. Chez Léon, je fais la rencontre de son compagnon Pascal, un homme d'une grande douceur, à la fois secret et facile d'accès. Je dors dans le bureau, un lit pliant a été acheté pour l'occasion. Tous les soirs, le même manège se répète: Léon me rejoint, se glisse dans mon lit, et ce sont à nouveau des caresses qui me hérissent. Je n'arrive pas à comprendre comment cet homme peut agir ainsi quand son compagnon est dans la pièce à côté. Je n'ai plus aucune volonté ni force de protestation face à Léon.

BLANCHE
(en se mordant les lèvres)
Si j'avais su…

SUZANNE
Si tu avais su, qu'aurais-tu fait?

BLANCHE
Je serais allée trouver ce foutu Lortie, et je l'aurais arraché de la vie de Valentin!

Capucine
Tu aurais même pu le coffrer.

Laura
Je ne veux pas jouer les avocates de Belzébuth, mais est-ce que Valentin ne t'a pas un peu trompée quand même ?

Blanche
Même si c'était le cas, je n'étais pas en position de le lui reprocher.

Laura
Vous vous connaissiez depuis quelques mois, à ce stade on ne s'est pas encore juré fidélité.

Blanche
Pour Valentin je ne vois pas où est la tromperie. Lorsqu'une femme se fait violer, est-ce que tu lui dis qu'elle a « un peu trompé son mari quand même » ?

Laura
Entre ça et un viol…

Blanche
Ce n'est peut-être pas un viol au sens légal du terme, mais c'est une agression. Si la violence utilisée n'est pas physique, c'est de la violence tout de même.

Suzanne
Rappelez-vous, le voyage à Québec. Lortie demande à Valentin s'il peut venir dans son lit. Valentin dit non.
C'est un refus clair et net.
On n'insiste pas, c'est la règle.

VALENTIN

De petites manipulations subtiles voient le jour. Léon me reproche de verrouiller la porte de la salle de bains quand je prends ma douche. De dormir en pyjama alors que « tout le monde sait qu'il faut dormir en caleçon ».

CAPUCINE

Ben voyons ! Moi je dors dans un gros pyjama en doudoune.

LAURA

Et moi toute nue, c'est grave ?

VALENTIN

Léon rédige même un petit poème humoristique pour me le signifier. Comble de l'effronterie, il écrit cette strophe en présence de Pascal, qui ignore bien sûr la teneur de ces vers :

Monsieur a mis son beau scaphandre
(Pourquoi se montrer si têtu ?)
Afin peut-être de défendre
Ce qu'il lui reste de vertu.

CAPUCINE

Rime riche. Homme pauvre.

VALENTIN

Il arrive que Léon exhume son sempiternel roman de son tiroir pour nous en lire un passage. Pascal et moi l'écoutons pieusement. C'est horriblement bien écrit. On se croirait à la messe. Un jour, après la lecture, Léon me reproche d'avoir regardé l'heure, « jamais Pascal n'aurait fait ça ». Léon y a vu je ne sais quel manque de respect. Quand on écoute du Léon Lortie, il convient de baisser la tête et de se recueillir.

CAPUCINE

Et ce roman, pourquoi ne le publie-t-il pas ?

SUZANNE

La peur, toujours la peur. Publier, c'est se confronter à la critique, c'est prendre le risque d'un bide, c'est se mêler à la faune des écrivains, les rejoindre en quelque sorte. Ne pas publier, c'est demeurer au-dessus de tout cela.

VALENTIN

Je suis aussi terrorisé que fasciné par Léon. Les deux sentiments croissent de concert. Je finis par trouver un appartement à quelques pâtés de maisons du sien, malgré les timides propositions de Blanche, qui aimerait que nous vivions ensemble.

CAPUCINE

Erreur fatale.

VALENTIN

Les cinq années qui suivront, Léon m'apprendra le grec ancien, me fera lire une quantité invraisemblable de livres, guidera mes premiers écrits, mes dessins... Nous irons au musée, au cinéma. Sans oublier les voyages, Toronto, Chicago, New York, Philadelphie... Et à l'hôtel, toujours ces incursions dans mon lit et ces atteintes à mon intimité, avec des variantes toutefois : désormais, il insiste pour me regarder sous la douche. Je suis réticent, mais il s'obstine, alors je finis par céder.

LAURA

Pardon de te le dire, Blanche, mais il est neuneu, ton Valuche. Regarder quelqu'un prendre sa douche, c'est un *red flag*, non ?

VALENTIN

Et me voilà tout nu dans une baignoire, sous l'œil avisé de mon mentor, qui tient absolument à me faire comprendre que c'est tout à fait normal, qu'il n'y a rien de choquant, et que je devrais en prendre l'habitude. Comment ne voit-il pas ma détresse ? Comment peut-il ressentir du plaisir à cette situation qui m'est visiblement pénible ?

SUZANNE

Peut-être prend-il du plaisir justement parce que cet acte t'est pénible ?

VALENTIN

Les discours misogynes sont également de rigueur, formulés de façon insolite : « S'il te suffisait d'appuyer sur un bouton pour que soudain les femmes n'existent plus, que ferais-tu ? Tu appuierais sur le bouton, non ? »

LAURA

Qu'un tel bouton existe, je veux bien, mais à condition qu'il en existe un pour exterminer aussi les hommes.

VALENTIN

Et je vous épargne d'autres dérives du type « Untel, il a réussi grâce à la juiverie ».

SUZANNE

Je me disais bien qu'il manquait quelque chose à la panoplie !

VALENTIN

Et des phrases confondantes, comme celle-ci : « Il faut avoir les cheveux bruns. La blondeur, c'est une maladie. La preuve, un blond poussé à l'extrême, c'est un albinos. »

Blanche
(*seule blonde de la troupe*)
Sans commentaire...

Valentin
L'emprise de Léon est souveraine. Il prend le contrôle de mes moindres faits et gestes. J'écris de plus en plus, des poèmes, des nouvelles, sous sa houlette. Toute ma vie tourne autour de lui, et la sienne autour de moi. Il faut lui rendre justice, cet homme s'est totalement consacré à moi pendant presque cinq ans. Il m'aide à payer mon loyer, m'achète mes vêtements.

Laura
Ça lui permet sûrement de t'habiller à son goût comme une poupée.

Valentin
Pour rien au monde je ne veux perdre ce soutien. Mon amitié avec Pascal se renforce. Je fais partie de la famille. Il me plaît d'être le jeune homme de la maison.

Capucine
Une prouesse. Léon Lortie a réussi le tour de force de faire une place à son « amant » dans son ménage.

Valentin
Si nous sommes au restaurant, il arrive à Léon de commander pour moi. Il érige des symboles partout, et bientôt je marche dans la vie en me heurtant perpétuellement à ces symboles. Il m'interdit de retourner avec Blanche dans les villes que j'ai visitées avec lui. Ce sont « nos » villes. Tout ce que

nous faisons ensemble est sanctifié. Je me retranche du monde. Les remarques de plus en plus violentes de Léon à propos de Blanche me conduisent à feindre de rompre avec elle. Dans les moments de crise, Léon est pris d'étranges malaises. En y repensant aujourd'hui, je comprends que ces malaises étaient simulés. Blanche et moi continuons à nous voir clandestinement, et de temps à autre je passe la nuit avec elle.

LAURA
Vous avez rompu ? Première nouvelle !

BLANCHE
Tu parles d'une rupture. Valentin l'a écrit, nous n'avons pas vraiment cessé de nous voir.

LAURA
Le poireau était donc bien issu de l'agriculture NON biologique...

CAPUCINE
Ça n'a pas dû être facile pour toi, cette histoire.

BLANCHE
Quelle histoire ? À l'époque je n'étais au courant de rien. Tu sais, ce Léon Lortie, je ne l'ai jamais pris au sérieux. Il était très important pour Valentin, ça me suffisait. Alors oui, j'aurais aimé qu'ils passent moins de temps ensemble, mais j'étais moi-même très occupée avec ma carrière qui débutait.

Il est presque deux heures du matin. Les filles ne savent pas quoi penser de la confession de Valentin. Sa présence, dans l'ombre, imprègne cette lecture de solennité. On entend Suzanne inspirer vivement, retenir son souffle, puis expirer : elle s'apprêtait à dire quelque chose, et s'est ravisée.

BLANCHE
Quoi ?

SUZANNE
Quoi, quoi ?

BLANCHE
Dis ce que tu as à dire.

Elle hésite encore, puis se lance.

SUZANNE
Je pense qu'on peut sérieusement considérer
la thèse du suicide.

BLANCHE
Il n'y a aucune indication. Pas de boîte de médicaments…

SUZANNE
Ça se jette. Il a pu les mettre dans le local à poubelles
juste après avoir pris les pilules.

BLANCHE
Pas de lettre…

SUZANNE
(*en désignant le manuscrit*)
Et ça ?

Silence. Laura se lève et se dirige vers Valentin.

Laura

Alors, mon Valuche ! Pourquoi tout ce mystère ? Tu ne pouvais pas faire comme tout le monde ? Une petite enveloppe sur la table avec « À lire après ma mort » inscrit dessus ? Trois boîtes de Prozac et une bouteille de gin vides au pied du lit ? Mais non, il faut que tu fasses ton original. Môssieur ne meurt pas comme tout le monde. Môssieur fait des manières.

Capucine

Laisse-le. Et pour le manuscrit, si c'était l'explication de son suicide, il l'aurait terminé et envoyé à son éditeur.

Suzanne

Pas bête.

| Tango surréaliste |

La fête a été préparée dans le secret le plus sourd. Trente ans… Capucine est la dernière de la meute à franchir cette borne temporelle. Le groupe, augmenté d'Olivier et d'Alexis, a ourdi son plan pour marquer l'événement. Depuis quelque temps, les deux hommes tiennent une place en contrepoint du quatuor. Les filles ont apprivoisé les deux sauvages. Depuis que sa profession a été révélée, Alexis a gagné en assurance. Le matin, il entre toujours dans la librairie de Capucine, mais ne se contente plus d'y inspirer l'atmosphère. Il s'y promène, aide Capucine à porter les cartons des arrivages, déchiffre les titres inscrits sur la tranche des livres. Sa compagne a installé un tabouret dans un coin, où Alexis s'assoit parfois, un livre entre les mains. Sa première lecture : *Terre des hommes*, qu'il a avalé après un mois de persévérance. Puis il a pris les livres au hasard des rayons de la librairie. Ces ouvrages qu'il parcourt laborieusement, il les choisit lui-même. Capucine ne souhaite pas l'influencer. La lecture d'Alexis devient de plus en plus fluide à force de pratique. Au bout de quelques mois, il se reconnaît même des préférences. Ses goûts se dessinent.

Capucine commence à investir la fonderie. Son frère Nicolas a été embauché comme apprenti. Il a trouvé en Tom et Martin une paire de formateurs sans malice. Capucine a mis beaucoup de temps à convaincre Alexis que cette condition d'artisan la séduit.

– Mais ta lettre... ? « Il a l'air des plus raffinés... »

– Tu es des plus raffinés, Alexis. Et ce que j'ai écrit sur les milongueros, je le pense toujours. Il faut une intelligence unique pour mener une femme sur un parterre de milonga.

En fin d'après-midi, après avoir fermé sa librairie, Capucine se rend souvent à la fonderie. Elle enfile un bleu de travail et se joint à Alexis. C'est l'heure où Nicolas termine sa journée. Capucine est heureuse de lui laisser l'appartement. Elle s'occupe, répare çà et là les objets cassés, caresse Émile, plante des rosiers, fait l'inventaire de l'atelier, classe les outils et les factures, rabote les portes qui ferment mal, tandis qu'Alexis coule ses cloches ou perfectionne ses gabarits.

Un soir, Capucine emmène Alexis au ballet. Elle épie ses réactions du coin de l'œil. Le géant ne songe même pas à cacher son émotion. Il renifle comme un cheval devant le spectacle de ces corps en apesanteur. Alexis ne connaît de la danse que le tango, combinaison de deux éléments : la terre qui soutient et l'eau qui glisse. Le ballet conjugue l'air et le feu, deux éléments qui insufflent l'envol et le rayonnement. Alexis découvre le miracle d'une discipline grâce à laquelle un corps humain élude son propre poids. Confusément, il y voit un lien avec ses cloches qui malgré la masse de métal qui les compose se balancent avec l'apparente légèreté d'un coquelicot sous la brise.

Olivier et Mika ne font plus qu'un. La solution n'était pas de renoncer à cet être factice. Olivier a perçu l'intérêt que Mika suscitait chez Laura. Il en a d'abord été vexé. Se faire souffler sa petite amie par un rival imaginaire, c'est une position peu reluisante. Puis Olivier a changé d'attitude. Ça a commencé par une petite malhonnêteté, mais le jeu en valait la chandelle. Plutôt que de répéter à Laura les propos de Mika, Olivier se les appropriait, en s'abstenant de signaler que Mika était dans la pièce. Cela provoquait de menues contrariétés chez Mika, mais ce dernier était assujetti à l'invisibilité et à l'inaudibilité. Olivier se découvrit un certain plaisir à incarner Mika et, pour la première fois, il comprit que cet être de songe, c'était lui. Depuis, il règne à nouveau sur son imaginaire, et les sentiments de Laura ne sont plus partagés.

La soirée d'anniversaire a lieu à l'Usine. Alexis a convaincu sa tante de mettre à disposition le bâtiment et son personnel. Cela n'a pas nécessité une débauche de persuasion. Depuis qu'Alexis a rencontré Capucine, tati Dolores s'est changée en parangon d'amour. Elle n'arrive toujours pas à croire que son neveu a séduit la plus belle femme de Montréal. Elle a envers Capucine des manières de maman. La jeune libraire est bouleversée par ce débordement d'affection, que sa propre mère ne lui a jamais témoigné.

La fête n'attend plus que l'invitée d'honneur. Il règne dans la salle un silence post-apocalyptique. L'anxiété de Laura, instigatrice de l'événement, est à son comble, car elle ne devine rien de la réaction de Capucine. Fuite ? Évanouissement ? Cette mise à l'épreuve de sa timidité est-elle trop grande ? Une réunion en petit comité aurait-elle été préférable ? Il faut dire que Laura abat une carte risquée. À cet instant, Capucine est dans un taxi, s'attendant à retrouver Alexis et tati Dolores pour aller tester un nouveau bar à tapas. Il est 20 h 30 quand elle passe la grille de l'Usine.

– La voilà ! La voilà ! s'exclame l'un des musiciens posté en vigie près de la fenêtre.

Tout le monde se tait. On entend les pas de Capucine dans l'escalier. Elle apparaît.

Le *Joyeux anniversaire* est entonné par une centaine de personnes. Capucine est médusée par cette clameur. Elle ne reconnaît aucun visage, sinon ceux des filles, d'Alexis, d'Olivier, de Nicolas et de tati Dolores. Le reste n'est qu'une foule d'anonymes. Qui sont ces gens ? La chanson terminée, Laura s'avance.

– Capucine… J'espère que tu ne vas pas m'en vouloir. J'assume la responsabilité de cette soirée. Tous ces gens qui se tiennent devant toi, tu ne les as jamais rencontrés, et pourtant ils te connaissent. Tu as ouvert ton cœur si pudique à chacun d'entre eux. Tu leur as fait des confidences que souvent tu ne nous faisais pas à nous, tes meilleures amies. Ils ont tous reçu une lettre de toi. C'est Alexis qui m'a confié cette habitude que tu as, ne lui en veux pas… J'ai trouvé ça d'un romantisme dont toi seule est capable. Pendant un mois, nous avons fait des recherches, avec la complicité de Nicolas qui a fouillé dans l'annuaire où tu soulignais les noms de tes destinataires. Les voici.

Capucine est muette. Les paumes sur les joues, elle promène son regard sur ce rassemblement de femmes et d'hommes qui lui sourient. Chacun d'eux est dépositaire d'une fraction infime des secrets de Capucine. La nouvelle trentenaire a l'impression d'être devant le puzzle de son monde intérieur. Elle se sent tout à coup comprise, à nu sans que sa pudeur n'en souffre, car une pièce de puzzle ne sait rien de l'image dont elle fait partie. Un élan de reconnaissance saisit Capucine, envers Laura, qui une fois de plus a réussi l'impossible, et envers ces personnes face à elle, qui sans le savoir lui ont prodigué la sensation d'être entendue.

– Un peu de musique ? lance Suzanne en direction des musiciens.

L'orchestre donne son accord. Le bandonéon se gonfle, tango ! Alexis s'approche de Capucine, la prend par la main, et la conduit sur la piste. Ce soir, pas besoin de cabaceo. Ce soir, on peut danser cent fois de suite avec la même personne. Tati Dolores y a consenti. Les règles de l'Usine ne s'appliquent que le vendredi.

Laura a traîné Olivier sur le parterre.

– Mais je ne sais pas danser !

– Tu ne sais pas non plus faire des pancakes, ça ne t'empêche pas de m'étouffer avec tous les dimanches.

Olivier ne se défend pas trop longtemps. Il préfère se ridiculiser sur la piste que d'être exposé au feu des conversations. Ayant enlacé Laura, il se livre à une sorte de croisement entre la valse et le slow. Laura s'y résigne. Si Olivier a supporté qu'elle barre gauchement l'*Arion*, elle peut bien lui accorder ces pas d'adolescent en surprise-partie.

Le parterre n'est pas encombré, et la danse reste fluide. Les invités sont curieux de converser. Aucun n'a apporté sa lettre, par respect pour Capucine. Ce qui a été écrit restera leur privilège. Mais ils partagent leurs réactions à la réception de cette lettre inopinée.

– Pour ma part, dit une dame aux yeux clairs, j'ai d'abord pensé à une erreur. Mais c'était bien mon nom et mon adresse !

– Moi, répond un bonhomme calvitieux, je devrais être très en colère contre Capucine. Sa lettre m'a valu un divorce. Ma femme m'a quitté ! « Comment oses-tu nier ? Elle t'appelle par ton prénom ! C'est qui, cette Capucine ? » Impossible d'expliquer quoi que ce soit ! Capucine n'avait donné aucun moyen de la joindre !

– Oh ! lala, répond la dame, ce doit être difficile d'être soupçonné à tort d'adultère.

– Dans mon cas, c'était kafkaïen : elle m'accusait de la tromper avec une femme que je n'avais jamais vue de ma vie, alors que j'étais bien coupable, mais avec une autre ! Bref, depuis je suis remarié avec cette autre. Mais je dois vous avouer une chose : la lettre, je l'ai brûlée.

– Je peux comprendre.

Peu d'entre eux parviennent à parler à Capucine, qui est accaparée par le tango. Quelques-uns l'approchent entre deux tandas, et lui disent des mots de connivence. Suzanne et Blanche passent de groupe en groupe, proposant des amuse-bouche ou à boire. Blanche paraît absente. Depuis sa crise de larmes au Livingston, elle s'éteint. Suzanne dort souvent sur le canapé du salon. Elle veille sur son amie qui a épuisé presque toute la ferveur qui la consumait jusque-là. Dans ses meilleurs moments, Blanche se dit qu'elle ne pouvait pas espérer davantage. Elle le savait depuis le début : « Le livre de la vie se termine toujours laidement. » Il y a peu de beauté à attendre sur le chemin devant elle.

Au bout de quelques heures, les invités se raréfient. Tati Dolores fait signe aux musiciens qu'ils peuvent rentrer chez eux. Les départs se succèdent. Mais la soirée n'est pas terminée. Tati Dolores a accepté de confier à Alexis les clés de l'Usine. Il ne reste que les quatre filles, Alexis et Olivier.

La lumière se tamise. Laura est allée verrouiller la grille de la cour et la porte d'entrée. Une lueur d'or baigne la piste, les autres parties de l'Usine sont plongées dans le noir complet. Blanche s'est assise, lasse d'avoir porté le fardeau d'un sourire factice toute la soirée. Laura s'approche d'elle et s'accroupit, les deux mains sur les genoux de Blanche.

– À ton tour, ma belle.

– ?

– La piste est à vous.

On entend le chuintement de quatre roues. Blanche lève les yeux. Valentin s'approche, poussé sur le parterre par Alexis et Olivier. Elle saute sur ses deux pieds. Laura lui tend un masque. Capucine pose l'aiguille sur un disque. La musique s'élève. Blanche s'avance. Valentin la regarde de ses orbites désormais vides. Le peu de lumière le rend à la fois inquiétant et singulièrement humain. Son bras gauche a été élevé pour mener sa partenaire. On l'a habillé d'une chemise dont le col a été dressé et lié, afin de maintenir au mieux sa tête. Blanche est juste devant lui. Le socle a été scié pour réduire la distance entre les deux amants.

Oh… Valentin…

Délicatement, elle pose sa paume gauche sur l'épaule de son milonguero. Sa main droite s'unit à la main dressée de Valentin. Les voilà qui glissent lentement sur la piste. Les roues font un cliquetis d'orgue de barbarie. Blanche ferme les yeux. Et pendant les deux minutes que dure la chanson, Blanche et Valentin dansent l'un contre l'autre, vivants.

Il n'a pas été difficile de mettre Alexis et Olivier dans la confidence. Le rôle d'objecteur de conscience n'est pas dans leur répertoire. L'un comme l'autre, mais pour des raisons différentes, se plient spontanément aux situations les plus ubuesques. Un cadavre n'est pas ce qu'Alexis a vu de plus ignoble dans sa vie. Et pour Olivier, l'homme mort n'est pas beaucoup plus intimidant que l'homme vivant. Du reste, tous deux sont sous le joug d'une force de persuasion redoutable, celle de l'amour.

La musique s'éteint. Blanche se tourne vers ses amis alignés au bord de la piste. Les sourires ont disparu, les pupilles se sont dilatées, les fronts se sont ridés. Blanche s'aperçoit qu'ils fixent tous le même point dans son dos. Elle pivote sur elle-même. Sur la dernière marche du grand escalier, un homme se tient, droit et impassible.

– Noah...

Elle ne peut rien dire d'autre. À cet instant, la seule personne qui ne soit pas totalement immobile est Valentin, qui se balance encore légèrement, pendu à son portique.

– Blanche, murmure Noah.

Il s'approche, mais par un chemin en arc de cercle.

– C'est Valentin?

– Oui.

Noah le sait, mais il avait besoin d'une confirmation.

– Il a pris un coup de vieux.

La plaisanterie ne fait rire personne, pas même son auteur. Il use de la seule arme qu'il maîtrise dans l'adversité, la dérision.

– Avant tout, je te présente mes excuses, poursuit-il. Prendre une collègue en filature, ce n'est pas très élégant. Je te dois des explications. J'avais trop de questions. Le masque à gaz, ton hésitation à m'ouvrir ta porte, cette odeur étrange quand je t'ai rendu visite, ta manière de m'annoncer ta rupture, le fait que tu nous aies caché ta réussite au CCP, et j'en passe. Tout cela ne collait pas. Et puis les trous dans ton plafond à certains endroits, les feuilles éparpillées qui faisaient penser à un manuscrit. Un manuscrit de

Valentin ? Tu m'avais dit qu'il ne te faisait jamais lire ses textes avant leur publication. J'ai passé quelques coups de téléphone. À sa mère, d'abord, qui n'avait aucune nouvelle depuis le mois de février. Elle ne s'inquiétait pas outre mesure, Valentin n'appelait jamais. À son éditeur ensuite, qui n'avait pas parlé à Valentin depuis des mois. Visiblement tu me cachais quelque chose. J'ai débarqué à nouveau chez toi sans prévenir. J'ai sonné, puis tambouriné à ta porte. Ta voisine a ouvert la sienne. Elle non plus n'avait pas vu Valentin depuis de longs mois. Elle supposait qu'il vivait encore avec toi puisque son nom était toujours sur la boîte aux lettres. J'ai hésité à forcer ta porte, je me suis ravisé. Alors j'ai joué au détective. Je passais mes nuits en poste devant ton immeuble, observant tes déplacements. Il y en avait peu. Tout à l'heure, quand je t'ai vue sortir en robe de soirée, je n'ai pas bougé. La vérité sur cette affaire me paraissait être dans ton appartement. Après quelques minutes, je suis monté. J'avais fait un double de ta clé, tu la laisses toujours dans ton sac au commissariat pendant les patrouilles. Au moment où j'allais glisser la clé dans la serrure, j'ai entendu des pas dans l'escalier. Deux hommes ont ouvert ta porte. J'ai patienté un étage plus haut. Ils sont ressortis avec un gros paquet et une espèce d'armature sur roulettes. Je les ai suivis. Leur voiture m'a mené ici. Je suis entré sans être vu pendant qu'il transportait l'armature dans le bâtiment. Dans l'ombre, j'ai pu observer qu'ils portaient une sorte de grande bâche enroulée autour de ce qui ressemblait en tout point à un corps. Et cette odeur… Ils ont disparu dans un ascenseur. J'ai attendu. En haut du grand escalier il y avait de la lumière, des voix, puis de la musique. On aurait dit une soirée entre amis. Enfin, les gens sont partis et j'ai reconnu Laura qui verrouillait la porte. Je suis sorti de ma cachette, pour tomber sur votre petit duo.

Noah marque une pause. Blanche n'ose pas le regarder.

– Je pense qu'à ton tour tu me dois des explications. La raison pour laquelle je n'ai pas encore appelé les collègues, tu la connais.

– Oui.

– Je suis prêt à tout entendre, Blanche, ne me sous-estime pas. Sois franche et directe.

Blanche lève enfin les yeux. S'attendant à un visage vindicatif, elle est surprise de découvrir un Noah presque tendre. Il la couvre d'un regard clair, où se lit une belle mansuétude.

– Franche et directe, alors, dit-elle. Ce que tu dois savoir avant tout, c'est qu'on n'est pas dans *Psychose*. Je l'ai retrouvé sans vie en rentrant du service.

Une tristesse véritable tombe sur le front de Noah, et se propage jusqu'au menton.

– Je suis désolé, murmure-t-il. C'est terrible.

Sur le parterre en bois de l'Usine, Blanche raconte. Elle dit tout, depuis les couvertures de survie jusqu'aux poulies suspendues. Le manuscrit de Valentin et les turpitudes de Léon Lortie. Elle plaide sa cause avec passion. Tantôt poignante, tantôt émue, elle sait que sa vie dépend de sa capacité à exprimer l'enchevêtrement de sentiments, de convictions et d'instinct qui l'ont conduite à danser ce soir entre les bras d'un cadavre, sous les yeux de ses amis. Elle vibre, fulmine, irradie. Sa voix emplit l'Usine d'une flamboyante profession de foi. De quoi est-elle coupable ? Elle n'a pas assassiné Valentin. Au contraire, elle s'est appliquée à prolonger sa vie. Elle s'est refusée à soustraire le corps de son amant au monde des vivants.

– Appelle les collègues si tu veux, mais jamais tu ne me feras regretter une seconde de ces mois passés avec Valentin.

| Fais-moi la mort |

Il ne reste que quelques pages du manuscrit à lire. Les quatre filles se sont réunies pour achever ensemble cette épreuve. Elles vivent bel et bien la lecture du texte comme une épreuve, car Valentin y dresse peu à peu un portrait de lui qui leur inspire des haut-le-cœur, des élans de pitié ou d'indignation. Valentin est toujours sur le pas de sa porte. Ainsi encadré, il incarne de plus en plus le *Portrait de Dorian Gray*.

VALENTIN

Blanche constate les changements drastiques qui s'opèrent
en moi, je n'ai d'autre choix que de me regarder bien en face.
Je deviens exigeant, intolérant à la critique, mais critiquant
tout. Avec Blanche notamment, je suis impitoyable, jaloux
et suspicieux. Je reproduis mot à mot ce qui m'est dicté.
Si Léon Lortie me dit qu'un film est mauvais, je le déclare
mauvais, parfois sans même l'avoir vu. Je perds toute capacité
à juger par moi-même, et ne fais que recevoir de Léon
tous mes goûts et mes dégoûts. J'ai besoin de son approbation,
et d'être validé par lui. Cela me rend conscient de ma vacuité,
que je compense par des opinions tranchées. J'ai de grosses

disputes avec ma famille, sur toutes sortes de sujets. Je m'habille comme un banquier, dans des vêtements qui jurent avec ce que je suis profondément. Je deviens tyrannique envers Blanche. Par une sorte de complexe de Pygmalion, je veux la forger à une image qui me sied. J'aime les femmes aux cheveux courts, elle se coupe les cheveux.

LAURA

Et moi qui trouvais que ça t'allait si bien. Si j'avais su ce qui se tramait…

VALENTIN

Je deviens le Léon Lortie de Blanche. J'ai tous les symptômes d'un narcissisme coloré de perversion : la manipulation, la mauvaise humeur permanente, le pessimisme, la difficulté à prendre des décisions, le besoin de rejeter sur les autres la responsabilité, de s'ériger en détenteur de la vérité. À la longue, ma relation avec Léon Lortie devient insoutenable. Les disputes sont légion, parfois pour des sottises : un plat que je n'ai pas envie de commander au restaurant, un geste qui ne plaît pas à Léon parce qu'il fait « adolescent ».

LAURA

Faudrait savoir. Il les aime jeunes ou pas ?

VALENTIN

Dans ses colères, Léon se livre parfois à une sorte de chantage macabre : « Je vais finir par me tuer, et ce ne sera pas une mort propre, je te préviens. »

CAPUCINE

Élégant.

Suzanne

On le sent capable de simuler une maladie incurable pour s'assurer la présence de son angelot.

Valentin

Il entretient une sorte de mythologie morbide, en se référant toujours à des citations littéraires. Yourcenar l'a écrit : « Qu'il eût été fade d'être heureux ». Le bonheur est donc une chose peu recommandable. C'est tellement plus poétique d'être malheureux.

Capucine

Dis-moi ce que tu cites, je te dirai qui tu es. Les gens qui vivent à coups de citations, imbuvables.

Valentin

Pour garder un semblant d'équilibre, je trouve des prétextes, simplement pour avoir une journée tranquille, sans Léon. Je prends l'habitude du mensonge, il devient systématique, naturel, c'est ma nouvelle norme : avoir deux vies indépendantes l'une de l'autre. Blanche ne sait presque rien de ce que je fais avec Léon. Chaque matin, il m'appelle à neuf heures. Ce rendez-vous quotidien m'épuise.

Laura

C'est plié, je pose mon veto. Jusqu'ici, ce qu'a subi Valentin me semblait supportable. Mais le priver de grasse matinée, non ! Il y a des limites à ne pas franchir.

Valentin

Léon fait des crises de jalousie hors norme alors qu'il me pousse vers les garçons. Je peux dire qu'il y a des moments où je pense réellement être homosexuel, tant sa force de persuasion est grande. Mais le fameux « déclic » prédit par Léon ne vient jamais.

SUZANNE

Pas commun, le type qui voudrait faire son coming-out alors qu'il n'est pas homosexuel.

VALENTIN

Au retour d'un voyage à Detroit avec Léon, nous nous rendons directement chez lui. Pascal est absent. Léon est fou furieux, pour une raison qui m'échappe, et il fait une chose qu'il n'a jamais faite auparavant : il me roue de coups de poing dans le dos. Ce geste laissera une empreinte indélébile. Je me réfugie aux toilettes. Après y avoir pleuré piteusement, je me dis : « Courage, fuyons. » La porte est juste à côté, je l'ouvre discrètement, je m'en vais après avoir enfilé mes chaussures que j'avais laissées dans l'entrée. Je prends l'escalier, craignant que Léon n'ait entendu la porte et me retrouve devant l'ascenseur. Je descends en courant jusqu'au rez-de-chaussée. Je n'ai pas pris le temps de lacer mes chaussures et manque de m'affaler à chaque marche. En bas, dans le hall de l'immeuble, Léon m'attend.

CAPUCINE

La statue du Commandeur...

VALENTIN

Il me demande calmement de remonter avec lui. Penaud, je le suis. De retour dans l'appartement, il me dit : « Nous allons oublier ce moment. Cela ne nous ressemble pas. »

LAURA

Oui, c'est dans son intérêt d'oublier !

VALENTIN

Je suis encore en pleine déroute intérieure, mais j'acquiesce.
Ce soir-là, Léon ne viendra pas dans mon lit.

CAPUCINE

Maigre consolation.

VALENTIN

Cet événement m'a ouvert les yeux. Il y a un avant et un après.
Je prends conscience que cette vie n'est plus possible.

LAURA

Alléluia !

VALENTIN

Mais je n'ai pas le courage d'une rupture franche.

LAURA

Miserabilis...

VALENTIN

Je l'appelle cependant pour lui déclarer rondement
que je n'aime pas les garçons. À l'autre bout du fil,
une voix dure me répond : « Tu aurais dû me le dire
dès le début. »

LAURA

Mais tu l'as fait, Valuche ! Léon n'a jamais voulu l'entendre.

VALENTIN

Il m'accuse de l'avoir dupé toutes ces années.

Suzanne

Un comble quand on sait que, pour lui faire plaisir, tu faisais tout pour croire à ton homosexualité.

Valentin

Léon me fait alors une demande inattendue. Il me somme de lui restituer tous les poèmes qu'il m'a écrits.

Suzanne

C'est digne d'un adolescent prépubère.

Valentin

Cette façon de reprendre ce que l'on a donné me paraît alors d'une immaturité risible. Peu après, je propose à Blanche d'emménager avec moi. Elle accepte. Est-ce une manière indirecte de signifier notre « rupture » à Léon ?

Suzanne

C'est sûrement la triste vérité.

Valentin

L'effet est immédiat. Léon me dit clairement que tout est fini entre nous.

Laura

Alléluia, bis !

Valentin

Je ressens une gigantesque émancipation. Je suis enfin libre ; libre de dormir le matin, libre de sortir quand je veux, libre de porter les vêtements qui me plaisent, libre d'aimer, etc. Mais cela ne dure pas. En réalité, sans Léon, je ne suis plus rien. Il a coupé un à un tous les fils qui me reliaient au monde.

Je ne sais plus penser par moi-même,
je n'ai plus de mentor pour me guider. À partir de là,
je m'enfonce dans le mal-être.

SUZANNE

Classique. Tant que Léon était dans ta vie, tu ressentais
un enfermement contre lequel lutter. Tu étais dans une posture
de défense, c'est-à-dire en activité.

VALENTIN

Je ne souhaite pas me poser en victime, mais je dois parler
de la souffrance qui a fondu sur moi, car elle est réelle,
et elle se manifestera épisodiquement jusqu'à ce que je décide
d'écrire ce texte.

SUZANNE

« Se poser en victime. » J'ai cette expression en horreur.
Elle semble interdire à toute victime de prendre la parole.

VALENTIN

C'est une absence totale de vitalité, de vie, d'envie.
J'ai l'impression d'être dans un état qui se rapproche
de la mort, sans raison apparente. Je perds le goût de tout,
y compris du désir charnel, même pour Blanche.
J'ai une culture somme toute relativement étroite,
mais très spécifique. Je fais semblant d'en savoir beaucoup plus.
C'est un outil de séduction. Je veux briller. Je cultive
une sorte de mystère, parlant peu, restant à l'écart.
C'est une manière de ne pas faire voir ma vacuité.

CAPUCINE

Tu dresses un tableau très noir de ta personne…

VALENTIN

Je n'étais pas comme cela avant Léon. Je ne dois pas adoucir les faits, ni les exagérer. C'est si difficile à trouver, la juste mesure. Parfois je mens simplement pour donner une bonne image de moi, pour présenter les faits à mon avantage. J'ai compris avec le temps qu'en réalité j'ai besoin d'être admiré.

LAURA

Montrez-moi un seul artiste qui n'ait pas besoin d'être admiré. Ça fait partie du logiciel.

VALENTIN

Je ne m'intéresse pas aux autres, sinon pour les séduire. Mais le plus souvent j'évite les interactions. Si le téléphone sonne, j'ai un mal fou à répondre. Idem si l'on m'écrit. C'est un mélange de paresse et de crainte. C'est une impossibilité à m'ancrer dans quoi que ce soit, ma relation avec Blanche, un livre à lire, faire à manger, etc. J'annule mes rendez-vous au dernier moment. Cela devient un schéma récurrent. Je me détourne de mes responsabilités. Je ne sais plus faire un geste gentil, offrir quelque chose, proposer un service. Ce n'est pas que je m'y refuse, c'est que réellement une telle pensée ne me vient pas. Je suis comme décollé de mon humanité.

LAURA

Là, tu exagères. Je me souviens qu'un jour j'avais un bout de salade entre les dents, tu me l'as fait remarquer.

VALENTIN

Je multiplie les projets. Cette profusion me donne l'impression d'être vivant et d'être actif. Mais tout reste à l'état d'ébauche, et me laisse face à un constat d'échec. J'ai aussi une tendance à la paranoïa, me figurant que les autres médisent de moi.

LAURA
Il n'a pas tort là-dessus, le poireau.

VALENTIN
Les seules activités dans lesquelles je peux m'engloutir complètement sont l'écriture ou des travaux d'illustration. Je cesse de lire. Je suis impatient et distrait, avec la sourde envie d'être ailleurs.

LAURA
Je ne lis jamais non plus, ce n'est pas un défaut.

VALENTIN
Je n'ai pas souvenir de la façon dont j'obtiens des anxiolytiques. Un premier psychiatre ? Mais vient le soir où je n'en peux plus, où plus rien ne fait sens. J'avale le flacon entier, avec la certitude de ne plus jamais me réveiller. Je passe rapidement sur les jours qui suivent, les urgences, Blanche à mon chevet, mon attitude de bébé, le traitement d'antidépresseurs. Dans le service, je rencontre une autre patiente. Elle est pharmacienne. Elle me demande ce que j'ai pris. Je réponds. Elle esquisse un sourire : « Tu ne risquais rien avec ça. » Après quelques heures de conversation, elle me dit qu'elle connaît la « combinaison magique », un cocktail de médicaments qu'il faut ingérer pour être certain de ne pas se louper. Je lui demande la recette. Elle refuse de me la donner. Mais le jour de ma sortie, elle me tend un papier. Je me procure les différents médicaments en falsifiant plusieurs ordonnances. Je les place

sous vide et les glisse dans la poche intérieure d'un costume
que je ne porte jamais.

Blanche se lève et court vers la penderie de l'entrée. Le costume est sur un cintre. Sa housse de rangement est au sol. Il n'en faut pas plus à Blanche pour tout comprendre.

BLANCHE
C'était là, à quelques centimètres de moi quand je me planquais
dans la penderie pour écouter Valentin parler tout seul.
L'instrument de sa mort était à portée de main.

Elle reprend sa place sur le tapis. Les doigts de Capucine lui étreignent l'épaule.

BLANCHE
Ils ont raison.

CAPUCINE
Qui ?

BLANCHE
Ceux qui réclament de savoir la cause de la mort. Ça change
tout, mais pas en bien.

SUZANNE
Dis-nous ce que tu ressens.

BLANCHE
Tant qu'on ne sait pas, l'esprit est en perpétuel questionnement.
Ça occupe la douleur. Dès qu'on sait, il n'y a plus rien. On peut
souffrir tout à loisir.

Mais en elle, Blanche ressent tout de même un soulagement que, par fierté, elle n'ose pas avouer à ses amies. La certitude que Valentin s'est éteint dans la solitude l'a toujours oppressée. Dans l'ignorance des circonstances de sa mort, elle ne pouvait lui tenir la main pour passer de l'autre côté. Maintenant, elle peut visualiser l'instant. Valentin a ouvert la penderie, sorti le costume de sa housse, glissé une main dans la poche intérieure, saisi les pilules entre ses doigts. Puis il est probablement allé à la cuisine, s'est servi un verre d'eau, a avalé d'un trait les médicaments, lavé le verre, l'a séché et rangé. Enfin, il s'est allongé sur le lit, et a attendu la fin.

Il ne reste plus qu'une page du manuscrit.

VALENTIN

Léon me rend visite à l'hôpital. Je ne l'ai pas revu depuis
deux ans. Il rencontre Blanche, et la trouve charmante.
Blanche ayant été « validée », je connais un regain de vitalité.
Je recommence à fréquenter Léon, mais notre complicité
s'est enrayée. Il n'y a plus de relation mentor/disciple,
et bien sûr plus de fausse romance. Nous évoquons la possibilité
de travailler ensemble à une exposition.
Un soir, Blanche et moi allons même dîner chez Léon et Pascal.
Blanche pose pour Léon qui esquisse son portrait.
Je n'aurais jamais pensé cela possible.

Blanche s'élance vers la chambre, bouscule Valentin au passage, et revient avec un dessin qu'elle jette au sol. La voilà à genoux surplombant sa propre image. À coups de griffes, elle défigure ce visage tracé quelques années auparavant par Léon Lortie. Blanche ne supporte pas d'avoir été croquée par le crayon de cet homme. Calmée par cette éruption de rage, elle reprend sa lecture.

Valentin

Je suis à nouveau hospitalisé. Cette fois, mon séjour est beaucoup plus long. Léon est sorti de ma vie. Blanche ne me rend presque pas visite, elle m'en veut. L'hôpital lui apparaît comme une prison où je purge une peine. Quel crime ai-je commis à ses yeux ? Quelqu'un qui se donne la mort n'a pas vraiment le choix. Il est en flammes sur le toit d'un immeuble, alors il saute pour abréger ses tortures. Qu'importent les conséquences. Quand on m'autorise des permissions, Blanche refuse que je vienne à l'appartement.

Suzanne

Pourquoi ?

Blanche

Je ne voulais pas qu'il débarque sans prévenir.

Laura

On ne demandera pas de précision…

Valentin

Au cours de ces trois mois d'hospitalisation, j'entame un travail de fond, et à ma sortie j'ai l'impression d'une renaissance. Mon éditeur m'invite à passer une semaine avec lui à Saint-Pierre-et-Miquelon. Je me ressource en marchant le long de la mer. Je souffre encore d'impatiences terribles dans les jambes dues aux médicaments. Mon éditeur me prévient dès le début : « Si tu veux parler, tu sais où me trouver. »

Capucine

Rimes pauvres. Homme riche.

Valentin

Il est temps de commencer à envisager des solutions.
Ce sera la seconde partie de ce texte. Je ne veux pas
me retrouver avec la combinaison magique dans l'estomac.
De temps en temps, je prends la résolution de m'en débarrasser.
Je sors le costume de sa housse. Chaque fois, je renonce.
Paradoxalement, posséder cette substance létale m'empêche
de mettre fin à mes jours. C'est quand on n'a pas la possibilité
de commettre un acte que cet acte peut devenir une obsession.
Lorsqu'une idée noire me surplombe, je peux tenir
les pilules dans une main, un verre d'eau dans l'autre.
Ça passe.

Blanche pose le manuscrit devant elle. Elle empile méticuleusement les pages, pour éviter les regard de ses amies.

Capucine

« Ça passe... »

Blanche

Je suppose qu'un jour ce n'est pas « passé ».

Laura

Tu sais, je n'ai jamais su quoi te dire par rapport aux épisodes
dépressifs de Valentin. Tu n'en parlais jamais.

Capucine

Nous ne savions pas trop comment réagir.

Blanche

Moi non plus, je ne savais pas comment réagir. J'ai mis
des années à comprendre qu'il n'y a pas grand-chose à faire.

C'est une pathologie comme une autre, et il y a des professionnels pour la traiter. Si Valentin avait souffert d'un cancer j'aurais été tout aussi impuissante à le soigner.

CAPUCINE

(*à Suzanne*)

C'est un peu différent, non ?

SUZANNE

Oh, ne me demande pas, je suis sur mon temps libre.

LAURA

Un peu facile, Suzanne...

SUZANNE

Non, pas facile, professionnel. Un suicide, c'est un meurtre dont la victime et l'assassin sont une seule et même personne. On ne peut faire qu'un procès hypothétique, puisque les deux acteurs sont morts. Dans tout procès, il faut entendre les deux parties. Ce texte nous éclaire sur la victime, mais pas sur l'assassin.

BLANCHE

Je vois, la psychiatre ne travaille qu'entre 9 et 18 heures, mais pour l'avocate c'est 24 heures sur 24.

SUZANNE

Très bien, alors répondez à cette question : qui peut dire si Valentin n'était pas sujet à la dépression avant sa rencontre avec Léon Lortie ?

LAURA

Tu ne peux pas nier que cette rencontre a fait des ravages.

Suzanne

Je ne le nie pas. Il était suivi après ces séjours à l'hôpital ?

Blanche

Par intermittence. Il voyait quelqu'un pendant quelques mois.
Puis il se sentait mieux et ne prenait plus rendez-vous.
Sa dépression est devenue une saison qui rythmait nos années.
À sa première tentative de suicide, c'est vrai, j'ai passé
toutes les nuits sur une chaise près de son lit d'hôpital.
À la suivante, je lui en ai voulu, jusqu'à ce que je comprenne
qu'il les subissait comme moi.
Ensuite, c'est affreux à dire, mais je m'y suis habituée.
Valentin prenait des cachets, il se retrouvait aux urgences,
puis en clinique pour quelque temps. J'avais l'impression
qu'il était en vacances, et moi aussi. J'en profitais
pour sortir un peu et faire des rencontres...

Suzanne

Claude...

Blanche

Oui, Claude, et quelques autres. Je n'en ressens aucune
culpabilité. C'est grave ?

Laura

Pour ta pénitence tu réciteras trois *Je vous salue Marie*
et deux *Tata Yoyo*.

Blanche

Ces aventures ne m'ont rien apporté, sinon la certitude
que ma vie était auprès de Valentin, avec ses zones d'ombre
et ses éclaircies brutales. Il pouvait d'une minute à l'autre

passer de la tristesse à l'exaltation. Enfin non, pas la tristesse, il n'aimait pas ce mot. Il lui arrivait d'être simultanément heureux et déprimé.

SUZANNE

Celui qui n'a pas vécu de dépression ne peut pas imaginer ce que c'est.

BLANCHE

C'est mot pour mot ce qu'il affirmait. Il essayait de me dépeindre son état. Ce qu'il me décrivait, je le ressentais aussi parfois. Il se mettait en colère : « Oui, tu ressens ça PARFOIS. C'est normal. La tristesse, c'est souffrir quand il vous arrive quelque chose de triste. La dépression, c'est souffrir quand il vous arrive quelque chose d'heureux. »

SUZANNE

Bien résumé.

LAURA

On fait quoi maintenant ?

BLANCHE

Que veux-tu qu'on fasse ?

On sait que l'atmosphère de Laura est très favorable aux tempêtes vengeresses.

LAURA

Il est toujours vivant, ce Léon Lortie ?

BLANCHE

Je suppose.

Laura
Et vous, ça ne vous pose pas problème ?

Blanche
Tu ne suggères tout de même pas que nous...

Laura
Je ne suggère rien, je pose la question : ce monsieur
n'a-t-il pas quelques comptes à rendre ?

La question de Laura tombe en Blanche comme un fil à plomb, à la verticale. Mais elle s'abstient de réagir. C'est Suzanne qui alimente l'orage en gestation.

Suzanne
Il est indéniable que cette personne a une part
de responsabilité dans le suicide de Valentin.
On en fait quoi ?

Capucine
On publie le texte, sans changer le nom.

Blanche
C'est une idée. Mais il ne se passera rien sans preuves.
Lortie pourra très bien affirmer que ce texte est
un tissu de mensonges émanant de l'esprit dérangé
d'un écrivain dépressif. Et Valentin...
pourra difficilement se défendre.

Suzanne
Et tu oublies un détail, Laura : pour demander des comptes
à Lortie il faudrait révéler la mort de Valentin.
Ça entraînerait de légères complications pour nous...

Laura

En conclusion, on ne fait rien ? Eh bien je ne suis pas d'accord, et je vois bien que Blanche non plus.

Capucine

Qu'est-ce que tu proposes ?

Laura

Nous allons harponner ce mâle bipède imbécile, et il va payer pour tous les autres.

| Léon |

S'il est une chose que Léon Lortie ne supporte pas, c'est d'être dérangé en pleine lecture. Entouré de sa bibliothèque comme d'un fabuleux manteau ligneux, il passe une bonne partie de ses journées penché sur un livre. Chaque fois qu'il en extirpe un d'une étagère, Léon a le réflexe de souffler sur la tranche de tête afin d'en disséminer la poussière. On reconnaît les préférences de ce lecteur compulsif à la taille du nuage formé. Quand il ne lit pas, Léon dessine ou écrit. Il sort peu. Une certaine lassitude spirituelle confine cet homme chez lui. Cette lassitude est due à une conscience accrue du temps qui passe et de ce qui en découle : le processus de vieillissement. Léon Lortie ne s'est jamais pardonné de prendre de l'âge, et ne l'a jamais pardonné aux autres. Il était à peine sorti de la jeunesse qu'il se désolait déjà de voir les années lui filer entre les doigts. Sitôt entré dans ce que l'on nomme abusivement la force de l'âge, il a pris le pli de se coucher en faisant intérieurement le vœu de ne pas se réveiller. Ce vœu ne s'est jamais exaucé. Non, la mort, en bonne tragédienne, a bien retenu la leçon : « Tu me suis, je te fuis. » Elle n'a jamais accordé ses faveurs à ce prétendant trop insistant.

Comme tous les misanthropes, Léon a la conviction d'être différent. Du talent, il en a en abondance. Refusant de confronter ce talent à celui d'autrui, Léon a lentement glissé vers la certitude qu'il est le plus grand génie de tous les temps. C'est l'autolâtrie d'une rose légendaire seule sur sa planète, et qui ignore l'existence non seulement des autres roses, mais aussi des tulipes, des chênes, des montagnes, des océans… En apparence, la modestie est de rigueur, une modestie pratiquée avec passion. Cette qualité est l'une des plus complexes qui soit. Sa complexité peut se comparer à celle de l'élégance, dont on dit qu'elle doit passer inaperçue pour être véritable. Tout ce que fait un mégalomane n'a qu'un seul but, être applaudi. C'est dans ce même dessein qu'il se montre modeste, afin qu'on s'exclame : « Quelle admirable humilité ! » On peut donc dire que Léon Lortie est modeste par immodestie.

Léon pose soigneusement son livre sur le canapé, en prenant soin de mémoriser le numéro de la page où il est rendu. Jamais il ne cornerait le précieux papier. Ceux qui agissent de la sorte sont pour lui dignes de tous les mépris. Le téléphone sonne rarement. Quand il sonne, c'est en général pour Pascal. Ce dernier est en voyage. Pascal s'est spécialisé dans l'art inuit. Il lui arrive de donner des conférences à travers le pays, dans des universités ou lors de vernissages d'expositions dédiées.

– Allô ?

– Monsieur Lortie ?

– Oui.

– Je suis monsieur Beaudoin. Le syndic m'a appelé concernant un dégât des eaux dans votre cave. Faudrait que vous descendiez nous ouvrir.

Quitter La Rochefoucauld pour un vulgaire problème de plomberie lui est hautement déplaisant. Il ravale sa grogne.

– Vous êtes sûr ?

– Oui.

– Très bien, je descends.

La clé de sa cave en main, Léon presse mollement le bouton de l'ascenseur. Au sous-sol, il faut parcourir un long dédale de couloirs. On s'y perdrait si des panneaux n'indiquaient pas la sortie à chaque intersection. Devant la porte de la cave, un homme attend. Sa physionomie inspire à Léon le dédain qu'il voue à tout être non moulé aux proportions de l'Homme de Vitruve.

– Vous êtes le plombier ?

– Oui.

Léon remarque qu'une raie de lumière coule sous la porte. La première pensée qui traverse son esprit est la réminiscence d'un poème : « Il traînait une feuille d'ombre sur le sol des portes, ma mère heureuse de se courber… » La seconde pensée, il la formule à son acolyte.

– Pascal aura oublié d'éteindre.

Il se réjouit en dedans de cet emploi subtil du futur antérieur.

Deux tours de clé plus tard, la porte pivote lentement sur ses gonds.

– Allez-y, dit Léon.

– Après vous.

Surpris par cette requête, Léon pénètre dans la cave où il n'entrepose que quelques valises et un tas de vieilles toiles. Mais il se cogne soudain contre une muraille invisible. Léon laisse échapper un cri aigu, une sorte de suffocation en clé de sol. Une odeur âcre emplit la pièce. Un homme est assis en pleine lumière. Sa bouche quasi inexistante exhibe des dents qui paraissent énormes. À la place des yeux, deux cheminées de volcans au fond desquelles miroitent deux nappes de sang coagulé. La figure semble avoir été figée au beau milieu d'un hurlement. Malgré l'absence des yeux, Léon se sent observé par cet homme, scruté avec insistance. Il recule. Sa tête se heurte au poitrail d'Alexis.

– On ne sort pas.

Léon se retourne. Quatre femmes flanquent maintenant le géant. L'une d'elle presse un paquet de feuilles contre son sein.

– Bonjour, Léon, dit Blanche.

– Qui êtes-vous ? Qu'est-ce que tout cela signifie ? Laissez-moi sortir ! Je vais appeler la police !

– Très bien, Léon, vous appellerez la police. Mais avant, j'ai des choses à vous dire. Vous reconnaissez cet homme derrière vous.

– Hein ? C'est un cadavre !

– Oui, pardon, je devrais être précise. Vous reconnaissez le cadavre de cet homme derrière vous ?

– Je ne sais pas, bafouille Léon. Qu'est-ce que vous me voulez ?

– Regardez-le.

– Non !

Alexis prend Léon par les épaules, et le retourne de force.

– Alors ? insiste Blanche. Ça vous dit quelque chose ? La forme du visage ? Ce qu'il reste des cheveux ?

Léon jette des yeux microscopiques sur Valentin.

– Non… Non… Laissez-moi ! Qui êtes-vous ?

– Et moi ? Vous ne me reconnaissez pas ?

– Vous ?

– J'ai moins changé que lui.

Léon lorgne la jeune femme.

– Blanche ?

– Vous avez bonne mémoire. Il faut dire que j'ai dû hanter vos nuits, à une certaine époque.

– Enfin, qu'est-ce que vous me voulez ?

– D'abord, je veux que vous regardiez bien Valentin.

– Valentin ? C'est Valentin ?

– En chair et en os, si vous me passez l'expression. Il n'est plus aussi frais qu'à votre rencontre, je vous l'accorde. Celui-ci, vous ne le reluqueriez pas sous la douche. Mais c'est lui.

– Mon Dieu !

– Dieu n'a rien à voir là-dedans. Vous allez m'écouter, maintenant, Léon. Je vais parler, et vous écouterez bien sagement, sans m'interrompre, d'accord ?

– Au secours ! Au secours !

– Personne ne vous entend d'ici, Léon. Nous sommes six pieds sous terre. Et l'accès aux caves est interdit pour cause de dératisation. Autant m'écouter, vous n'avez que ça à faire.

Léon acquiesce par une sorte de gémissement.

– Ces feuilles que j'ai entre les mains, c'est un texte écrit par Valentin. Un récit autobiographique dont l'un des personnages n'est autre que… Léon Lortie ! Tout y est. Les attouchements, la violence, la manipulation. Oh, Valentin évoque aussi les bons moments, et les mille belles choses que vous lui avez apportées, les cours de grec ancien, les musées, les voyages. Il vous rend justice, ne croyez pas qu'il soit ingrat. Mais voilà, cet aspect-là ne m'intéresse pas. Car, voyez-vous, quel que soit le bien que l'on fait à quelqu'un, cela ne justifiera jamais le mal qu'on lui inflige. Et du mal, vous en avez fait, Léon. Valentin en est mort. Un soir je l'ai retrouvé allongé sur notre lit. Vous voyez le joli costume qu'il porte ? C'est dans la poche intérieure de ce costume qu'il avait caché les médicaments. Un cocktail sur mesure prescrit par une camarade d'hôpital. Oui, Valentin a fait de nombreux séjours grâce à vous, sans jamais rien dire du poison qui le rongeait. Il a fallu attendre ce texte posthume pour connaître l'étendue des dégâts que vous avez causés.

– Je n'ai jamais fait de mal à Valentin ! Et si c'est le cas, je ne m'en suis pas rendu compte.

– Vous dites ça comme si c'était une circonstance atténuante alors que c'est quasiment le chef d'inculpation. Vous ne vous rendiez pas compte ? C'est bien ce que je vous reproche. Mais il y a un hic. Valentin est romancier. On pourra dire que tout cela est de la fiction. C'est pour cette raison que vous allez passer aux aveux.

– Aux aveux ?

– Oui. Écoutez-moi bien, Léon. Vous allez vous rendre au commissariat de police, je vous accompagnerai. Vous allez confesser votre comportement envers Valentin. Je peux vous aider, si vous le souhaitez. J'y ai déjà réfléchi. « J'ai compris à quel point j'ai été irresponsable. J'avais presque soixante ans, il était à peine sorti de l'adolescence. J'ai abusé de sa naïveté. Je voyais bien qu'il ne consentait pas à certains gestes de ma part, mais je n'en ai pas tenu compte. J'ai violé son intimité. Je l'ai frappé parfois. Je me suis servi de l'influence et de l'ascendant que j'avais sur lui pour assouvir mes désirs. Les sévices ont dû être terribles. Tout ce qui est écrit dans ce texte est véridique. Je suis responsable de son suicide. » Qu'est-ce que vous en pensez ? Ça sonne plutôt bien, non ?

– Vous êtes complètement cinglée. Jamais je ne ferai une chose pareille.

– Je ne vous recommande pas l'autre option.

– L'autre option ?

– Faites un petit effort de réflexion, Léon. Imaginez : on trouve dans votre cave le cadavre d'un homme. À côté du corps, un texte faisant état de vos exactions avec lui. J'ai ici trois témoins. Sachez qu'il y a au rez-de-chaussée un agent de police prêt à faire son rapport. Vous n'avez aucune chance. Alors le choix est simple, l'agression ou le meurtre. Je vous conseille l'agression. Nous vous débarrasserons du corps de Valentin. Nous briquerons la cave pour qu'il n'y ait plus une seule trace incriminante. On pourra même y mettre le feu, ça éliminera ce qui vous accuse. Sans me vanter, je suis plutôt experte en matière d'explosifs. Avec tout le papier qu'il y a ici, la thèse du faux-contact électrique sera crédible. Quant à Valentin, il sera « porté disparu ». Vous vous en tirerez avec quelques années d'incarcération, peut-être même avec un non-lieu puisque vous confessez spontanément vos crimes. C'est mieux que la perpétuité, non ?

Le silence de Léon indique qu'il a compris l'enjeu. Mais il lutte. Les yeux exorbités, il repense à Valentin. Dans ses souvenirs, il ne voit que des années de connivence en compagnie d'un garçon qu'il choyait. Il n'entend que les rires, les séances de lecture à voix haute, les longues conversations sémillantes. Il se sait incapable de nuire à quiconque. Si cette relation lui était si lourde à porter, pourquoi Valentin est-il resté auprès de lui ? Les caresses n'étaient que l'expression d'une tendresse ingénue. Léon a toujours su s'arrêter à temps. Mais pourquoi s'arrêtait-il ? Était-ce réellement par candeur ? Si Valentin avait consenti à aller plus loin, Léon s'y serait-il refusé ? Et les coups ? Est-ce que cela suffit à définir un homme ? Léon se perd dans un labyrinthe de questions, et tombe soudain nez-à-nez avec l'avenir que lui propose Blanche. L'humiliation, la prison, la réaction de Pascal face aux monstrueux aveux. Léon ne pourra pas lui mentir. Pascal saura la vérité, les mots d'amour, les poèmes, les caresses, la douche, les coups. Léon trébuche intérieurement. Dans un sursaut de violence, il se lance tête baissée. Il heurte de plein fouet le ventre d'Alexis, se débat pour se frayer un passage. Il se découvre une force phénoménale et parvient à faire vaciller le géant. Alexis fait un pas en arrière et reprend vite le contrôle de son adversaire. Il saisit Léon par le col et, ne sachant que faire de ce poids gesticulant et hystérique, le projette à l'intérieur de la cave, puis claque la porte. La clé est restée dans la serrure, Alexis y met un tour. On entend un hurlement et une sourde bastonnade, comme si Léon rebondissait contre les parois. Le vacarme dure environ dix secondes, puis rien. Les filles et Alexis ne respirent plus.

LAURA
Qu'est-ce qu'il fait ?

SUZANNE
On entre ?

BLANCHE
C'est peut-être un piège.

Alexis ouvre à nouveau la porte. Sur la droite, Léon est allongé sur le dos. Une traînée de sang se répand autour de sa tête comme un grand foulard de soie.

LAURA
Merde, il s'est ouvert la noix de coco.

Suzanne va prendre son pouls.

SUZANNE
Rien. Punaise, il est mort.

CAPUCINE
Fais-lui un massage cardiaque.

Suzanne

Regarde-le ! Il perd tout son sang !
Je ne vais pas le vider du peu qui reste.

Laura

Qu'est-ce qu'on fait ?

Blanche

Ferme la porte, ferme le porte.

Capucine

Éteins la lumière aussi.

Nouveau tour de clé, Alexis et les quatre filles sont aux aguets. Pas un bruit. Noah tient toujours son rôle de Cerbère. Capucine perd les pédales.

Capucine

Les filles, les filles ! Cacher le corps d'un suicidé, passe encore, mais là, c'est un meurtre !

Blanche

Calme-toi. Tout le monde se calme. On va trouver une solution.

Ce plan a été élaboré à la seconde près. L'absence de caméra de sécurité dans les couloirs menant aux caves a facilité la tâche, mais il a fallu obtenir l'accès et y acheminer Valentin sans faire frétiller les narines. Le concierge a été crocheté par Laura, la serrure, par Alexis. La proposition de simuler une dératisation a emporté tous les suffrages, un policier en uniforme achevant de donner à l'entreprise l'apparence de la vérité.

Blanche
On ne peut pas raconter ça à Noah !
Pour Valentin, il y a mis du sien parce qu'il a le béguin pour moi, mais là, il va nous coffrer, c'est sûr.

Capucine
On devrait tout avouer, et assumer les conséquences.

Suzanne
Hors de question. Le Léon, on ne lui a pas demandé de jouer au squash en se prenant pour la balle.

Capucine
Justement, ça joue en notre faveur.

Laura
« Vous comprenez, monsieur le juge, on a gardé le cadavre d'un ami dans un appartement pour qu'il se décompose tranquillement. Quand il a été bien mûr, on l'a transporté dans la cave d'un type qu'on voulait faire chanter. Mais au lieu de chanter, le type s'est mis à brailler en se défonçant la tête contre les murs. » Avec ça, ce n'est pas en prison qu'on va nous expédier, c'est à l'asile.

Blanche
Alors je répète : on ne raconte rien à Noah. La version officielle, la voici : Lortie est tombé à genoux et en larmes à mes pieds. Il m'a implorée de lui accorder mon pardon, blablabla, et moi, bonne poire, j'ai accepté. Ce soir on emporte Valentin comme prévu. Si Noah pose des questions, je dirai que cette confrontation m'a permis de tourner la page et de remiser ma rancune, enfin bref, les niaiseries d'usage.

Capucine

Mais Lortie ? On en fait quoi ?

Laura

C'était sérieux, ton histoire d'explosifs ? Tu peux tout faire disparaître ?

| Mon Valentin |

Mon Valentin,

Au moment de me séparer de ton corps, je m'assois pour écrire. Je comprends maintenant ces mots que tu prononçais souvent: « La plume est une enclume. » Cette lettre, cela fait longtemps que j'y songe. Je l'écrivais en dedans, sous la douche, en courant sur les rives du Saint-Laurent, en cuisinant, en nettoyant mon arme. Ça semblait facile. Les mots tournaient à portée de voix intérieure, il suffisait de les saisir au vol. À présent que je me lance et qu'il faut les capturer pour de bon, je ne les trouve plus.

Je ne veux pas écrire une lettre d'amour, je n'ai jamais su en commettre. Les petites cartes que tu recevais lorsque tu étais à Paris étaient ce que je pouvais faire de mieux. J'ai aujourd'hui la conviction que l'amour et les mots sont incompatibles. Quelqu'un qui parle n'est jamais complètement désintéressé. Il y a toujours un peu de spectacle, un peu de narcissisme. Une lettre d'amour ne devrait contenir que ceci: « Je t'aime ». Développer, c'est montrer son éloquence, endosser le rôle de l'amoureux en espérant quelques applaudissements. Léon Lortie en a donné une preuve éclatante lorsqu'il a voulu reprendre ses poèmes. Il y avait peu d'amour dans ces vers, seulement un moyen de te faire admirer son talent de poète.

Je ne veux pas non plus écrire une lettre d'adieu. L'adieu est un concept arbitraire imaginé par un monde qui ne comprend pas que rien ne s'achève. Si j'avais obéi à ce monde, je t'aurais mis dans une boîte quelques jours après ta mort, puis dans la terre. Mais j'ai fait la sourde oreille, et je t'ai gardé près de moi. Il n'y a jamais d'adieu, il n'y a jamais de fin à rien. Tu avais compris cela mieux que personne, toi qui avais un mal fou à terminer tes romans ou tes dessins. Tu savais qu'aucun roman, aucun dessin n'est jamais terminé. On fait semblant d'y mettre la dernière touche, parce qu'il faut publier le roman, parce qu'il faut exposer le dessin. C'est ainsi que les œuvres meurent : on les sort du secret de l'atelier et on les révèle au monde. Une fois publié, un livre est une fleur dans un herbier. J'ai l'intention de continuer à vivre avec toi malgré l'absence de ton corps. Ce sera même plus confortable, parce que, mon amour, je t'aime, mais tu pues !

Je veux te demander pardon. Suzanne a raison : cette destinée post-mortem, tu ne l'as pas choisie. Je te l'ai imposée sans me soucier de ton assentiment. Je me persuadais que tu n'avais plus de conscience, et que je devais donc en avoir pour deux. Ceux qui lèguent leur corps à la science y consentent avant leur mort. Tu n'as pas eu cette opportunité. Tu es mort sans prévenir, aussi ! Nous n'avons pas eu le temps de nous poser toutes ces questions. Ce manque de réflexion est digne de nous. J'entends si souvent mes collègues se perdre dans des élucubrations « de couple ». Ils attendent sans cesse quelque chose de l'autre et sont souvent déçus. L'amour, pour eux, est une anticipation perpétuelle de ce qu'ils vont recevoir et qu'ils considèrent comme un dû. Tu n'as jamais rien attendu de moi, heureusement ! Il suffit qu'on attende quoi que ce soit de moi pour que je n'aie aucune envie de m'y plier. Pour ma part, je n'ai jamais rien attendu de toi non plus. Tout ce que nous avons reçu l'un de l'autre était grisant parce qu'imprévu. Je te remercie pour cela.

Capucine m'a écrit ce poème. C'est sa façon de me consoler de ton « départ ».

Il est, celui qui a été.
Et vivre un jour, une seconde,
C'est vivre pour l'éternité.
Mon âme est preste comme l'onde,

Si tu la perds, regarde en haut,
On l'aura changée en nuées.
Vois les fontaines, les cours d'eau,
Les jets, les vitres embuées.

Surtout, regarde en toi, c'est là
Que je suis. L'Homme vit par l'Homme.
Et tant qu'il est un cœur qui bat,

Qui se souvient et qui me nomme,
Le mien ne tait pas ses clameurs.
Si je m'éteins en toi, je meurs.

Je n'aime pas beaucoup les promesses. Encore des mots! Et ils sont souvent gravés dans une roche qui a tendance à s'effriter. Mais je te promets ceci: tu ne t'éteindras jamais en moi.

Ta Blanche

| Deux minutes pour vivre |

Sur le quai, six silhouettes immobiles jurent avec le va-et-vient des affréteurs et des armateurs. À quelques mètres d'elles, le gerbage forme une mégalopole multicolore qu'un géant aurait érigée en empilant des conteneurs. Alexis, le pif au vent, jubile. Il est le seul du groupe à regarder du côté de cette ville fantastique. Les autres sont tournés vers le navire de charge. Alexis est tout à l'émotion d'observer le ballet ouvrier qui se joue devant lui. Empotage, dépotage, déploiement de grues, tout cela revêt une beauté singulière aux yeux du fondeur de cloches. Capucine se retourne et se joint à lui dans sa contemplation muette. On entend des crissements, des coups, des voix qui éructent. Et pourtant un calme se dégage de toute cette commotion humaine. Capucine s'abandonne à ses monologues intérieurs, compagnons de sa solitude. Mais cette fois, sans que la jeune femme en ait conscience, sa voix investit le monde sonore.

– Toutes ces boîtes. Des milliers de gens qui ne se connaissent pas et qui, le temps d'une traversée, se trouvent rassemblés par leurs objets. Dans ce conteneur il y a peut-être les meubles d'un couple qui vient de se marier et qui part vivre en Espagne. Juste à côté, il y a le piano à queue d'une vieille dame d'origine russe. Elle a décidé de léguer son instrument au conservatoire de Moscou, où elle a étudié dans sa jeunesse. Au-dessus, c'est une immense statue en carton-pâte qui doit servir de décor à une pièce de théâtre pour le festival d'Édimbourg. Et à côté, il y a toute une cargaison de bois de sapin en partance pour la Turquie. On en fera du papier. Il y aura donc, aux quatre coins de la planète, une armoire, un piano, une statue et une lettre qui auront passé dix jours à quelques centimètres les uns des autres.

Alexis opine du chef. Il sentait tout cela sans pouvoir le formuler.

– Et là, dit-il en montrant du doigt un conteneur au-dessus de leur tête, il y a ma cloche.

Alexis et Capucine suivent des yeux le conteneur que l'on pose sur le navire. Capucine prend le bras de Blanche.

– Ça va ?

– Oui. C'est bien comme ça.

Blanche se sent en paix, non pas d'avoir évité la prison, mais d'être parvenue au terme de son voyage. Elle a réussi à accompagner Valentin jusqu'au bout. Elle a transformé les points de suspension en un ultime chapitre. Blanche a tenu son engagement, elle a accueilli le corps sans vie de son amant. Elle a appris à l'aimer malgré son avilissement, à le chérir à chaque étape de sa décadence, puisque c'est ainsi que l'on meurt. Elle a dansé avec ce corps vacant. Blanche est sortie victorieuse de cette lutte contre l'atavisme nécrophobe de son espèce.

Valentin n'était plus qu'un squelette lorsqu'il a été plongé dans le métal en fusion. Rien ne ressemble plus à un squelette qu'un autre squelette. Nos os sont peut-être ce que nous avons de moins humains. Ainsi, ils nous inspirent moins de dégoût que la chair. Dans les catacombes de Paris, les gens rampent à quatre pattes sur les tibias et les fémurs. Valentin flottera entre les arcades d'un beffroi miniature construit spécialement pour la chambre des larmes. Sa substance vibrera cinq à dix fois par siècle. Cette vibration l'animera pendant une poignée de minutes, réminiscence de la vie. Valentin oscillera, et sa résonance se propagera à travers le Vatican, de pilier en pilier, afin de dire : « J'ai vécu. » Un pape pleurera peut-être sur sa tombe suspendue.

Un certain penchant pour le romantisme peut conduire à imaginer un miracle : la cloche, augmentée de cet élément humain, aurait des accents divins. Tout au contraire, cette modification a été regrettable. Alexis a dû se faire violence pour accepter cette cloche indigne de lui. Ce compromis, il l'a aussi fait quelques années plus tôt au moment de fabriquer la cloche où sa maman a trouvé sa dernière demeure, et qui est maintenant nichée dans la tour de l'Usine. Heureusement, la cloche maternelle ne sonne jamais. Il est probable que, lorsque la cloche de Valentin retentira, le pape élu éclate de rire au lieu de fondre en larmes. Alexis se console en se disant qu'un éclat de rire est sans doute une réaction plus appropriée à cet événement, plus belle aussi.

Pour son enclochement, Léon Lortie a dû être « préparé » par Alexis, qui n'est pas homme à tourner de l'œil devant une tâche veule à accomplir, pour peu que cette tâche ait un sens. Or, la tâche était nécessaire pour garder Capucine auprès de lui. Cette raison lui suffisait. L'incendie de la cave a été écarté, trop tape-à-l'œil... Il fallait être discret. Léon a échoué dans une cloche qui restera à Montréal, loin de Valentin. Elle sera placée au passage à niveau de l'avenue Elmhurst, et sonnera pour annoncer la fermeture de la barrière à l'arrivée d'un train. C'est un destin à sa mesure.

Le navire disparaît en aval du Saint-Laurent. Pour le reste du monde, Valentin et Léon sont portés disparus.

Laura

Qu'est-ce qu'on fait maintenant ?

Blanche

J'ai un coup de fil à passer. Je vous rejoins au Livingston ?

Laura

D'accord, à tout à l'heure.

Blanche laisse le groupe s'éloigner avant de composer le numéro.

– Oui, monsieur Bolduc ? C'est Blanche Robinson. [...] Oh, aussi bien que possible dans ces circonstances. [...] Je voulais simplem... [...] Non, je n'ai plus aucune nouvelle de lui. [...] Justement, c'est pour ça que je vous appelle. Valentin a laissé son manuscrit avant de... [...] Oui, je pense qu'il l'a terminé. Je vous l'envoie par la poste ? [...] D'accord. Le temps de passer chez moi, et j'arrive.

Trente minutes plus tard, Blanche est assise devant l'imposant bureau de monsieur Bolduc. Elle lui tend une enveloppe.

– Voilà...

Bolduc ouvre avidement.

– J'espère que ça vaut la peine d'avoir attendu si longtemps.

Dans le plus grand secret, la jeune femme s'est mise à l'ouvrage. Elle a connu sa première peur de la page blanche. Le manuscrit, trop court pour être rendu tel quel, devait être habillé. C'est ce que Blanche a fait jour après jour, émue de communier ainsi avec Valentin et de goûter à la tendre douleur de l'écriture.

Sitôt seul, Bolduc chausse ses lunettes et entame une lecture empressée :

« Je suis tombée amoureuse le temps d'ouvrir et de refermer un tiroir-caisse. Tu te rappelles ? À cette époque, je tenais mon rang dans une meute d'étudiantes, un brin féministes, un brin éprises de romance, mais surtout furieusement anticonformistes. Bon, une meute, nous étions quatre. Ohé, Gabriel, tu m'écoutes ? »

Que ne suis-je de ces villages
Des forêts de l'Amazonie
Où les morts font des paysages,
Sépulcres sans cérémonie.

Tu me saurais dans les racines
Du courbaril ou du bambou,
Mon âme alliée aux résines
Où se pose le marabout.

De ma verte métamorphose
Tu n'éprouverais pas le deuil.
Et ce feuillage où je repose

Ne te serait pas un cercueil,
Mais la vivace arborescence
Où se fonde ma renaissance.

Conception graphique et réalisation
Anne-Marie Bourgeois/m87design
assistée de Cinthia Lupoli

Achevé d'imprimer
sur Roto-Page
par l'Imprimerie Floch
à Mayenne,
en février 2022.

Dépôt légal
avril 2022.
Numéro d'imprimeur
99968

Édition n° 1

Imprimé en France